**KUWEI**

酷威文化

图书 影视

# 蓝色的雪

青い雪

[日]麻加朋 / 著

向燕萍 / 译

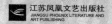

江苏凤凰文艺出版社
JIANGSU PHOENIX LITERATURE AND
ART PUBLISHING

**图书在版编目（CIP）数据**

蓝色的雪 /（日）麻加朋著；向燕萍译 . -- 南京：
江苏凤凰文艺出版社 , 2024. 7. -- ISBN 978-7-5594
-8760-5

Ⅰ . I313.45

中国国家版本馆 CIP 数据核字第 20246BE621号

著作权合同登记号 图进字：10-2024-215

# 蓝色的雪

[日] 麻加朋 著　　向燕萍 译

| | | |
|---|---|---|
| 责任编辑 | 项雷达 | |
| 特约编辑 | 王雨亭　房晓晨 | |
| 装帧设计 | 扁　舟 | |
| 责任印制 | 杨　丹 | |
| 出版发行 | 江苏凤凰文艺出版社 | |
| | 南京市中央路 165 号，邮编：210009 | |
| 网　　址 | http://www.jswenyi.com | |
| 印　　刷 | 天津旭丰源印刷有限公司 | |
| 开　　本 | 880 毫米 × 1230 毫米 1/32 | |
| 印　　张 | 10 | |
| 字　　数 | 207 千字 | |
| 版　　次 | 2024 年 7 月第 1 版 | |
| 印　　次 | 2024 年 7 月第 1 次印刷 | |
| 书　　号 | ISBN 978-7-5594-8760-5 | |
| 定　　价 | 45.00 元 | |

江苏凤凰文艺版图书凡印刷、装订错误，可向出版社调换，联系电话025-83280257

# 目录

# 序章

下雪了。雪花从夜空飘落，十分浪漫。

今天是我的生日，我们在爸爸的餐厅里吃饭。

刚吃完，店里的灯光突然变暗，穿着主厨服的爸爸捧着生日蛋糕出现在我面前，让我吃了一惊。

虽然听到店里的客人都在为我鼓掌，让我有些不好意思，但一口气吹灭八根蜡烛的喜悦和幸福感真是无与伦比。店员为我送上一束红玫瑰。

妈妈身着一袭漂亮的连衣裙，温婉地笑着。

但是……

被爸爸目送着走出餐馆后，妈妈脸上的笑一下消失了。

我知道的——妈妈讨厌爸爸。

还知道他们不久将要分居。

爸爸妈妈都视我为掌上明珠。我很爱他们。

虽然很寂寞，但要是刻意忽视他们吵架的事就能解决问题，那就好了。

马路对面有个人盯着妈妈，眼睛都看直了。

妈妈是明星，这种事是家常便饭。我也习惯了。

"奈那！"

走在我身旁的妈妈发出一声惨叫。我突然被撞倒，"咚"的一声摔在地上。

我倒在路上，抬起眼帘时，看到妈妈倒在一旁，她身上还压着一个陌生女人。

妈妈一动不动。

女人仰头望着天，嘴唇翕动：

"蓝色的雪……"

说罢便再也没有动弹。

道路上，我的花束散落一地。一片又一片的白色雪花从天空飘下，悄无声息地落在红色花瓣上。

# 第一章

## 柊 寿寿音 十一岁

夏日的微风带来青草的气息。我早晨醒来的第一件事就是推开窗户，抬头看看高塔。塔顶有一口小钟。这座钟与众不同，不是谁都可以敲的。

下一个敲钟人会是谁呢？

今天，莲见先生他们要来做客。这可是暑假……不对，是一年中最开心的事情。我拿出昨天晚上精心挑选的淡黄色罩衫。这件衣服是前些日子妈妈给我买的，衣领上绣着一颗草莓。

我很高兴能再见到莲见先生的女儿亚矢。她快五岁了，应该长高了不少。

大介今年也会来吧？三年前第一次见面那会儿，莲见先生说大介和我同龄，于是我们俩很快就玩熟了。

莲见先生和夫人由利女士都是医生。

他们离开后，爸爸告诉了我一些关于大介的事。大介的父母和比大介小两岁的妹妹在一场火灾中丧生。大介从二楼跳楼逃生，只有他一人活了下来。接下来的几个月，大介住院治疗，和由利女士成了好朋友。出院之后，大介被送进了收养孤儿的福利院。听到"福利院"这个词，我心头一紧。我怀疑自己也在福利院待过。

我想起小学入学前夕，爸爸和妈妈郑重其事地对我讲述了我的身世。虽然我从小就注意到我的父母比其他父母的年纪大得多，可并没有觉得有什么奇怪。

只是和妈妈一起出门时，我们总会被店里的人误认成祖孙。对此，妈妈总是不以为意。

"不管别人怎么说，我都还是你妈妈呀。不要放在心上。"

听妈妈这么说，我也就放下心来。

所以，我不想听到这种说我不是亲生孩子的故事。但现在上了小学六年级，我才终于明白父母当时想跟我认真坦白的心情。

他们觉得上了小学后，我的世界将变得更大，可能会听到一些流言蜚语，与其那样，还不如主动把真相告诉我，对我来说更好一些。

据说，他们在柊家的玄关处发现了刚出生的我。可怜的婴儿就被遗弃在那里，连一封信也没有。

膝下无子的父母决定把这个婴儿当成自己的亲生孩子抚养成人。办完一系列手续后，我就被领养了。我第一次听到这些话，难以置信，像挨了当头一棒。

我已经小学一年级了，能够理解父母的话，然而冲击渐渐蔓延，我的脑子已变成一团乱麻。

爸爸说话时，目不转睛地看着我的眼睛，妈妈紧紧地握着我的手。

从爸爸的话里我明白了：结了婚不一定就会有小孩，也有的人尽管生下了孩子却无力抚养，因此存在一种收养机制，使没有孩子的家庭可以替无力抚养的家庭养育小孩。

我从爸爸的眼神和妈妈手心的温度中真切地感受到，他们觉得收养我是一件无比幸福的事。

知道自己的身世后，我的生活并没有什么变化。

不是父母亲生子的事实占据着我的头脑，让我感到悲凉与不安。我担忧自己是否还能在这个家继续生活下去。一想到自己是"被生母抛弃的孩子"，便悲伤得要哭出来。每每这个时候，只要看到父母时刻挂着温暖笑意的笑脸，我的心里就会得到极大的安抚。

爸爸说过的一句话深深烙印在我的心底："世界上有形形色色的人，每个人都有自己的难处。没有人能孑然一身地活下去。活着的时候一定会帮助别人，也一定会被别人帮助。寿寿音可不能忘记这一点。"而不知从何时开始，我也想成为一个能够帮助别人的人。

柊家人是曾侍奉过长野县上田城城主真田家族的武将柊忠泰的后裔。柊家祖祖辈辈都在土笔町扎根，父亲源治郎是第十五代。据说在日本战国时代，柊家管理这一带的百姓，功绩赫赫，还作为军师出谋划策。同时，柊家也通晓庶民文化，举办能①和

---

① 日本的一种包含舞蹈和戏剧要素的传统艺术形式。

狂言①的表演，还与时俱进地举办剑舞和歌舞伎等活动，其遗风也被"青绿座"所继承。

柊家府邸面积广阔，有"纪念塔"和"青绿座"两所别有情致的建筑。

进入宅院，穿过右侧的小道，就来到了庭园。这一方天地深得我心。春去秋来，妈妈精心照料的数种蔷薇花为庭园增添了色彩。

妈妈看到我乐此不疲地一遍又一遍地穿过蔷薇花拱门，总会忍俊不禁："寿寿音真喜欢这里啊。"

我最喜欢的是秋千。整个人在馨甜的花香味中飘过来荡过去，就想这样一直荡到时间的尽头。

出了庭园，映入眼帘的便是一座古朴的建筑。这是一所被称为"青绿座"的剧场，以前用来放电影，每年还会上演好几次戏剧。不过都是些学生和老年团的业余演员来演，自然没出现过座无虚席的盛况。

但我每次都看得入迷，还央求剧团的人让我观看排练。我很喜欢那里，洋溢在四周的剧团演员们的热情，总是让我心潮澎湃。渐渐地，我也沉迷其中。演员在舞台上的喜怒哀乐在我眼中逐渐分明，他们那为了共同的目标全力以赴的样子深深地打动了我。

演出结束，剧团演员们向爸爸深深鞠躬，感谢爸爸的关照。爸爸和他们一一握手，目送他们离开。以前，"青绿座"为村民

———————
① 日本传统艺术之一，也是歌舞伎的演出节目。

提供了休闲娱乐，现在它仍然对人们有所裨益。这真了不起。

邻居的场家的宅院比我们柊家更开阔，平时总是静悄悄的。但自昨天起便一反常态，开始有不少人进进出出。的场先生是一位显赫的政治家。那些人是为了迎接主人的场照秀回来，忙着做准备呢。

从小跟我一起长大的希海有时会一脸神气地说："我爸爸将来可是会当上总理大臣的！"

的场家在土笔町的房子是一幢别墅，平时只有希海和她妈妈居住。的场先生和长子秀平则住在东京，暑假时会回来小住一周。秀平在东京上私立初中。不知是谁说的："毕竟是政治家的接班人，还是得让他上精英学校啊。"

希海嘴上从没说过孤单，但心里是怎样想的呢？

我以为自己是明白的，明白每个家庭都不一样，包括我家。对孩子来说，这是无可奈何的事。

对我来说，同龄的希海就是我的闺密。除了年龄外，我俩还有一个另外的共同点——我们都只有右脸有酒窝。

希海好像讨厌酒窝。我知道她有时悄悄鼓着脸，想要把酒窝藏起来。妈妈曾告诉我："从前有一个传说讲道，上帝看见可爱的小宝宝会忍不住戳他们的脸蛋，所以才留下了酒窝。"我迫不及待地将这些话讲给希海听。

尽管如此，希海好像还是讨厌酒窝。可我一想到上帝笑意盈盈地轻戳婴孩的脸蛋，总会感到开心。

或许是因为一副黑框眼镜和一头又长又直的黑发，希海看起来就像大人一样成熟稳重。她从没对我吐过苦水，对此我其实有些介怀。我一直觉得自己是她的死党，却不知道一贯疏离的希海到底有没有把我当成好朋友。

的场先生即使笑起来也让人害怕。他身材短小，有些富态，目光锐利。他的夫人是一位绝色美人，比的场先生年轻得多。夫人的身体似乎有些虚弱，很少外出，所以我们只有几面之缘。她气质娴静而温柔，不像我妈妈那样健谈。

秀平的性格和长相都像他妈妈，沉稳持重，学业优异。他虽然只比我大两岁，但已经是中学生了。虽说他比我同班的男生看起来更成熟是理所当然的，可二者之间的差别仍可谓有如云泥。秀平谈吐儒雅，双目宛若朗星，跟谁比都显得特别——他是我的初恋。

当然这只是我的幻想，并未对任何人讲过，连希海也不知情。

柊家和的场家世代为邻而居。我爸爸和的场先生同岁，据说两人从小就常在一起玩耍。尽管后来的场先生渐渐出人头地，两人的交情也丝毫未减。

爸爸总说："照秀工作繁重，想必每天都过得战战兢兢。希望至少能让他在回到土笔町的时候好好放松放松。"每年，两人总是津津有味地谈起儿时往事，开怀大笑。

莲见先生的母亲君子女士是的场先生的妹妹，所以而立之年的莲见先生虽比秀平和希海的年岁大得多，但辈分上却是两人的表哥。

君子女士嫁给了莲见道之助——当时红透半边天的歌舞伎演员。

据说当时的周刊杂志和电视上，政治家的妹妹和歌舞伎演员结婚的报道铺天盖地。

莲见先生有两个哥哥，他们和父亲道之助一起从事歌舞伎表演的工作。据说莲见先生小时候也曾登台表演。但他坚称自己无论如何都想成为一名医生，最终如愿从医。莲见先生即使遭到父母反对也要坚持自己的主见，这一点让我十分钦佩。

我爸爸是柊家的第十五代后人，的场先生也继承父愿成为一名政治家。

爸爸曾对的场先生说："继承家业这件事苦乐参半。虽然我们也能循着自己找到的人生道路走下去，但父母一定很苦恼吧。"

意见一致大概也是长期以来两人交情甚笃的原因之一。

有时听到别人叫我"第十六代"时，我内心很复杂，既骄傲又沉重。爸爸是否也希望我作为第十六代守护柊家呢？我不过只是个小学六年级的学生，关于未来甚至无法想象。我明白柊家一直在守护十分重要的东西，但我没有信心将它继承过来、守护下去。

的场先生清楚地说过"秀平是接班人"，可秀平又是怎么想的呢？我也想问问他，他是否已决定好成为一名政治家。

"寿寿音，起床了吗？爸爸已经准备好了哦。"

坏了，得赶紧。我扣上罩衫的扣子，穿上粗斜纹布质地的连衣裙，对着镜子整理衣领，使别人一眼就能注意到草莓刺绣。收拾好后我便急忙下楼去和室。

习字是每天早晨的必修课。我从小学一年级就开始练习书法，已经养成了习惯，如果哪天遗漏掉，总觉得一天无法开始。

我进入和室，正在静静研墨的爸爸朝这边扫了一眼。

"爸爸早上好，请赐教。"

我正坐行礼。

习字时我们基本不交谈，两个人相邻而坐，对着各自的桌子安静地写书法。我很喜欢看爸爸写字，爸爸写字的姿势和字本身都透着一股认真劲儿，十分吸引人。

我喜欢磨墨。磨墨时倘若开始漫无边际地想心事，爸爸便会抛来一句"集中注意力"。他好像一眼就能看穿我的心思，因此我只能心无旁骛地专注研墨。但今天他们要来做客，我的心间充盈着按捺不住的兴奋，下意识地努力控制自己的表情。磨完墨，我照着爸爸写好的范本临摹。"希望之晨"——和今天的心情格外契合。笔尖慢慢滑过半纸<sup>①</sup>，我的心情渐渐愉悦起来。

"总觉得今天的字有些龙飞凤舞的，静下心来好好写。"

爸爸的话从头上传来。他是什么时候站在我身后的？完全没注意。欸，这也说明我集中了注意力啊。爸爸不会生气吧？

"字如其人，此话不假啊。"

爸爸说，脸上像是带着笑意。他蘸上红墨，修改我写的字，说道："今天就到这儿。收拾下吧。"

话毕回到了自己的书桌边上。

"多谢爸爸指教。"

礼毕，我朝厨房走去。接下来要帮妈妈准备早饭。今天吃面包，空气中飘着奶油的香味。平日里，厨房里总是充斥着味噌汤

---

① 半纸，指长24-26cm、宽32-35cm的日本纸。

的味道，不过偶尔早饭也会有吐司和裹着香肠的鸡蛋卷。妈妈去街上办事的时候，总会顺便去一趟面包房买这些回家。今天全是开心事。

"我说寿寿音，早饭吃吐司就这么高兴呀？"

妈妈笑着看我。也不全是因为早餐啦，我的开心好像藏都藏不住。

我从刚才开始就时不时地扫一眼钟表，但指针走得太慢啦，还没到早上八点！大介、亚矢、希海，还有秀平，他们会几点到呢？一想到大家的笑脸，我就又忍不住笑起来。

我在心中祈愿："希望这是个愉快的暑假。"

## 石田大介　十一岁

透过前挡风玻璃看去，绿意渐浓。马上要到别墅了。不知道是不是因为快要到目的地了，驾驶座的莲见先生像是卸下包袱一样长舒一口气。

暑假最开心的事情就要开始了。

但是，昨天晚上我又做噩梦了。明明距离那件事情已经过去了三年。

"哥哥救我！"

妹妹美由纪在烟雾中号啕大哭，向我伸出小手求救。

那是足球队比赛的前一天。半夜，"嘣"的一声巨响把我从梦中惊醒。我睁开眼，二楼的这间儿童房仿佛笼罩上了一层雾霭，整个房间模糊在一片白色中。我剧烈地咳嗽，几近窒息。房间里散发着一股说不上来的臭味。我迅速抓起枕边的校服，捂住口鼻。耳边传来噼里啪啦的声音，身体被灼热地炙烤。我几乎是爬到了走廊。楼梯口浓烟滚滚，红色火焰张牙舞爪，完全拦住了我的出路。浓烟熏得我眼泪直流，我不得不折回房间。

"妈妈！爸爸！美由纪！"

我大声呼喊着，但没有任何回应。情急之下我打开窗，向外望去，有几个人正抬头观望。我拼命挥手。

身后传来猛兽的呜呜声，脊背好像要被烤熟。我回过头，烈火一步步逼近。炙热，无法呼吸，濒临死亡的体验。我不顾一切地从窗户跳了下去。刹那间，我重重地摔在地上，好像听到一声"哥哥"——是美由纪的声音。

爸爸、妈妈、美由纪睡在一楼，三人全都葬身火海。美由纪的呼喊和那只为了求救而伸向我的手都是幻觉。因为我在二楼，根本不可能看到这些。然而，美由纪痛苦的表情始终萦绕在我的脑海里。我丢下家人独自逃生是磨灭不掉的事实。

这种痛苦，谁都无法感同身受。

住院的日子寂寞而空虚。我不知道自己为什么忍着剧痛努力做着康复训练。我已经没有家人了，甚至连年幼的妹妹都没能救出来。


"大介哥哥，你看！好多树哦！"

后座的亚矢对我说。

"好好坐着别乱动。要小心啊！"

一旁的由利女士温柔地提醒道。

莲见先生、由利女士还有亚矢对我而言都是很重要的人。

由利女士是我住院时的主治医师，经常鼓励我。我全身多处粉碎性骨折，躺在床上无法动弹，每天什么也不干，什么也不想。等身体能稍微活动了，就听大家的话，麻木地吃着他们端来的餐饭，被用轮椅推去检查。开始做康复训练时，我很痛苦，但还是遵照了医嘱。

突然有一天，我变得厌烦一切，厌烦吃饭、服药，当然还有康复训练。就算护理我的人跟我讲话，我也充耳不闻，甚至连由利医生也不搭理。

在我滴水未进的第二天傍晚，由利医生走进病房，突然对我说："大介，走！"还没明白过来，我就被两位护士抱到轮椅上，推着去了屋顶。眼前，一片橘黄色的天空。

"太好了！赶上了！我想让你看看夕阳。"

由利医生的侧颜染上了夕阳的余晖，屋顶只有我们两个人。

"在这个世界上，存在无论如何都无法逃避的事情。"

由利医生一脸认真，注视着夕阳继续说："那就是死亡。我也好，大介也好，总有一天都会离开这个世界。谁都阻止不了。"

我明白啊！所以她想说忘记家人的死吗？

"眼睁睁地看着一个个病人在面前死去，而自己却束手无策，这是作为医生最痛苦的事情。我很自责。大介应该也是同样的心情吧？"

我的心像被一把攥住，一瞬间无法呼吸。等我回过神时，早已泪流满面。眼泪止不住地啪嗒啪嗒往下掉，气也喘不上来，我号啕大哭。

我并不是伤心自己成了一个孤儿，而是痛苦只剩下自己一个人。由利医生懂这一点，她的一双温暖的大手搂着我的肩膀，凑近对我说："大介幸存下来肯定是有意义的。总有一天，你会真实感受到自己的重生。所以，一定要活下去。"

由利医生目光灼灼地看着我，一串泪珠倏然落下。

我们两人默默地望着天。眼泪已经不再流了，刚刚还是晚霞满天，现在天空已被一点一点地漆成了黑夜。

"明天，太阳还会升起！"

由利医生的话至今仍被我珍藏在心底。

第二天，我开始好好做康复训练。

只要我有一点进步，由利医生都会很高兴。我想要让由利医生开心，为此加倍地努力着。一看见那张笑脸，我的心也变得温暖。可随着身体慢慢康复，我又变得患得患失，那张笑脸使我悲伤。

"大介，你是担心出院吗？"

出院后，我将被送到福利院。这是没办法的事，我可以接受。

"害怕离开这家医院，对吗？"

由利医生知道我心里在想什么。但我没法说实话。

"不是的。"

"是觉得见不到我了所以伤心吗？别担心，我和莲见医生会去看你的。"

"真的？"

"真的！"

我们拉了勾。

出院那天，我们握手告别。我忍住眼泪，不想让由利医生担心。

福利院的人都很友善，没有什么让人特别难过的事，但也只是友善而已。当时八岁的我就已经明白，除了那里之外没有我的容身之所。

我不记得自己有没有真的盼望着由利医生来看我。一个月之后，由利医生和莲见医生来福利院了。看到他们时，我惊呆了，跑过去紧紧抱住了他们。由利医生遵守了我们的约定。

他们邀请我周末去家中做客，那时的开心我永远也不会忘记。一幢二层小楼，屋顶湛蓝，玄关外还放着养小狗的房子。第一次见面时，亚矢才一岁。看到她摇摇晃晃地在屋子里到处走动的可爱模样，我不禁想起了美由纪小时候，心里一阵刺痛。

脱下白大褂的由利医生和普通的母亲没什么两样，却又给人奇妙的感觉。我每个月都会去他们家住一次，无话不谈，留下了许多欢声笑语。

暑假时，他们还会带我去莲见先生朋友家的别墅。今年是第四次。在那里我遇到了许多朋友，有同级的寿寿音和希海，还有大我两岁的希海的哥哥秀平。别墅在山里，大得让人难以置信，附近还有一片湖，让人很想去森林深处探险。

不仅是别墅，寿寿音家里的纪念塔也很特别。爬上旋转楼梯，推开沉重的大门，耀眼的阳光和凉爽的微风扑面而来。我现在都还记得第一次去屋顶时，寿寿音说"漂亮吧？"时满脸的神气。

森林中的湖面闪着粼粼的波光，远处的城街看起来像一幅微缩景观。由此处俯瞰，气派豪华的别墅也别有趣味。

站在这里，哪怕是看车辆进出和行人往来也觉得开心，而且很神奇的是，即使是一个人也不会感到寂寞。寿寿音的爸爸允许我们随便去塔顶，但必须遵守一条：绝不能擅自敲响塔上的钟。虽然三年来我都来了别墅，但只有两次听到了钟声。也不知道敲钟人是谁。听说"只有特殊的人才能敲"，我很想知道究竟是怎样的人。

"到啦！"

"耶——"

莲见先生的话音刚落，亚矢高兴地叫出声来。

车子静静驶入别墅雄伟的正门。这儿的人都把我们当成莲见先生的家人，纷纷出来迎接。我十分开心，心头沸腾如滚水。特别的暑假要开始了。

## 寿寿音

是汽车的鸣笛声。

"我去看一眼！"

话罢，我立刻跑出家门。

早上吃了吐司，午餐吃过妈妈独家烹制的野泽菜炒面，他们还是迟迟未来。我坐在书桌前，作业毫无进展。现在终于有车到了！来者会是谁呢？

　　我拨开挡在胳膊前的树枝，朝两家宅邸的边界线跑去。所谓的"界线"只不过是大概一人高的栅栏。我调整了下呼吸，从栅栏缝往里看。虽然也能到正门迎接，但大人们都在，我也要面子呢！所以，我每年都是这样偷偷地看有谁来了。

　　秀平从黑色轿车上下来，白色polo衫搭一条黑色长裤，让人觉得很成熟。从别墅出来的秀平的妈妈立刻上前迎接。的场先生一下车，等候在四周的人便有序地向他问好。

　　我看见希海小跑到车边，一把抱住了从驾驶座下来的秘书蛇田的胳膊。蛇田身材高大，希海很喜欢他。听到她直呼"蛇田"的名字，我正以为她要发号施令呢，谁知下一秒她又紧挨着蛇田，和他一起走着，看起来像是在撒娇。

　　蛇田身材魁梧、眼神恐怖，我害怕与他相处。就算只是他的姓氏里有个"蛇"字，也让我不寒而栗。当然，我明白不能这么想，因为他本人也无可奈何。

　　希海的性格有些要强，因此并不亲近的场先生。在我看来，明明坦率一些不就好了吗？不过，我自己不也没有坦率地出门迎接，而是悄悄地透过栅栏观察动静吗？所以我有什么资格说希海呢？

　　又开进来了一辆车。是莲见先生的车！由利女士、亚矢、大介从车上下来。亚矢比去年长高了不少，头发也长了，越来越有女孩的样子了，粉红色的连衣裙衬得她光彩照人。

　　秀平走到大介身边。欸？两人已经差不多高了。明明去年秀平还高一点。

　　他们看起来很开心。在谈些什么呢？二人的笑容似乎有感染力，连我也觉得开心。要不我还是出去和他们打个招呼吧？

我转过身，跑到正门。希海也加入了他们的聊天，三个人在说些什么。

"哎！"

不知道该叫谁的名字，就这样喊了一声。三人齐刷刷地看向我，突然让我有些不好意思。

"寿寿音！你还好吗？"

秀平和大介不约而同地开口，继而大笑。

"好着呢！大家看起来都过得不错！"

大介目不转睛地看着我，用有些得意的口吻说："寿寿音一点都没变啊！"

"确实。"秀平也点了点头。

"一点都没变"是什么意思呢？

穿的衣服很幼稚吗？

"小音姐姐！"

亚矢朝我跑来，紧紧抱住了我。风吹拂起她的头发，擦过我的鼻尖。

亚矢马上换成一副"正经"的样子，对着我们说："大家好！我马上就要五岁了。带我一起玩吧！"

这一本正经的问候让我有些吃惊。

"好呀，多多指教！"

听到我这么回答，大伙笑出声来。

"好像今年亚矢是长得最快的。"

"真是不好意思，我也长高了不少，有两公分呢！"我笑着回敬秀平。

虽然这么说，我心里却有些烦躁。我在班上是个头最小的，看起来一点也不像六年级的学生，而身旁还站着穿一袭白领藏青色连衣裙的希海。她的头发又黑又直，黑色镜框的眼镜显得她的气质愈发地成熟。

相比之下，学生裙装扮的我既幼稚又土气。而且，亚矢的裙摆上绣着的草莓跟我罩衫上的一样！我用手挡住了衣领上的刺绣。

"那我晚上再过来！"

说完，我就转身逃走了。

"待会儿见！"

秀平的声音从身后传来，但我只是一个劲儿地往前走。晚上，的场家将在喷泉广场上举办宴会，我们柊家也受邀参加。

走出正门，我回过头，看见三人往别墅里走的背影。不知怎的，我有种落单的感觉。

汽车一辆接一辆驶入，从车上下来不少人，别墅越来越热闹了。

我靠着路边走回家，免得给忙进忙出准备晚宴的人添麻烦。


"干杯！"

的场先生话音刚落，四周响起了玻璃杯碰撞的声音。星星在夜幕上闪闪发光，宴会开始了。正中的餐桌上摆放着琳琅满目的食材，三张大铁板围在周围。

厨师戴着白色的帽子，开始在三块铁板上烤肉和蔬菜，发出美味的滋滋声。客人总共有五十人左右，被分成几个小组，坐在围着餐桌的木椅上。我家和莲见先生一家同桌。

烤好的肉上桌了。由利女士帮忙把烤肉和蔬菜夹在盘子里，大介大快朵颐，我也不甘落后。简直是人间美味！我专心地享受着豪华大餐，刚刚还有些低落的心情转眼间烟消云散。由利女士一边和妈妈搭着话，一边关注着大家的碗里是不是还有菜，自己吃着饭，还帮亚矢擦嘴角。大人可真忙啊。

一旁，爸爸一手拿着啤酒，和莲见先生兴致勃勃地谈论着什么。爸爸年逾花甲，跟莲见先生几乎差了一辈儿，但两人看起来就像久别重逢的好友。

肚子慢慢饱了，我不经意地朝秀平那桌瞥了一眼。大介突然站起来："寿寿音，那边有点心，我们过去拿吧。"

"也顺便给亚矢拿点。"不等我回答，大介便走了过去。

"莲见先生和爸爸的关系怎么那么好？真是不可思议。"

两人聊得热火朝天。我从他们身边路过，站在大介身旁。

"据说莲见先生小时候特别喜欢来别墅。虽然这里居住着可怕的外公，但他十分喜欢土笔町。"

"他外公很可怕吗？"

"莲见先生的妈妈结婚的时候遭到了父亲的反对，所以即使外孙回来，他也没有喜色。因此，莲见先生的两个哥哥都不来别墅了。可莲见先生每年都回土笔町。"

我听说莲见先生的母亲（的场先生的妹妹）宣布和歌舞伎演员结婚的时候，遭到了家里的坚决反对。可有必要对自己的外孙这么冷淡吗？我不禁同情莲见先生。

"莲见先生说回家的理由就是想见见柊先生。"

"见我爸爸？"

"对。据说莲见先生很尊敬他。"

听到别人这样谈论我爸爸，我既高兴又害羞。

"我也一样。我想要听柊先生谈天说地，想知道纪念塔上的钟和纪念册是怎么一回事。"

大介认真地说。

纪念塔一楼放着一个厚重上锁的玻璃箱。一束微光照在里面的几本纪念册上，玻璃反射着刺眼的光芒。

时不时地就会有人造访纪念塔。有的是一个人来，有的携家带口。妈妈打开锁，取出纪念册，捧在手里静静翻阅，突然像是找到了什么一样停下手上的动作，目光呆呆地落在纪念册上，摩挲着字迹，潸然泪下。

有时候大介也在场，他可能会觉得诧异吧。

"寿寿音知道吗？"

爸爸告诉我纪念册的事是在两年前。

我正为难该怎么回答，亚矢便跑过来。

"大介哥哥，有果冻吗？"

"亚矢怎么又跑到大介那里去了！"由利女士跟在后面追。

大介十分宠爱亚矢。

"橘子味和葡萄味，你想要哪个？"大介蹲下来问。由利女士在一旁笑盈盈地看着，就像真正的一家人。

"寿寿音，一起去湖边吧，去点篝火。"

希海和秀平过来了，两人隔得远远地站着。太久不见，不免有些生分。家庭关系嘛，就是各种各样的。

我和希海一起走到秀平前面，火堆的火焰和提灯灯光将湖畔染上柔和的橘色。大家围着火堆舒服地坐在折叠椅上，看着白色的月亮在湖面上摇晃，看着时时刻刻变化着形状的火焰。木柴燃烧时发出噼噼啪啪的爆裂声，听起来很舒心。希海正轻抚着昏昏欲睡的亚矢的脸蛋。我也不由得打了个哈欠。

"终于解放了！"耳边响起粗哑的说话声，一看，的场先生走了过来，在爸爸的身旁坐下。

"辛苦了！"爸爸给他递了罐啤酒。

"那我先回去了，明天再跟您来山里。"

随从的蛇田紧了紧松垮的领带说道。

"我知道了，真讨厌。"

的场先生不耐烦地摆手示意蛇田快走。蛇田恭恭敬敬地鞠了个躬，转身离开了。他的背影像一只大猩猩。希海连忙追了上去，一下跳上了蛇田宽阔的后背。蛇田摸了摸希海的头。

"来来来！"

的场先生将啤酒一饮而尽，看着莲见先生。

"你的两个哥哥如今也大放异彩啊。难得生在歌舞伎的名门，却不辞辛苦当医生，你也太傻了。就连我也希望自己生在歌舞伎世家，只要穿着华丽的衣服跳跳舞就好了。生在政治家的家庭，全是些辛苦差事。我可真羡慕你。"

"傻"？真是没礼貌！我生气了。莲见先生是一位高尚的医生。他对大介就像对家人一样，对我也和善可亲。而且，这话对歌舞伎演员来说也是一种冒犯。

"欸，演员也不轻松啊。你可真是说不出好话。"

爸爸笑着打圆场。可他明明可以态度更严肃的。

"但照秀确实不容易啊。我还担心你今年来不了呢！"

爸爸和妈妈之前说到过，的场先生因为亲信惹下的麻烦而焦头烂额。

"真是很让人头疼啊！坏事一件接一件。"

的场先生没有注意到送完蛇田回来的希海在旁边一直看着他。他闭上眼继续说："成为政治家后，我的私生活就被剥夺了，总是被暴露在别人的目光下。只有在这儿，我才有自由。明天我就闭山不出，置身大自然，逍遥一天。"

的场先生有一片广袤的山林。每年夏天回到土笔町时，的场先生总要留出一天去山里生活。

去年，他带着我、秀平和大介一起去了山顶。大介很喜欢车，看到的场先生的牧马人吉普车，两眼放光。出了的场家的东门往前走一段路，就是进山的门。这扇门是驾车进山的唯一入口，平日里总是锁着的。

爸爸以前笑称："照秀不喜欢别人进山，可能是为了防贼，但或许更想独占山头吧。"

进入铁门，车辆来到奇险的山路上。

通往山顶的车程并不愉快，树枝不断击打着车窗。最让人难受的还是车身剧烈的颠簸，我和大介坐在后座，使出了吃奶的劲儿保持身体平衡，就这样走了不知道有多长时间。大介一直在笑，但我却觉得很不舒服。还记得到山顶的时候，我几近虚脱，发誓绝无下次。的场先生却一脸满足，从山顶眺望远处的景色。

他说明天也要去山里。

虽然明白的场先生是想缓解工作中的疲惫，但至少在这里的这段时间，与聚少离多的女儿多多相聚不好吗？

看着面无表情的希海，我这样想到。

　

的场先生兴高采烈地走了回去。由利女士带着快睡着的亚矢和我妈妈一起先走了。火堆旁只有爸爸、莲见先生、大介、秀平、希海和我。

火光在自湖面吹来的风里摇曳。我被烟熏得难受，双手托着折叠椅，像螃蟹一样往旁边挪动。

"过来坐这边吧！"秀平笑着朝我招手。我坐在希海和秀平的中间。四周黑黢黢的，头顶繁星满天。

"好美啊。"秀平感叹道。

之后的一段时间，我们都没有说话，静静地望着天空。

"柊先生，能不能给我讲讲纪念塔和纪念册的事情？"坐在离火堆稍远处的大介突然开口。我吃了一惊。

"你觉得呢？"爸爸问莲见先生。

"大介明年就是中学生了。告诉他吧。"

"拜托了！"大介站起来，低头请求道。秀平和希海也注视着爸爸。

"好，那就告诉你们。"

在火堆的映照下，大家红扑扑的脸颊上满是期待。

"纪念塔的纪念册正式来说是《柊家记》，里面记载着英雄的名字。"

爸爸说的话和两年前我在星空下听到的那席话相同。跟现在不一样的是，当时是一个寒冷的冬夜。

爸爸每年都会一个人旅行好几次。两年前的冬天，我第一次跟着爸爸的露营车去旅行，为此高兴坏了。白天，爸爸四处向人打听消息，好像是在问半年前发生的一起水灾。晚上，爸爸把车停在河岸边，捡来树枝燃起火堆。或许是冬季的原因，四周没有露营的人。

"柊先生！"

远处传来一声呼唤。一个叔叔手里牵着牧羊犬，和一个阿姨一起朝这边走来。

看到巨型大狗，我直往爸爸身后躲。

"巴多，好久没见了！"

爸爸亲热地摸着牧羊犬，它兴奋地摇着尾巴。

"一路辛苦了。看到你身体康健真是太好了。"叔叔和阿姨先后和爸爸握了手。

"这是我女儿寿寿音。"爸爸介绍道。我急忙行礼。大狗老实地坐在阿姨身边。

"你是第十六代吧。可要多多关照。"

阿姨深深地鞠了一躬，我也慌忙鞠躬。他们还送了我圣诞礼物，临走时说道："照顾好自己，今后要好好加油！"我打开一看，是一条红白条纹围巾。

"应该是亲手织的，可要好好保存啊。"听到爸爸的话，我立刻把围巾围在脖子上。

"他们是爸爸的朋友吗？"

"不是。"

"他们说我是第十六代。"

"是啊。"

爸爸看着我，递给我一杯热可可。

"他们两个人有个儿子，名叫篠田雅彦。他是一位舍己为人的英雄。"

父亲抬头仰望星空，对我讲述了篠田雅彦的故事。

　　雅彦是南阿尔卑斯山岳巡逻队的队员。高中时，山里的一场意外让他失去了自己的同学，这是促使他选择这个职业的原因。雅彦生长在雪国，高中一毕业就远渡瑞士，学习搜救技术及如何训练山岳搜救犬。

　　训练搜救犬捕捉雪崩被埋者身上的微弱气味是搜救人员的工作之一。他们必须发出正确的指令，时刻指挥搜救犬的行动。此外，他们还要不断练习登山和滑雪。就算雅彦从小就跟狗和雪山打交道，熟悉这一切也花上了五年的时间。

　　雅彦回国后的第三年，发生了一场大雪崩，二十人被埋。十七人自救出了山，但还有三人没有生还。尽管在此之前，雅彦已经多次参加搜救行动，也成功地解救出了被困者，但这次的情况最为艰巨。为了防止二次灾害发生，搜救部门下达了将搜救行动延迟至第二天的命令。

　　遭遇雪灾的是一支高中的登山队。雅彦不顾命令，带上搭档搜救犬巴多独自展开搜索。

然而，雅彦没有活着回来。两天后的早上，天气情况好转，人们发现了被埋在雪里的雅彦，他已经全身冰冷。在他的附近发现了三具高中生的遗体。这是幸存的巴多指引他们的。

对于高中生死亡的恶劣结果，批判之声不绝于耳。不仅是允许学生登山的学校成了受指责的对象，盲目展开搜救行动的雅彦也成了众矢之的，说他不仅违反命令，最后连一个人都没能救出来，愚蠢至极。


"明明是在救人，却还要遭受别人的指责，真是太过分了！"大介愤愤不平。不知什么时候，他已坐到前面来了。

爸爸长叹一口气，继续说："篠田雅彦贯彻了自己心中的正义，就算别人指责他，他也不得不去。他一定没有后悔。就算不被任何人讴歌，他也是英雄。我想要他的家人为他感到骄傲。即使不被所有人认可，他也做了一件伟大的事。所以他的名字才会被记载在纪念塔的纪念册里。"

"纪念册是柊先生开始写的吗？"

秀平问道。

"不，很早以前就开始了。寿寿音能跟他们说说吗？"

突然被爸爸点名，我紧张起来。在和爸爸一起旅行的时候，他跟我讲了柊家的一些历史。

我鼓起勇气站起来。

纪念册可追溯到明治时代。柊家的第十二代后人柊诚一郎参与《东京大日报》的创刊工作，自己也是一名记者。隐退之后，他回到了老家的所在地土笔町。

在柊家的藏书中，他还发现了一本书。这是柊家第二代家主在日本战国时代末期写下的《柊家记》。

当时，上面仅仅列出了人的名字，诚一郎千辛万苦调查了所有名字，但没有一个人留名青史。

某天，一位在土笔町世代以务农为生的老人上门请求拜阅此书。他在书中发现了自己祖先的名字，十分震惊："原来是真的！"老人将祖祖辈辈口口相传的话一一告诉了诚一郎——有一本书上记载着战国时代战死的祖先的名字，那是祖先为了守护重要的人而英勇奋战的证据。

诚一郎在日记中写道："战死的大多为兵卒和下级武士。柊兴忠仅仅记下了他们的名字，但对于他们的家人而言，记载在册的名字却有着重大意义。兴忠一直在缅怀死者及其家属。我是否应该继承下去呢？"

之后，诚一郎开始重新调查他当记者时采访过的事件，因此注意到了当时未曾留意的一些人。

纪念册也由此开始。

日本一定有为了别人而不顾艰难险阻、勇敢行动的人。诚一郎开始调查之旅，纪念册上的名字也渐渐增多。

在行将就木时，诚一郎拿出钱财修建了如今的纪念塔的前身，还修缮了能乐堂。柊家世代相传，才有如今的"纪念塔"和"青绿座"。柊家一直寻找着在某个地方发生的崇高行为和不为人知的英雄，如今，纪念册已传到了第十五代柊源治郎。

说完，我在椅子坐下来，看到爸爸正赞许地点着头。真好！看来我讲得不错！

"所以第十六代就是寿寿音吗？太厉害了！"

大介崇拜地看着我。听他这样说，我有些不知所措。我都不知道自己有没有资格继承。

希海摸着耳垂，把脚晃来晃去。她对纪念册的事好像不太感兴趣，大介则是听得津津有味，开口问道："所以纪念册里有很多像篠田雅彦那样的英雄的名字吗？"

"是的。"

"来看纪念册的人，就是那些以英雄之名被铭记的人的家人。"

大介一副恍然大悟的模样，眼睛闪着光亮。

"也有的是本人带着家人来看。纪念册上记载的，并不只有已经牺牲性命的人。就算是看起来微不足道，但只要是为了别人而勇敢无畏的行动，都是令人尊敬的。"

"要怎么做才能被记载到纪念册里呢？"

听到秀平这样问，大介也往前探着身子，等待着爸爸的答案。

"这个需要你们自己去想。"

"所以能敲响那座钟的人就是被记载在纪念册上的人吗？"大介抬头看着纪念塔说道。

"快，该睡了。准备收拾吧。"爸爸站起身。

"明天见。"

我笑着跟大家挥手告别。明天大家也能待在一起。明天会是怎样的一天呢？我十分期待。

## 的场希海 十一岁

我低头看着侧腹的瘀青。

到底该怎样理解今晚听到的故事呢？英雄真的存在吗？要是真有就来救救我啊！

见到爸爸和哥哥，我一点儿也不开心，但他们还在这儿的时候，我不会表现得让他们伤心。因为我从妈妈那里痛苦地学会了人可以有两副面孔。

妈妈讨厌我。每次被训斥被责骂的时候，我都觉得一定是自己的错。我一直努力成为一个不讨人厌的乖孩子，但无论做什么，结果都是一样，全是白费力气。别人表扬我做得好时，妈妈事后却对我满是嘲讽："真会装乖孩子！"还说我性格差，坏话不绝于耳。每一次，她都专挑我穿衣服时能盖住的地方用尺子打我，使劲掐我。

当着外人的面时，妈妈温柔和善，但只剩我们两个人时，她就变得如猛兽般凶残。我不觉得被妈妈冷落是件伤心事，反而希望如此，甚至连她的声音也不想听。妈妈对我大发雷霆时最可怕。

"只要没有你，我就能和秀平住一起！"

"我真是倒了八辈子霉被你拖累！"

"我要是知道秀平能活下来，才不会要你！"

哥哥秀平小时候患有先天性心脏病，在美国做过一次移植手术。

我记得听大人们说过："夫人担心秀平不能得救，所以硬是生下了第二个孩子。"这就是说，只要哥哥活着，我就不需要出生。

妈妈曾恳求爸爸："我想去东京生活。和秀平分开，我该怎么活啊！"

但爸爸没有同意："希海怎么办？"

"我把她一起带过去就好了。"

"我一直不喜欢那孩子的眼神，我跟她合不来。绝不能带她一起。"爸爸干脆地说。

父母是这样地讨厌我。

秀平性格温和，但我没办法和他亲近。明明是亲兄妹，秀平要什么有什么，连周围的大人也将他视为接班人宠着，却没人注意我。

为了不被别人发现我身上的伤痕，妈妈请医生出诊，给我安排居家体检和疫苗接种。任凭妈妈吩咐的医生曾说过："从病历上看，你一生下来就做了全身检查。一般人可不会做这样的检查哦。是因为之前你哥哥生病了吧？你父母应该很高兴，把你健康地生下来。"

我还在想父母是什么时候转性了，然而最终才明白，医生只不过是为了减轻纵容虐待孩子的罪恶感才编出这番话。

只有蛇田和其他人不一样。他对我总是彬彬有礼，也察觉到了我和妈妈之间发生的事情。

虽然如此，但蛇田也阻止不了妈妈的行为。

但我还是被蛇田的目光拯救了。

他没有安慰，没有说和，只是看着我。

一扑进他宽广的怀抱，我就很安心。我觉得只有蛇田认可我、接纳我。

今晚，寿寿音听到别人说她是第十六代时看起来很羞愧。大家都知道她是养女，可就算不是亲生的，寿寿音也被父母视若珍宝。她的命真好，和我不一样。

现在，我仅存的一丝念想全在蛇田的身上。


# 大介

我醒了后再也睡不着，于是走出房间。为了不吵到大家睡觉，我蹑手蹑脚地穿过走廊，下了昏暗的楼梯，来到一间宽敞的起居室。环着矮桌的真皮沙发上没有人。角落里离地一人高的地方挂着摆钟，指针指向五点二十。

莲见先生一家人住在离的场家主屋不远处的客房。

房后就是一片湖，四周是一片青冈林。客房是一栋豪华的建筑，能容许四家人同住，每家有两间带淋浴和卫生间的卧室。今晚，除了莲见先生家，只有杉本医生和他夫人在那儿住。

杉本先生夫妇去年也来了。杉本比莲见先生年长十岁左右，夫人直美女士是土笔町综合医院的院长。寿寿音和希海她们感冒发烧的时候都是请她诊治。我听说秀平他们都是在直美女士的父亲开办的白川产科医院出生的。两代人都受医生一家的照顾。

我来别墅后，常听到"家族""接班人"之类的词。秀平、希海和寿寿音都是名门世家的孩子，注定要继承家业，这让我觉得既艰难又同情。也有像莲见先生一样从事和父母不同的职业的人。

我爸爸生前是厨师，可我将来要从事什么工作呢？

推开起居室沉重的玻璃门，我走到铺着木地板的阳台。天气预报有误，好像快要下雨了。我坐在垂下来的吊床上晃来晃去，就算冥思苦想，也无法想象自己成为大人时的模样。

比起未来，现在我脑子里更多的是英雄。

昨天晚上听了故事后，我的兴奋之情难以平复。我很害怕火堆，所以一直缩在后面，听得入迷，等回过神来居然已经挪到前面了，连我自己都吃了一惊。

家人在我八岁那年去世后，我就开始在福利院生活。其他孩子也因为各自的苦难来到了这里。虽然有时候有些孩子会打架，会哭闹，但日子还算安稳。其实说起来，学校才是霸凌和歧视的多发地。听到同学说"总归是福利院的孩子"时，我火气直冒，总会给他们点颜色看看。

只是我不会欺负弱小，也不允许别人霸凌他们。特别是看到同一家福利院的孩子出什么事时，就算对方是高年级的也要跟他们决一死战。出手过分了，还要同院长一起去赔罪，有时可能还会遭到报复。

今年春天，发生了一件事。放学后，我在操场打垒球。垒是由本垒、一垒和三垒组成的三角形。这是一种用手投掷橡胶球，比谁得分多的游戏。

当时，差不多算是班级老大的那个男生把打得好的人都集中到自己的队伍里，我擅长棒球，所以也被点名了。但我当即拒绝，加入了弱势的一方，可两队的差距仍然显著。我不喜欢这种鸡蛋碰石头的游戏。

比赛开始前，我建言献策，为队伍制定了战术，可还是没有一个人捕到球。

大家追逐着那颗被抛来掷去的球，对方接连得分，势如破竹。

我作为捕手十分懊恼，一看到球被打出，就大叫着"往左跑！""退后！"。两队的分差越来越大，最后，对方那个领头的孩子撂下一句"打得真烂啊，太没劲了，不玩了！"就结束了比赛。我很生气我的队友们被他当成笨蛋。

于是我叫住一言不发准备回家的队友们："输了不会觉得不服气吗？再练练吧。"

"算了。输了就输了，不过是一场游戏而已。"

听到他们这么没有志气的回答，我火冒三丈。

"就是因为这样，所以老是被别人看不起！不会好好努力吗？"

"你这么想赢，就应该把三棒都接住。不要输了就怪我们。你选我们队不就是想出风头吗？瞧不起我们的，其实是你！"

我怔住了。我以为这样是为了他们好，却被理解成我只是因为输了比赛拿他们撒气。我自恃正义，不容许欺负弱小的行为发生，然而，把自己的意见强加于人、利用弱者的正是我自己。我讨厌这样的自己。

从那以后直到暑假，我在学校一直独来独往。没有一个人邀请我一起玩。

从昨晚开始，我一直在心中呐喊：我想成为英雄！

如果纪念册记载上"石田大介"，我或许会喜欢上自己。我想要改变那个从火灾中独自逃生的自己。无论如何，我都要成为英雄。

## 的场秀平 十三岁

只见希尔从同伴手里接过了手套和球，昂首挺胸地走进单人监牢。他的身影消失了，球与墙壁间响起一阵富有节奏的碰撞声。

片尾，轻快的主题曲响彻"青绿座"。去年的观影请求没有被遗忘，我很开心。

老片《大逃亡》是一部我很喜欢的美国电影。

被俘的联军士兵们计划从德国军队的集中营越狱，齐心协力。影片中有许多个性鲜明的人物。我特别喜欢由史蒂夫·麦奎因饰演的陆军大尉希尔。希尔开始的计划是单人作战，但后来又帮助了许多其他打算越狱的狱友。他冒着生命危险，不动声色地实施越狱行动。片尾，他骑着摩托车飞驰跨过栅栏，即使被德军枪口团团围住也露出无畏的笑容的那一幕，烙印在我的眼睛里。

还有另一幕我也很喜欢。监牢里，希尔面向墙壁坐在水泥地上，往墙上砸球。球反弹回来，他用手套抓住，再接着投掷。他反复投掷的样子让我没来由地觉得帅气。

我自己也试着模仿，但试了多次，却无法像设想的那样接住球。理想和现实是两码事。我虽然憧憬成为像希尔那样的人，但我明白并不现实。

周围的人都认为，我会像祖父和父亲那样成为一名政治家。

我认为自己已经深谙身为的场家长男的宿命。可能是因为我小时候做过心脏移植手术，在鬼门关前活了下来，大人们和我相处时如同触摸肿疡，而我已习惯被特殊对待。妈妈、妹妹和我分居两地，爸爸也因为工作繁忙基本不在家。但我并不是孤身一人，寄住在家里的家政阿姨、家庭老师和秘书蛇田先生都会照料我。周围有许多人纷纷向我投来似乎要审判我的价值的目光。不知从何时开始，我开始害怕，害怕被监视，害怕自己的一切都被汇报给爸爸。

我也必须拿出的场家长男的样子，凡事做到尽善尽美，不能失败。对待任何人都必须举止有礼，态度谦和。渴望得到爸爸认可的心理支配着我的一举一动。

周围的大人总是对爸爸说："秀平这个孩子优秀，心性不骄躁，真是后生可畏啊！"

然而，爸爸总是双眉紧锁，泼冷水说："男孩子一定要坚毅，即使反抗别人也要贯彻自己的信念。秀平身上缺乏这一品质，还须多加磨炼。"

柊先生昨晚讲的英雄故事里，仿佛有我刚看完的史蒂夫·麦奎因的影子。

英雄是我不可触及的存在。

我把手放在胸膛上感受心脏的跳动。我获得了新生。因为另一个素未谋面的幼小的生命丧失了生命，所以现在，我还活着。属于另一个小孩的心脏现在在我的胸腔里跳动。对我来说，心脏的主人和同意心脏移植的孩子父母就是英雄。

我希望，我的人生能无愧于他们。

在剧场的灯光亮起前，我暗下决心。

"真有意思。"

坐在前排观影的寿寿音回头说。一旁的希海也点点头。

我敢肯定大介很喜欢这电影，但不知道女孩子会怎么想。

"大家听我说。"大介走近，满脸兴奋，"我们一起让名字记载到纪念册里吧！"

我预感要发生什么事情了，激动得胸口剧烈起伏，满怀期待地看着大家。


## 寿寿音

听大介说想要被记载在英雄册上，我们迅速回到的场家，开始作战会议。

一大早，的场先生和蛇田先生按计划一起去了山里，家里没人，十分安静。

前厅里矗立着两座铜像，好像是希海他们的祖父和曾祖父；铜像中间装饰着奖杯和奖状，书架上排列着许多看起来高深莫测的书籍；沙发柔软，坐起来很舒服，桌子也很大，正好可以用来开会。

希海妈妈之前每次都出门迎接，可今天没看到她，于是我问希海："你妈妈身体不舒服吗？"

身着漂亮的洋装，脸上挂着温柔的笑容——这是希海妈妈留给我的印象。

"没有。她今天想和哥哥一起出门逛逛，因为被拒绝了，所以闷闷不乐。"

"啊？不会是因为我们吧？"他们母子很少见面。我觉得自己不小心做错事了。

"你别多想。我哥都是中学生了，况且和妈妈一起出门也……"

秀平已经像个大人了。

"妈妈这种生物，好像都很喜欢儿子。"希海用食指扶了扶黑框眼镜，说。

"那我们就开始会议吧。"大介很兴奋。

"你说想在纪念册上留名，是认真的吗？"

"你打算怎么做？"

"你要帮助别人吗？"

大家一个接一个地问。

"我还不知道具体要做什么，但一定有能做的事。大家集思广益想想吧。"

大介脸上写满了认真。但事情并没有那么简单。我们能做什么呢？

"这附近有人需要帮助吗？"秀平抱着手陷入了沉思。

"我们把捉弄寿寿音的那些人揪出来怎么样？"希海的话让其他两人吃了一惊。

"有人捉弄寿寿音？"我本来不想让大家知道，但事已至此，只好坦白。

"偶尔。"

"他们对你干什么了？"

"只是给我放一些很奇怪的信。之前就收到一封信，像是比着直尺写的，上面写着'寿寿音是说谎精，是弃婴'。"

"太过分了。"

"没事，我不在意的。"

大概从一年前开始，我就陆续收到奇怪的信。说实话，我心里很反感。

"到底是谁会做这种事？"

大介义愤填膺。

"大家都知道寿寿音是弃婴，所以很难找出肇事者是谁。"

希海说起话来口无遮拦。这话要是让我来，无论如何都说不出口。我已经习惯了希海这种说话习惯，所以心里毫无波澜。但之前有一次，我是真的生气了。

希海会把玩具拿到位于的场家院子最尽头的杂物间里，那里是我和希海的秘密基地。我们有一个纸箱子，叫作"梦幻宝箱"，里面有过家家的套具、能换装的娃娃，还有毛绒玩具。

杂物间堆了很多陈年老物件，所以有些昏暗，散发着霉臭味儿。但我们在里面玩得不亦乐乎，毕竟两个人的专属秘密最让人激动了。

我们从"梦幻宝箱"里取出一个个玩具，打开好几个手电筒为娃娃举办舞会，把玩偶狗当成我们偷偷养的真的小狗一样和它玩游戏。

那是上四年级的时候，我像往常一样拿出玩具，突然看见一个黑色的物体朝着我的脸飞扑过来。我失声尖叫，低头一看，一只巨大的老鼠从脚边跑过。我惊慌失措，夺门而出，使出浑身的力气往外逃。

看到我如此狼狈，希海笑得前仰后合。明明我都被吓成那样了，她还在一旁嘲笑。真是过分！

"绝交！"我赌气说。但没过三天，我就不知怎么地原谅她了。

只是从那之后，我极度害怕老鼠，再也不敢踏进杂物间半步，我们两人的秘密基地也荒废了。

"寿寿音。"

突然听到大介叫我，我抬起头。

"信的事情再想想。反正我是一定会好好想想的。"

大介的话斩钉截铁、铿锵有力，我不禁点头。

好一会儿，大家都沉默着，苦苦思索。但要实现英雄的正义可不是那么简单的事。

"这本书里有记载什么吗？"秀平从书架上拿出一本厚厚的书——《土笔町的历史》。

这书由政府制作并分发给居民，我家也有一本。里面的联页上不仅印着许多土笔町的航拍照片，还记载了关于土笔町的各项历史事件。

"这个是纪念塔。"

大介指着航拍照片的一角。我记得自己第一次看到这本书里的纪念塔时也十分欣喜，和大介一样。

"有什么线索吗？有没有什么很久以前起就困扰这个町的事情，比如动物致害？"

我们翻阅着。

大介的手指着一则报道——《土笔町的河童 ① 传说》。

"据说这附近有河童出没？"

"嗯。我听爸爸说过，山谷的那条河里住着河童。河童十分喜欢恶作剧，不知道会怎么捉弄人呢，所以一定要离它远远的。"

"一到夜晚，河童便顺流而下，偷袭斑嘴鸭和天鹅的幼雏。"不知为何，希海看起来十分高兴地说。

"爸爸还说最近斑嘴鸭变少了。之前，每年都有成群结队的斑嘴鸭带着幼鸭在河中嬉游呢。"

"这说不定是河童干的好事。我说，就不能把河童抓起来吗？河童真的喜欢黄瓜吗？"

大介的问题让人摸不着头脑。

"不是真的吧？"

"不知道啊。"我回答，又想起来了一件事，"话说，我听说金森商店的老婆婆丢了件很宝贝的东西，所以无精打采的。"

"你突然说这个干吗？什么金森商店？"自己的话被岔开，大介看起来有些不高兴。

"那家店会给附近的人家配送食物等用品。前阵子叔叔上门配

---

① 日本民间传说中的一种怪物。

送的时候，和妈妈提起过，说老婆婆称自己的东西被河童偷走了。"

"又是河童？"秀平有些吃惊。

"那么珍贵的东西被河童偷走，老婆婆一定很伤心吧？"大介探着身子对我说。

"好像是的。"

"我去问问老婆婆。"大介说完就要跑出去。

"等等！"

"河童袭击斑嘴鸭的孩子，还偷了老婆婆的宝贝！一定要把河童打得落花流水，把东西拿回来。来个河童大作战！"

大介把战名都取好了，听起来蛮有意思。

"天都黑了，还下着雨呢。明天再去老婆婆家吧。"

秀平冷静地说。大介也点头同意。

我们约定好明天见，随后各自回家了。我很期待明天究竟会是怎样的一天。在雨中，我蹦蹦跳跳地朝家走去。


## 希海

"之后一起去东京吧。希海有时也想去吧？"

听到爸爸突然这样说，我觉得很意外。我问他为什么，他的回答也含糊不清。蛇田一如既往地站在爸爸身后，面无表情。等爸爸走出房间后，他告诉了我原因。

周刊杂志上有篇报道批评说"的场对儿子和对女儿区别对待，和乡下的女儿的见面次数屈指可数。可见家庭关系十分扭曲"，所以他们绞尽脑汁想对策。蛇田出了主意，让其他出版社的杂志报道我们父女俩在东京的幸福生活。我虽然同意了蛇田的意见，但还是觉得他有些自私。

"只要做做亲子关系和睦的样子就行了吧？"

"还是小姐识大体，不愧是聪明的孩子。"

"作为交换，我想去你家。要是不行我就不去东京了。"

蛇田略加思索，同意了。我对河童大作战毫无兴趣，倒是十分期待东京之行。

采访很简单，只要说和真心话相反的假话就好了。回答问题时，我一直保持微笑。只是，在听到记者的某句话时，我还是不小心咂了咂嘴。

"能战胜先天性大病，真是太好了！"

我被当成秀平了。虽然我很想纠正，但一旁的爸爸摸着我的头抢在我前面回答说："做父母的，最开心的就是孩子身体健康。"

我没说话，挤出一个笑容。

拍照片的时候，我在父母中间，微笑着挽住爸爸的胳膊，装作撒娇的样子。采访结束，记者也奉承道："小姐秀外慧中，先生将来也大有可为啊。"

因为我表现得很乖，爸爸十分高兴，允许我和蛇田外出。

我跟蛇田在原宿的大街上漫无目的地闲逛，买了件好看的T恤后，就坐车去他家——一幢炼瓦砌成的别墅。

"哇，原来你住在这种地方啊。"我眨巴着眼睛左看右看。

入口前的邮筒旁，跪着一个人。我驻足一看，是一位老婆婆，她摆好花束，双手合十。

蛇田视若无睹，径直走进别墅。

"那个人在干什么呀？"我急忙追上去问。

"有的人把鲜花摆在事故发生地，祭奠在事故中死去的人。我实在不能理解这么做的意义。他们觉得死者会因此高兴，但实际上，这只不过是自我满足罢了。"蛇田走进电梯，按着八层按钮，不快地回答道。

这附近谁死了吗？我心里有点不舒服。蛇田好像压根儿就没注意那个老婆婆。虽然感觉他是个冷漠的人，但他对我很温柔。想到自己是特别的存在，心里也没有那么不舒服了。

"我想都没想过会带小姐来这里。这里连我妻子都没来过。"

"这不是你家吗？"

"进去就知道了。"

电梯停在了最高层。

蛇田打开房间的门锁，拉开门请我进去。

"请进吧。"

突然出现在眼前的景象让我不禁连连后退。一具足有一人高的蛇标本正盯着我，似乎下一秒就要扑击过来。

"这里是我的收藏室。"蛇田看着我笑了笑。

我小心翼翼地走进起居室，生怕碰到蛇标本。从高层的窗户望去，都市的风景一览无遗。这是我第一次看到城市。

但使我吃惊的不是都市风光——整个房间都是蛇，连挂在墙上的时钟的指针、玻璃桌的桌角都是蛇的形状。坐垫的花纹是蛇，墙上的架子上也清一色地陈列着蛇摆件。

"就算名字里带个蛇字，但也收集得太多了吧。"

"蛇虽然老是被人们讨厌，但自古以来，蛇的图案一直被视为吉祥的象征。它被视为辩才天女①的化身，如果将它穿戴在身上，便会财源广进。隔壁屋子里还有不少，要看看吗？"

已经看够了。我迅速地摇摇头。但渐渐地，笑意涌上我的心头。被蛇重重包围而吓破了胆的自己有些可笑，热心于收集蛇类物件的蛇田也怪异得好笑，连蛇田一脸困惑地看着我捧腹大笑的样子也很有趣。

"你从小就喜欢蛇吗？"我好不容易收住了笑，问蛇田。

"不是。"

"那为什么收藏呢？因为想发财吗？"

蛇田把脸扭向一边，没有回答。

"为什么？告诉我吧！"

我想知道答案。

"这可不是什么好事。"

看我如此执拗，蛇田先给我打了个预防针，然后开始了讲述。

我的父亲曾经经营了一个小型印刷工厂。但因为他做了亲戚的担保人，不幸就开始了。那时，我还在上小学四年级。我们没了工厂没了家，离开生养的城市。母亲不知何时

① 弁财天源自印度教的辩才天，也叫辩才天女。

离家出走了，我和父亲两人为了躲避债主辗转各地。我们到了一座城市后，父亲总是在一家古董店前驻足，注视着他家的蛇标本。

"爸爸，你喜欢那个标本吗？"

"小时候，你爷爷经常对我说，对于蛇田家来说，蛇就是守护神。要是把那个蛇标本买下来，我们的日子或许能好过点。"

可我们实在买不起昂贵的标本。父亲的话和沮丧的身影一直在我脑中挥之不去。有一天，我趁店家不注意，抱起标本就跑。我逃回到家，却迎来了父亲的一顿毒打。至今，我仍无法忘记他带我回古董店时我羞愧难当的心情。

三天后，债主发现了我们藏身的地方，父亲走投无路，上吊自杀。我恨父亲。明明要是留下那件标本，它就能成为我们的守护神。

之后，靠着亲戚的四处接济我终于中学毕业。等我意识到的时候，才发现自己在为传销公司卖命。二十二岁的时候，我偶然走进了一家古董店，发现了蛇标本。虽然店主写了是非卖品，但我还是软硬兼施买了下来。

那天夜里，我正在做俱乐部用的打棍，听到的场先生叫我。

"别在这种地方浪费时间了，做我的保镖吧。"

我当时觉得，这就是守护神赐给我的改变命运的一瞬间。从那之后，只要看到跟蛇有关的，我都会统统买下来，无一例外。

连蛇田也有故事。

"我也想要守护神。"

"我很羡慕小姐。"

我没想到他会这样说，一时间愣住了。

"为什么？我过得很惨的。"我撩起衣服，露出背上的伤痕。蛇田神色平静。

我不想听到他说羡慕我。我原本以为，只有蛇田是懂我的。

"小姐知道你所拥有的一切具有多么大的价值吗？"

"我拥有的？"

拥有什么？我质问似的看着他。

"的场家的财力、名誉及权力。这些都是努力换不来的。这是小姐生来就被赋予的好运。"

"的场家的继承人可是秀平，不是我这种人。"

"这还没有板上钉钉。秀平太过优秀，我觉得他不适合当一名政治家。相比之下，小姐尝过生活辛苦，心志也更坚强，总有一天能报复让自己受苦的人。只要我们手握权力，众人都将俯首。"

我的眼前突然浮现出妈妈的样子。之前我从未想过。

"小姐是天选之人。"

"天选之人？"

就凭我？一个被父母讨厌的累赘？

"想要什么就必须靠自己的力量才能得到。我和小姐是一路人。合作吧，一起向上爬。"

我甘愿相信。如果蛇田帮我，那妈妈的打骂也可以忍受了。

我还有未来，等我变强大就悉数奉还！

"明白了。我想要一样东西。给我一个蛇的守护神吧。"

蛇田没有回话。但无论如何我都想要一个。

"这是我这辈子最大的愿望了。"

"我知道了。这些都是我的珍宝，不能让你想拿哪个就拿哪个。"

我点点头。顺着架子看去，最先吸引我的是一把匕首，它看起来极具力量感，能当守护神。刀柄上刻有蛇的图案，刀刃闪着凛凛寒光，十分美丽。

首饰也不错。我站在摆满戒指和手镯的架子前，看中了最里边的一只不起眼的戒指。

"给我看看那个。"我伸手指着。蛇田取出来，却一直拿着不肯放手。

"快给我看看。"

我伸手讨要，蛇田终于递给了我。细看才发现上面有三张脸，三条蛇缠绕成一圈，蛇鳞和蛇眼栩栩如生。虽然还有几枚戒指的设计与这个十分相似，但这个戒指上的蛇脸看起来有几分可爱，我越看越喜欢。

"就这个吧。"

"这是银的，不值钱。不是还有其他好东西吗？"

"其他的我不喜欢。拜托了。"

我更想要这个戒指了，死乞白赖地求着蛇田。

"好。也对，或许这个跟小姐很配。"

他终于同意了。戒指太大了，于是蛇田把它串成项链，戴在我的脖子上，这样我就能随身戴着了。只要藏在衣服下面，谁都发现不了。

今晚我在爸爸家过夜，明天就回土笔町了。得了这样一件秘密宝物，我心里别提有多高兴了。

要是这个指环能庇佑我免受妈妈的恶语和毒打，那该多好啊！我明白这不会实现，可还是满怀希望，将指环紧紧握在手心。


## 秀平

昨晚雨还一直下，天亮时已经停了。

爸爸突然告诉我要带希海去东京，我担心自己也要跟着回去。但听到我还是按计划留在这里时，我松了一口气。

我们家一直是分开生活的。大人们定好的，我和希海什么都做不了。我是男孩，所以姑且能忍受，但我时常担心希海会不会很孤独。虽然我也觉得希海和妈妈一起生活肯定没事，但她心里还是希望一家人能在同一屋檐下生活吧。今天，希海能单独和爸爸妈妈在一起，对她来说或许是宝贵的一天。

而对我来说，因为和大家的约定，今天是很重要的一天。

听到我说希海跟着爸妈去了东京时，寿寿音和大介觉得十分遗憾。可当我们出发去金森商店时，还是为大介发起的"河童大作战"兴致盎然。

到达金森商店后，叔叔又把我们带到另一个地方去见老婆婆。

"河童就喜欢搞恶作剧，还特别喜欢闪闪亮亮的东西。"老婆婆躺在床上，叹了一口气。她声音微弱，让人不免有些担心。

"您丢了什么？"寿寿音轻声询问道。老婆婆萎靡不振，寿寿音似乎很同情。

"我老伴儿给我的吊坠。那是他送给我的唯一的礼物。"

佛龛处放着老爷爷的遗像，让人有些害怕。收到吊坠的时候，老婆婆应该开心极了。

"您知道在哪儿弄丢的吗？"

"我去河边挖伞花楼梯草，一回来就发现不见了。"

"伞花楼梯草？"

"是一种野菜，在夏天也能采摘。前几天还兴冲冲地去摘呢，自从吊坠不见了之后，你们老婆婆就一病不起了。"叔叔在一旁解释道。

"您把吊坠挂在脖子上了吗？"

"当然了，从没离过身。"

"好，我们会把吊坠从河童那儿拿回来的！"大介雄心勃勃。

"肯定找不到了。"老婆婆像个小孩一样哭起来。

"你们老婆婆连饭都吃不下，我也担心啊。"叔叔长叹一口气。

不管这事跟河童有没有关系，老婆婆和叔叔现在遇到难处是事实。我也赞成帮他们找回吊坠。

我们问了老婆婆摘野菜的地点，回了趟别墅，塞了满满一旅行包的食物和水。

巧妈帮大家准备了饭团。巧妈是家里请的家政阿姨，在我出生之前就开始照顾妈妈了。她的本名叫梶谷京子，"小巧玲珑的阿姨"，简称为巧妈。大介也问了巧妈很多关于河童的事。

"据说河童会在幼鸭可能活动的河边出没，我在小时候也听说河童会对斑嘴鸭的孩子下手。但是想抓幼鸭的是老鹰，它们在天空一圈圈地盘旋，就是在寻找猎物。山里有很多野兽，你们可不能去深山啊！"

我们没法对巧妈说要去找河童，于是撒谎说去远足，让她不要担心，然后就出发了。

我们都觉得，河童出没的传言都是大人们编造出来的故事，为了吓唬小孩，让他们不要靠近危机四伏的深山。但是我们没法把这话对较真的大介说。

权当是为了老婆婆，无论如何也要找回吊坠。

"对了，杂物间里或许有派得上用场的东西，我们去看看吧。"

位于宅院一隅的杂物间里放着修理庭院的工具，也有爸爸去山里时必带的户外装备。爸爸临时回东京是计划之外的事，所以我们可以随意使用。真是天助我也。我们穿过小片树林来到杂物间。

不同于主屋和客房，杂物间是陈旧的木质建筑。旁边是车库，卷门里停着一辆爸爸的爱车。那是他去山里时的交通工具，已经沉睡一年了。杂物间和车库被生长在大宅院外围的树木环绕，像是爸爸的秘密基地。

宅院的道路一侧，一堵水泥高墙阻挡了视野，守卫着的场家。墙上设有压顶刺片，尖锐的金属防止外部侵入。的场家有两道门，其实准确来说是三道。一道是正门，一道是藏在杂物间和车库那边的东门。和装有监控摄像的正门不同，东门是园艺师的进出通道，只能勉强容许一辆车通过。爸爸去山里的时候会驾驶车库的车从东门出发。

出东门再沿着路走百米左右，就有一扇入山的铁门。这就是第三道门。门上挂着大锁，阻挡车辆闯入。

但爸爸是允许附近乡亲徒步进入山林采摘野菜的。金森商店的老婆婆应该就是其中之一吧。

"我就在这里等吧。"寿寿音远远地看着杂物间说道。我记起希海曾说过寿寿音打死都不会进杂物间。关于杂物间，她似乎有恐怖的记忆。

"好。"

我和大介两个人走进屋子。里面的空气夹杂着一股生锈的味道，不禁让人掩鼻。我打开门旁的开关，灯泡一下子把房间照亮。杂物间格外大，好几列置物架并排而立，上面堆放着各种器具。挂钩上倒挂着一把锈迹斑斑的大劈刀，还有绳索、头盔和雨衣。

我们俩拿了一些必需品，有望远镜、蓝色防水布和军用手套等。背上的旅行包很沉重，但我们脚步轻快。秘密行动"河童大作战"的号角吹响了。


我们计划先去老婆婆采野菜的河边。虽然大介断言吊坠早已被河童拿走，河边肯定没有，但我还是坚持去河边找找线索。

我的想法太天真了，竟然以为会在河边找到。我们在河边走走停停，弯着腰拨开一个个草丛，而这远比想象中的累。我们饥肠辘辘，于是铺上一层防水布，坐在上面吃饭团。

"老婆婆很伤心呢。"

"我们加把劲找吧。"

我们一吃完就接着找。树木的枝叶缓解了夏日的曝晒，所以不觉得有那么炎热。浅滩河水清澈，波光潋滟，还能听到不知从何处传来的鸟叫声。要是只是来远足，我们应该会尽兴游玩，但这次有任务在身。我偷偷揉了揉酸痛的膝盖，目光一丝不苟地搜寻着地面。

"看！"大介指着天空。我抬头一看，发现一只大鸟在空中盘旋。

"老鹰！"我们三人同时叫出声来。老鹰慢慢地越飞越低，最后优雅地停驻在杉树尖。树枝轻轻地摇晃着。

"它在找猎物吧？"

"可能是在找斑嘴鸭的幼雏。"寿寿音的声音里满是担忧。

"去看看吧。"大介往老鹰那边去了。我急忙背上背包，跟在他后面。

"老鹰捕猎的地方说不定有河童。"大介着急地边走边说。他好像从一开始就想要降伏河童。

我们走在林间，时刻关注着老鹰的动静。几只老鹰飞来飞去。我们时不时地抬头看看，走得很快，生怕老鹰离开我们的视线。

我们走啊走，不知不觉间已经走到了森林深处。

大介不仅随时关注着天上的情况，还眼观四路，提防河童出现。

"看！那边有东西在发光。"大介指着斜坡下面。我和寿寿音也顺着方向望去。

"什么也看不到啊。"

"就是那儿！我去看看。"大介抓着树，准备顺着斜坡下去。

"天啊！"我看见大介松开了树枝，差点要滚下斜坡。说时迟那时快，寿寿音抓住了大介的手。

"坚持住！"寿寿音拼死拽着大介，我也搭了把手。我俩想把大介拉上来，但无奈昨天刚下过雨，地面湿滑，我们站都站不稳。

"啊——！"

我们三个都摔倒了，从斜坡上滚了下去，叠罗汉似的倒在地上。

"你们没事吧？"寿寿音挣扎起来，大介扶着脚踝坐在地上。

"能站起来吗？"

"嗯，别担心。"大介刚要起身，但"啊"的一声又坐下了。

"还是别乱动了。"

"对不起，都是因为我摔在你身上了。"

"又不是什么大事。"大介逞强说，但双眉紧蹙的样子已经出卖了他的痛苦。

我打开背上的背包，取出防水布，铺在大介的身旁，慢慢移动他的身体，总算让他坐到了防水布上。我之前并不觉得会碰到这么糟糕的情况，但以防万一，我还是在包里放了急救箱。

我们暂时在大介脚踝处缠了几圈绷带。我们环顾四周，发现斜坡很陡，大介爬上去应该很吃力。这该如何是好？

"脚痛吗？"

"先别管我的脚了。那边有什么东西在发光，寿寿音，去找找吧。"

比起自己的伤，大介更关心吊坠。寿寿音点点头，也顾不上脚下的泥泞，便在四周搜寻起来。我也用目光搜索着。

"啊！"我们两人同时惊叫起来。在一块石头上躺着一个发光的银色的东西。

"一定是老婆婆的！"寿寿音拿起吊坠，轻轻地摇晃着。

"太好了！"大介的声音响彻山林。我们终于找到了。

寿寿音仔细地把吊坠用手帕包起来，又慎重地放到口袋里。我们三人坐在防水布上，不知为何，明明处境狼狈，心情却莫名地舒畅。

大介和寿寿音的脸上挂着笑，因为找到了吊坠，大家开心极了。

但我们可没法松懈下来，天色已经晚了，我们必须尽快计划下一步方案。

"大介走不了路，我们只能叫大人过来帮忙。我先赶回去，你们就在这儿等。"

大家相互看看，考虑着这个办法。

"寿寿音也一起回去吧。秀平对这一带不熟，要是迷路了就麻烦了。我一个人没事的。"大介自信满满地说。

"我不会迷路的，你别担心了。"

但说实话，我没有在傍晚独自一人穿过森林的经历，心里有些害怕。可三人中，我的年龄最大，大介还受了伤，除此之外别无他法。

我背上背包，手里拿着一支小手电，站起身来，把大的那支递给寿寿音。

"等等，好像有什么声音。"

寿寿音望着斜坡。我大气都不敢出，竖着耳朵听。

确实有沙沙声。

"不会是河童吧？"大介两眼放光。这可不是高兴的时候。

"可能是熊或者野猪。"寿寿音小声说。我的心跳到了嗓子眼。比起河童，后者的概率更大。要是熊该怎么办？

我们仨一动不动，只留眼睛看、耳朵听，不放过一点儿风吹草动。

"啪——啪——"折树枝的声音响起。我们循声望去，树叶在动，依稀有一个黑影。

"有什么东西。"

"我也看到了。一个黑色的东西在动。"

一时，我屏住呼吸，观察着周围的动静，压低了声音问寿寿音："要是是熊该怎么办？"

"我听说要大叫，让它知道有人在。熊也是怕人的，不会贸然袭击人类。我还带了驱熊的铃铛①。"

"好，就用它。还可以用手电筒照吧？"

"对。"我打开了手上的电筒，先照着地面。淡橘色的光聚成

---

① 日本人认为通过使金属撞击发出的高频声响可以驱赶熊。

一个光圈。

"我要摇铃了。"寿寿音从口袋里掏出铃铛，轻轻摇了摇，丁零零，声音有些微弱。她越摇越用力，铃铛的声音开始响遍山林。

我慢慢把电筒照向树林那边，把光束缓缓往上移动，然后左右照射。但有个东西一闪而过。直觉告诉我有两束光。是什么的眼睛？树枝在剧烈晃动，要过来了吗？寿寿音不停地摇着铃。

"别过来，回山里去！"我闭着眼大叫。一旁的寿寿音和大介也大叫。

不知道喊叫了多久。

铃声停了。寿寿音停住手，竖着耳朵细听。霎时，四周一片阒寂。

"已经走了吧？"

树叶停止了摇动。

"刚刚树林里发光的是眼睛吗？"寿寿音问。

"我也看见了。"大介开口道。

刚刚果然有什么东西。我两腿开始发抖。

"太可怕了。"寿寿音的声音也颤抖着。太阳已经收起余晖，四周漆黑，并且附近还可能潜伏着野熊，所以根本不能将行动不便的大介留在这里。

我们决定保持警惕，等待天亮。

我们挨着坐在防水布上，分着吃带来的巧克力和饴糖。

耳边又传来猫头鹰咕咕咕的叫声和树叶摩擦发出的沙沙声。

从杂物间带出来的电提灯的微弱灯光照亮大家的脸庞，让我明白我不是一个人。我不时用手电照照四周，观察情况。虽然是八月，可一到了晚上，山里的寒气直逼肌肤。我们穿上带来的长袖外套，抱着双腿，缩成一团。

"大介，你脚还疼吗？"坐在中间的寿寿音问道。

"嗯，有一点儿。"

"刚刚那个东西是熊吧？"

"我觉得是河童。"

"要真是就好了。"

我默默地听着两人的对话。

"或许河童现在正藏在暗处，偷听我们说话呢。"

"可能看着寿寿音拼命摇铃的样子还觉得搞笑呢。"大介笑着说。寿寿音也笑了。我想到河童藏在树那边偷窥，也觉得好笑。

渐渐地，天亮了。只能听到虫子的叫声。

"大家肯定都担心坏了。"寿寿音不安地说。

"都是我害大家变成了这样子。对不起。"大介愧疚地说。

"不，是我判断失误。"作为最年长的孩子，我感受到了自己的责任。

"不是谁的错。"寿寿音安慰我们说。

大家渐渐变得不安，三个人都低着头，一副沮丧的样子。

"咕——"

不知道是谁的肚子叫了。

"啊。"寿寿音捂住了肚子。

"你饿了啊。"大介大声说。

"啊，你饿了啊。"我也大声说。大家都笑了。

连猫头鹰咕咕的叫声听起来都变温柔了。

抬头看看天，透过树叶的间隙只能看到几颗寥落的星星。

"你们能听到什么声音吗？"寿寿音说。我倾耳细听。

"有人吗——"

是人声！还有几束黄色的光。光和声音都渐渐地近了。

"我们在这儿。"

我本想大声呼救，但听到自己的声音有气无力。

光线刺眼，我下意识地伸手挡住了脸。透过指间，我看到了好几个人的影子。

"这儿有人！三个孩子！"

许多穿警服的大人围在我们身边。我放下心来，但也明白闯了大祸。

搜救的警官带我们回到别墅时已经是第二天了。别墅外停着好几辆警车和巡逻车，柊叔叔和阿姨从车边跑过来，把寿寿音紧紧抱在怀里。寿寿音放声大哭。莲见先生和由利女士急匆匆地跑到背着大介的警察身边。

大介让警官放他下来。他站在莲见先生面前。

"对不起。"

大介一条腿不能使劲，我站在旁边扶着他。

"对不起。"

"简直是胡闹！"

我第一次听到莲见先生的震怒声。他通红的双眼看看我，又看看大介，伸手打了大介一巴掌，声音清脆响亮。接着，莲见先生的大巴掌又扇到我的脸上。这是我第一次挨打。手掌的冰凉触感遂即变成火辣辣的疼痛感。

莲见先生抱住我们，在我们耳边喃喃说"幸好没事"。

"嘶——"大介忍不住呻吟了一下。

"你受伤了？"莲见先生担心地看着大介。一旁的由利女士蹲下身来检查大介的脚踝。

"轻微扭伤，但肯定很疼吧？"

大介点点头。

"你平时不是很冷静吗？吓了我一跳。"由利女士惊愕地看着莲见先生，又转过头对我们说，"知道我们有多担心吗？"

"对不起。"

我和大介埋下了头。

莲见先生帮我们三个检查完身体后，寿寿音就回家了，大介也回了客房。

我泡了个澡，吃了巧妈准备的夜宵后就躺上了床。巧妈也急哭了。我难以忘记莲见先生那通红的双眼，还有第一次被人扇巴掌的感觉。我没有睡意，索性睁开眼。我回到了安全的地方。关上灯后，房间没了亮光，但又不同于森林里的幽暗。终于，我进入了梦乡。


## 大介

我们惊动了搜查队，引发了一场骚乱，所以被狠狠地教育了一顿。

我把金森商店老婆婆遗失吊坠的事，还有河童的传说、斑嘴鸭幼雏和老鹰、碰到疑似熊的神秘生物的遭遇、摔跤受伤的意外，全都一五一十地告诉了柊先生。

"真是一场大冒险啊。"柊先生听了我讲的故事，脸上浮现出些许笑意。

之后，我们立即动身去找金森商店的老婆婆。

我们三人并排站在老婆婆面前。我的脚仍隐隐作痛，但暂时也顾不上它了。

"是这个吗？"寿寿音张开紧握的手。吊坠闪着银光，圆圆的坠子中间还镶着一小颗朱砂，和老婆婆说的吊坠特征一模一样。

大家屏着呼吸，等待老婆婆的回答。

"就是这个！我的吊坠！"

"太好了！"我们仨欢呼道。我们紧紧拉着手，围在老婆婆的身边站着。

"谢谢你们。"老婆婆轻轻地抚摸着从寿寿音手里接过的吊坠。

"还真让你们找到了，太了不起了。"叔叔用佩服的语气夸赞道。

"或许河童看到大家不顾艰难险阻帮我寻找吊坠，就自己还回来了。"老婆婆一边往脖子上戴吊坠一边说。

不会吧？我觉得难以置信，但一想到河童偷偷把吊坠放在石头上的样子，又扑哧地笑了。像是被我传染了，寿寿音也笑出声来。我们三人的笑声一直飘到半空。

说不定真的是河童把吊坠还了回来。

离开的那天早上，柊先生叫我们过去一趟。我和莲见先生一起来到纪念塔，发现寿寿音和秀平也在。

"金森商店的人上门道谢了，他很高兴，跟我们说老婆婆又精神了，容光焕发。"柊先生微笑地看着我们三人。

"去吧，上去敲钟。"

我一时没明白柊先生的意思。

"我们能敲吗？"秀平第一个开口。

"真的吗？"我也接着问。

柊先生郑重地点头。

能敲那座钟了！我能敲响那座钟了！喜悦在心中漫溢开来。

"还记得那时候吗？"柊先生悄悄地对莲见先生说。莲见先生腼腆地笑了。

"记得什么？跟我讲讲嘛。"寿寿音追问。

"其实我在小学做了一件小事，敲过那座钟。"

"什么事呀？"

"保密。"莲见先生只是笑，不肯告诉我们。

"纪念册上也会记下我们的名字吗？"我满怀期待地问。

"你们是为了让自己的名字被记在纪念册里，所以才去找吊坠的吗？"柊先生一问，我又陷入思考。

最初确实如此，但找的时候纯粹是想让老婆婆高兴，甚至已经忘记纪念册这回事了。大家不辞辛苦，都是为了遗失吊坠而伤心的老婆婆。

我扭过头，看见寿寿音和秀平都在摇头，我也使劲摇头。

"为了被记录在册而行动的想法大错特错。最重要的是人怎样活着。今后会不会留名则是未来的你们给出的回答。"

莲见先生接着柊先生的话说："纪念册没有记录规则，行为对错也没有意义。被记载的人也不会被别人讴歌，只有他们本人才知道留名的意义。一切真谛在于，是否对所作所为感到自豪。是这样的吧，柊先生？"

"你们虽然还是孩子，但对老婆婆而言已经是小英雄了。所以，信心满满地敲钟吧。"

柊先生摸了摸我们三人的头。秀平有些不好意思。

悦耳的钟声在半空回荡。

我敲钟了……

寿寿音和秀平的眼睛光彩熠熠。虽然我们的名字不会被记载到纪念册上，但我们的心里比蜜还甜。

我们三人之间的联系永不会断裂。

钟声虽小，但一直在我的心中回响。

## 寿寿音 一年后

小学的最后一个寒假，我又跟着爸爸的露营车去旅行。旅途中邂逅了很多人，他们的话都比以前更深地渗入我的内心深处。爸爸说上初中后我就要忙于学习和社团活动，不能带我旅行了。

有时，我真想大声宣称："我们是英雄！"但其实就算无人知晓，我也会因自豪而胸怀热忱，这就足够了，所以没必要昭告天下。

大概是初中开学典礼两周后的一天，我坐在教室里漫不经心地望着窗外。上午的课程已经结束，大家正在准备吃午餐。周围的同学有的在聊天，有的在搬桌子，教室里闹哄哄的。我和希海小学时一直同班，现在被分在两个班，我心里不太踏实。

操场上空无一人，砂土被强风刮起来，旋转着飞上天空。有个人正在翻越泳池旁的后门。那个男生穿着校服，翻过门跳到操场上，朝教学楼这边来了。迟到这么久，现在才来上学，真是不可思议。

不一会儿，"嘎吱——"的开门声响起。循声看去，进来的居然是大介。我第一次见大介把校服的领子立起来，一瞬间怀疑自己看错了，但就是他没错。

"是哪个浑蛋给寿寿音写匿名信？"大介的怒骂和他狠敲黑板发出的巨响霎时让教室里的同学呆若木鸡。

"要是有下次，我决不会放过！一定把他大卸八块！听明白了吗？"从进门到出去，大介都恶狠狠地盯着大家。

我目睹了这起突发事件，全身都僵住了。确实，我一入学就收到了匿名信。

隔壁教室传来大介的怒吼，我回过神来。班上的人都看着我，我慌忙起身。

在楼道里，我正好碰到大介从隔壁教室出来，两个人四目相对。大介没说话，往楼梯那边走。

"等等！"我追到了楼梯休息平台，拽住大介的胳膊。

"三楼可是高年级，你准备全都招呼一顿吗？"

"不是不知道是谁干的吗？这种事只要一开始就会没完没了。"

"够了！不要再做这种事了。"

虽然知道大介是个直肠子，但他也太缺根筋了。

"不是高年级的。我六年级时就在学校收到过匿名信，一定是同班的人。"我回忆道，拼命说服大介。

"这样。"

"你就先回去吧！老师快来了。"我拉着他的胳膊，朝后门跑去。大介翻过门，额头渗着汗珠，脸颊通红。

"下次别这么莽撞了。"

"啰唆。"

之前，妈妈说我不在家的时候大介来过电话。大介住在埼玉县的福利院，可能是听妈妈说了信的事，所以特地赶过来。

"今天学校不上课吗？你不会旷课了吧？"

"别操心我的事。"

我在里面，大介在外面，隔着门说话的感觉真是奇妙。

"那我回了。要是被欺负了，立马告诉我。"他招招手，转身大步走了。

"谢谢。"不知道他有没有听到。看着他渐渐变小的背影，我快要哭出来——大介果然是英雄。

"我可不能被打倒。"我对自己小声说，朝教室跑去。

或许是因为大介的功劳，从那之后，我再没收到过匿名信。我也如愿进入戏剧社，交到了新朋友，安稳地度过了一个学期。

就这样，又一个夏天来了。

大介和秀平来了会跟我聊什么呢？我十分期待这次相见。

可实际上，两人来了后也无话可说。和往年一样，我还是透过屋边的栅栏偷偷观望，发现从车上下来的秀平跟一年前相比更显成熟了。秀平今年带了两个朋友，所以我也没法上前寒暄。

这完全不是我期待中的暑假！我沮丧极了。明明去年，大家一起有过难忘的经历。

在按惯例举办的晚宴上，秀平也和朋友形影不离，在另一张桌上谈笑风生。和去年一样，我和大介还是同坐一桌，但亚矢一直是聊天的中心人物，我没有和大介单独说话的机会。

亚矢也长高了不少，出落得更加亭亭玉立，滔滔不绝地谈论着。她一直追着大介跑，"大介哥哥、大介哥哥"地叫个不停。虽然她说跟大介一个月才见一次，但两人好得跟连体婴儿一样。

秀平他们来别墅后的第三天是暑期上学日①，我和弓子、和美、光、惠四个同学一起从学校回家。我们许久不见，一下打开了话匣子，决定接下来也一起玩。

学校只要求上午出席，至于午饭，我决定和朋友们回家吃。我突然带了四个人回家，妈妈一时忙得不可开交，十分开心地张罗着。正在我们享受着大家一起做的炒面和御好烧②时，大介带

---

① 暑假期间，日本校方无法了解学生的生活、学习情况，所以开设暑期上学日以把握学生的动态。

② 日本的一种小食，用水混和面粉，放在平面铁板上烤，加上葱、豆芽等少量蔬菜。

着亚矢来了，说是亚矢吵着要跟我玩。看到有这么多的姐姐在，亚矢喜出望外，虽然已经吃过了午饭，但还是胃口大开，让我们帮她烤御好烧吃。

"我想玩捉迷藏！"亚矢说道。朋友们也一致赞成。为了照顾年纪较小的亚矢，我们决定在的场家的客房附近玩，方便她中途想回家或者想上厕所。我的朋友们也很高兴能去的场家玩。

"啊，我就说好像在哪儿见过，原来是那天闯进我们学校的那个人啊。"弓子突然指着大介说。

对了，当时大家都在一个教室。明明只是那么短的时间，她怎么就记住大介的长相了呢？

其他人也激动起来："对！就是他！"

大介慌张地留下一句"我先走了"，就回家去了。

"你待会儿会跟我们一起玩捉迷藏的吧？"亚矢朝着慌忙逃走的大介大声问道。

大家一脸坏笑："他不会是寿寿音的男朋友吧？"

"不，不是！"我连忙摆手否认，但反而更让她们起疑了，"寿寿音急了哦。太可疑了。"对我来说，大介是独一无二的伙伴，是最信赖的朋友。


我跟希海说大家都在，硬把她拉出来玩捉迷藏。我们用石头剪刀布决定谁来当鬼，结果我输了。

亚矢好像很喜欢玩捉迷藏。她年纪小，所以我们决定她有不当鬼的特权，即使被鬼发现也不会被抓，继续玩游戏。

大介没有来。可能他不喜欢跟一群女孩子一起玩吧。

我闭上眼睛，大声数到一百，然后慢悠悠地找人。

透过树的空隙，我看到了浅蓝色的裙子。但我假装没看到，一边朝反方向走去一边自言自语："大家藏在哪儿了呢？"

偷笑声响起，我杀了个回马枪。藏在那个地方太容易暴露了。

"亚矢，抓到你了！"我抓着她的衣服大声说。亚矢开心地哈哈大笑。

"藏这么近很快就会被发现哦！你藏好一点，我再去找你。"我逗着她说。亚矢笑得更开心了。

"那我要藏起来了。数到一百哦！"

"嗯，知道啦。我去对面边走边数。"

"嗯！再见啦鬼！"亚矢招招手，跑远了。

我慢慢朝湖边走去，走在步道上时，看见秀平的两个朋友在前面，一高一矮。我和这"参差不齐"的二人组仅止于一次问候，还没说过一句话。不知道是不是他们衣着花哨，看起来有点像坏学生的缘故，我不太想靠近他们。

秀平没和他们一起，可能是外出了吧。

我突然想起什么，拔腿就跑。能自由活动是鬼的特权，我只是暂时下线。

我跑上旋转楼梯。纪念塔没有窗户，越往上走越闷热。到了塔顶，我推开沉重的大门，望了望天空，用手擦拭着额头上的汗水。

"果然躲在这。"

大介坐着，手里拿着一本漫画。

"就你一个人？"

"对啊。"

我原本以为秀平也在，猜错了。

"你怎么不来玩？"

"全是女生，我也不想玩捉迷藏。"

"人太多，你害怕？"

"没有。校服女子军团有什么好怕的？"

我不禁低头一看。因为刚从学校回来，大家都穿着短袖体操服和深蓝色运动裤。

"校服女子军团？太冒犯了。"

"寿寿音，你不是鬼吗？能一直在这儿闲聊吗？"

"你怎么知道我是鬼？"

"我看见大家在四处躲藏。"

我抓着屋顶的围栏扶手往下看。虽然已经看过好几次了，但我从未习惯这个高度。确实，的场家宽阔的宅院尽收眼底。

一阵汽车发动机的声音传来。大介放下刚翻开的漫画，跑到栏杆边，站在我旁边认真地看着什么。一辆车靠近我家大门，调了个头又走了。估计是不知道"青绿座"今天不开。我正觉得惋惜，大介喃喃说："那是……"

一定是说车的名字，但我没有听到。大介真是个不折不扣的车迷，反正我并不觉得这有什么有趣的。

"欸，是希海！"

同样穿着运动服的希海小跑着从下面过去。

我转过身，看向一旁的大介："那件事多谢你了。虽然把我吓了一跳，但我很开心。"

我终于说出了一直想说的感谢。

"之后没有再收到信吧？"

"没有。"

"嗯，那太好了。"像是心里悬着的石头落了地，大介轻快地说。

"我走啦，还得去当鬼呢。"

"好，加油。"

"亚矢在等，你待会儿可要来哦。"

"知道了。"

我推开门，沿着旋转楼梯向下走，心里袭来一阵落寞。我们三人一起敲钟的那天已经渐渐走远了，我们也将慢慢疏离。一阵忧伤萦绕在我心头：所谓长大或许就是这样吧。

走出纪念塔，我打算抄近道从屋界的栅栏处翻过去。刚抬脚，发现柊家大门处出现人影——是秀平，他已经关上了门，正准备回去。我急忙朝那边跑过去。

"等等！"我对着秀平的背影喊道。秀平转过头，一脸吃惊。

"大介在塔顶。"

秀平听了我的话毫无反应，反常地皱着眉，嘴角微动。

"怎么了？"

秀平把手里信封一样的东西揣进口袋："寿寿音很好，我很喜欢你。"说完便跑开了。

"喜欢"的余音还留在耳畔，我呆呆地看着他的背影。

之后，我在宅院里游走，魂不守舍。

客房的露台上，莲见先生正在和杉本先生下象棋。看见是我，莲见先生挥了挥手。时间慢慢过去了，我一个人也没找到。

过了一会儿，五点的钟声响了。我没力气再找，于是爬上那棵能看见的场家广场和玄关的樫木树，坐在上面。树枝大得刚好能坐人，我很喜欢这棵树，没人的时候经常爬。

秀平的两个朋友在广场上散步。

远处传来几个人的笑声。估计大家也等得不耐烦了，开始玩其他游戏。之前就有过这种事，还有人说都不说一声就直接回家的。

这里是大家回家的必经之路，所以坐在这儿不用担心被丢下一个人。

我把秀平刚刚说的话在脑中反复回放。

不知何时，傍晚降临了。

"亚矢——"

是由利女士的声音。我回过神来，环顾四周。

我连忙顺着树枝从树上下来。一阵风突然吹过来，摇了摇树叶，又远去了。


## 莲见幸治


绿荫簇拥着的别墅平时一派静谧，但现在，周围却停着一辆辆警车。太阳已经落下，四周被夜色笼罩得严严实实。

我坐在由利的身旁，紧紧地握着她的手，煎熬地等待着。发现女儿不见了之后我们里里外外全找遍了，现在只能听从警察的指示留在客房，除了祈祷什么也做不了。

去年，大介他们三人天黑了也没回家，引起一场轩然大波。看到他们平安无事时，我悬着的心才放下。没想到这种心情还要经历第二次，而这次没回家的是年幼的亚矢。

"有大介在呢，会平安回来的。"我已经不知道安慰由利多少次了，就像说给自己听一样。

"要真是这样，怎么还没回来？肯定是出什么事了。"

这样的对话已经上演了好几次。亚矢去找寿寿音玩，很晚都没回家，由利去接她，可寿寿音说她以为亚矢已经回客房了。问了其他小朋友，他们都说不知道亚矢在哪。只有大介和亚矢两人下落不明。

大介是绝不可能毫无理由带着亚矢在外面待到这么晚的，两人一定是被困住了。莫非他们和去年一样受伤了？他们不可能又跑去深山玩，但为什么找不到他俩呢？

野熊、野猪、精神异常的罪犯……各种设想在我脑子里轮番上演。我告诉自己一定要振作。由利双手发抖，脸色苍白。我用了用劲，把她的手握得更紧了。

"一定出什么事了！就算大介在也没办法的。"

"先冷静。"

"要是真出什么意外该怎么办？"

"别老往坏处想。"

"要是出什么意外，我也没法活下去了……"

"别这么说。"

"要是亚矢没了，我也不活了。"

由利的哭声撕心裂肺，在房间中回荡。房间里的杉本夫妇低着头沉默不语。

由利哭得仿佛要散架，我搂紧她的肩膀，故作轻松地安慰道："一定会像去年一样平安回来的，然后被我们当成笑话讲。"

"有大介在呢。"我又重复刚才的话。求老天保佑。

"大介？！"杉本惊叫道。顺着他的目光看去，脸色苍白的大介站在那里。

"大介，亚矢呢？"由利冲过去抓住大介的胳膊。大介只是摇着头。

杉本把警官叫过来了。

"你没和亚矢在一起吗？"

"没有。"

听了大介的话，由利几近晕厥。

这时，别墅主人的场舅舅走进来了，一身装扮像是刚从山里回来的样子。

大介战栗得更加厉害了。

"怎么回事？"

"我不知道亚矢不见了。"大介哭着说。

"我没跟她们一起玩，一直待在纪念塔屋顶，不小心睡着了。"

"一直待到刚刚？那你最后见亚矢是什么时候？"

警官询问道。大介紧紧地攥着拳头，低着头。

"什么时候？"

警官追问。

"我带她去寿寿音家里。"

"所以之后发生的事你一概不知？"

"是的。"大介一直紧咬着嘴唇。

"对不起，我没有待在亚矢身边。"

我不知道该做什么，只是握着大介的手。他的手很冷，很僵硬。

"亚矢好像是自己走丢了，我会跟警局打声招呼，让他们加派人手。"

舅舅一副政治家的做派，端坐在对面的沙发上。这个人不论何时都不失威严。有人会批评他盛气凌人或是趾高气扬。

秀平和希海是在家里出生的，曾帮的场夫人接生的百川院长抱怨："明明是夫人强烈要求我才答应帮她在家里接生，但他们好像把秀平的心脏问题怪到我身上。明摆着是先天性疾病，跟生产过程有什么关系呢？但那个人有时候蛮不讲理，真让人头疼。"

但我这个身为家庭医生的外甥明白，舅舅本性上是个好人。我是歌舞伎演员的第三个儿子，虽然当过儿童演员，但因为理想选择了医生这条路。舅舅当初似乎并不赞成我的决定，但现在他很高兴："家里有个医生很方便。"

舅舅现在六十二岁，是长野县选区的资深议员，外界都认为他将来能登上总理的宝座。

"要是当朋友，可以对他推心置腹。可但凡他对你有些许不利，一定要毫不留情地抛弃。跟他打交道时要谨记这一点。你太容易轻信别人。世道可不简单，一定要慎之又慎啊！"

　　有时，我会想起父亲的告诫。我自己也是明白的，这个世界上有得是作恶的人。

　　话虽如此，我还是做不到在跟别人第一次见面时就用怀疑的目光看待他们。

　　"肯定迷路了。现在在哪儿呢？这附近也没有险峻的地势，只有湖和河让人担心。总之警察现在正竭力搜索，我们再耐心等待一会儿吧。由利你也得振作起来，耐心等等。"舅舅拍了拍我的肩膀，语气平静但神色焦灼。

　　"谢谢舅舅。"我替由利向舅舅道谢。她怆然失神，连说话的气力都没有了。

　　女儿亚矢活泼开朗，又不怕生，但至今为止也没有出现过连招呼都不打就乱跑的情况，也没有迷路过。

　　在别墅的这么多人中，亚矢最亲近的就是大介，所以我们一直以为她跟大介在一起。可是当大介一个人出现在我们的面前时，事情变得严重了。

　　响起了敲门声——是秘书蛇田。

　　"莲见先生，大事不好了……"蛇田一向是个感情内敛、言行稳重的人。

　　"土笔町的警察署署长来了，说是有话跟您讲。"蛇田把一个身着警服的中年男子引进屋，转身出去了。

　　"我是署长佐久间。接到的场先生的吩咐，现在正全力寻找您女儿的下落。您一定担心坏了吧。"

　　署长看起来五十五岁以上，身体微胖，面容和善。身后跟着一个戴着眼镜、身材颀长的男子。男人自称名叫细井。

"跟您再确认一遍，除了事故和迷路，还有其他可能性吗？"佐久间署长双手背在背后问道。

"您是什么意思？"

"鉴于您的职业性质，也有可能是患者或其家属恶意报复，警察有必要考虑诱拐的可能性。"

他认为是有人蓄意作案？一旁的由利仿佛停住了呼吸。我单是想到亚矢迷路就心急如焚了，真是不想警官再吓我们了。

"我不记得有什么仇人，请您尽快搜救吧。希望您能让我们也出去找找，我们不能什么都不做。"

"您先冷静。"

明明是他自己让我们惶惶不安，叫我们怎么冷静？我不禁冷冷地看着他。可在佐久间署长沉静的眼眸深处我感受到了一股冷彻，于是冷静下来。那锐利的目光，仿佛能洞穿一个人。

"我再确认一下在这幢别墅里的人。"

几秒后，佐久间署长清了清嗓子，坐到了对面的沙发上。

"莲见幸治，东京医疗研究中心的医生，也是的场照秀先生的外甥、家庭医生。夫人莲见由利女士，也是医生。令千金是两位的独生女，正在上幼儿园。还有一个跟你们同行的人，石田大介，初中一年级。他和莲见先生是什么关系呢？"

大介还在隔壁房间接受警察的问话。

"大概五年前，他家突发火灾，被送到我所在的医院治疗。他的父母和当时六岁的妹妹不幸丧生，大介也身受重伤，在医院住院治疗了四个月。他无依无靠，出院后就被送进了福利院。之后我们经常见面，我也邀请他来别墅玩，今年是第五次。"

"真是医者仁心啊。他和令爱的关系好吗？"

"他们关系很好。我每个月都会叫他到家里来一起吃饭，和他聊聊未来的计划。我女儿也跟他很亲近。"

"这样啊。"佐久间署长意味深长地点点头，抬起眼来。

"此外，还有的场先生和尊夫人、读初三的儿子秀平、读初一的女儿希海。还有秀平的同学小松原隆、立山顺治两人。剩下的就只有家政阿姨了，是吧？"

"还有杉本先生和他妻子。两人都是医生，夫人直美女士是土笔町综合医院的院长。"一直侍候在他身后的细井补充道。

"那位啊，好像是白川产科院长的女儿吧？"

"是的。土笔町综合医院的前身就是白川产科院。"

我嫌恶地瞥了眼手上拿着备忘录的细井。

"您最后一次见到您女儿是什么时候？"佐久间署长看着由利。

由利调整了呼吸，说道："亚矢说要去找寿寿音，两点多就和大介一起出门了。过了段时间，她独自一人回了趟客房，说正在和姐姐们玩捉迷藏，上完洗手间就又出门了。大概是四点。"

由利声音呜咽，泪水不止。"六点左右，我们就开始在周边寻找她，但一直到七点亚矢和大介两人还没回来，于是我们报了警。刚刚大介回来后，才知道亚矢没和他在一起。"我替由利向佐久间署长解释道。

细井附在署长耳边说着什么，署长点了点头说："去年，孩子们没回家也闹出了大动静，是吧？还惊动了搜救队。"

"是的。"

"希望能像去年一样平安回来就好。这种事连着发生了两年？"

"给您添麻烦了。"我只能低头道歉。

"我说，警察守护国民的安全不就是职责所在吗？"舅舅睥睨着佐久间署长。

"当然！请交给我吧，卑职定当不辱使命！"他向舅舅鞠躬说。

"佐久间，孩子只是迷路了，这可不是刑事案件。在我的别墅里是决不会发生什么犯罪案子的。请你们务必尽早找到孩子，但是千万不可声张，要是被媒体搬弄是非，那我可就不好办了。"

"在下明白。"

"佐久间署长是我大学学弟，很可靠。"舅舅用随意的口气对我说道。

"他上进心十足，事情交给他没问题。我可听说他的下属都累死累活呢。"

他们看起来关系很好，可这种时候还这么随意地闲扯，让我忍不住叹气。

"什么？这话是谁说的？细井，怎么回事？"署长回过头盯着细井。

"不是我不是我，我绝对不会这样说的。"细井擦擦额头上的汗珠，把头埋得低低的。

"爸爸。"秀平进来了。

"跟你没关系，一边待着去。总之我会交给警察。"舅舅走出去了，署长和细井也跟着离开了房间。

　　由利止不住抽泣，秀平低着头，直直地望着地板。我们就只能祈祷吗？这一晚十分痛苦，全身战栗不止。


　　搜索持续了好几天，但还是找不到亚矢的下落。没有任何目击者，没有任何蛛丝马迹。

　　警方甚至搜索了那片大湖。没有迹象显示亚矢遭遇了动物的袭击，警方认为亚矢有可能是被人带上车拐走了，展开了搜查。

　　有的人甚至搬出这个地方古早的神隐传说。在当地人中，有的人怕野兽，有的人怕伤害孩子的精神异常犯罪者，还有人怕邪祟，每个人都小心翼翼地生活。

　　当时，好几台电视直播车蜂拥至家门口，几乎每天都有记者举着话筒报道。

　　报纸上刊载了亚矢的照片，连着好几天都是关于搜索进度的报道。我不想承认事实，因为太过痛苦渐渐开始逃避这些消息。

　　舅舅在摄像机面前一脸悲痛，表示自己会尽力协助搜索，也恳请大家提供相关线索。之后，他按计划离开了别墅。

　　不论舅舅是不是真心的，我都很感谢他离开后还让我和由利待在别墅里。

　　由利的精神极度衰弱，我极力阻止她参加搜索工作，但她每天都会沿着山路，一边走一边呼唤亚矢的名字。

　　日子一天天过去，由利走的路越来越少，呼唤声也越来越小。

　　"回去吧。不休息可不行。"

　　还好，福利院允许大介周末外宿，在别墅陪陪由利。

"对不起，我什么都做不了。"

"别这样说。"

大介变成了一个内心温暖的大男孩。他战胜了失去家人的悲痛，成长得更加坚强、温柔。只有我们三个人能体会对亚矢的深深思念。

患难见人心，此话不假。我知道大家从心底担心亚矢的安危，但和家人却还是不一样。最终，自己的立场和别人的眼光才重要。

警察也一样。

在每一次搜索工作开始前，我都会向参与搜索工作的人员深深鞠躬，工作结束后我也会深深鞠躬致以谢意。

我照常来到别墅门前，发现搜救队的人数比前一天要少得多。我愣愣地目送他们离开，望着他们的背影，我越发感到揪心，他们的态度就像给我下了亚矢的死亡通知书。

上层警员已经判定亚矢没有生存的可能，但他们没法放弃搜救。他们的目的已经不是挽救生命了。

我知道不仅是警察，媒体的表现也显示事件的紧迫感和重要性在日益萎缩。正巧邻县发生了一起随机杀人犯无差别杀人的事件，大家的关注全都转到了那边。

新闻不再播报亚矢的搜索，搜索规模也越来越小，最终只剩下我们一家人还在坚持。

好好的孩子在自己的别墅失踪，舅舅一定担心看到对自己不好的负面报道。

有好几个人声称目击到野猪和熊，野兽袭击的谣言一时在当地居民中传得沸沸扬扬，甚至连生性不多疑的我都觉得有人想引导我们就此结案。

太阳下山了，一无所获的警员们列队结束搜救工作。我照常向他们表示感谢。队列解散，警员们回去了。一个警官从队伍中出来，走到我面前。

"不论以何种形式，我们都想着尽力把亚矢送回父母身边。但我今后不能再参与搜救了。没能找到您女儿，我感到非常悲痛。"

他摘下帽子，低下头。看着他斑白的头发，我有些茫然。我感受到了他沉痛的心情。

"感谢您一直以来坚持搜索，辛苦了。我感激不尽。"我也向警官低下了头，表示感谢。他垂头丧气地离开了。我伫立在原地看着他的背影远去，直到他消失在我的视线。

一瞬间，我好像看到了自己独自一人伫立在黑暗中，眼泪不禁簌簌而下。

"不论以何种形式。"

警官的话还在耳边回响。也就是说，"就算是遗体"。好像不论是谁，大家都认为亚矢已经不在了。可这句话是从竭力搜救的人员口中说出来的，实在是太过沉重。

"你站在这干吗？"由利从身后走到我面前，一直看着我的脸。我至今都控制自己，不在由利面前流泪，但这一刻我再也忍不住了。由利一副吃惊的样子。

我们站了好一会儿，相对无言。

天空上散落着星星，刚发现一两颗，随后便越来越多。即使人眼看不见，星星始终存在着。

亚矢也在这片夜空下，她不会消失。

由利轻轻地握着我的手。

"真好，你哭出来了。总是我在哭，让你一个劲儿忍着，对不起。"

"我可是男子汉啊。"

"这跟是男是女有什么关系？"她的脸颊浮现出笑意。

我紧紧地握住她的手。

"不能为亚矢做些什么是最痛苦的。"

"为了好好迎接亚矢回来，我们两个人都要打起精神来。先吃饭吧，现在这是我们的任务。"

我听到微微的叹息声，但还是继续说道："等亚矢回来了，我们一家人就一起吃你亲手做的饭。我还要带她去游乐园，给她买漂亮的新衣服和她想要的玩具。"

"你真宠她啊。"

"这有什么。"

"那我就陪她去动物园，不论玩几个小时我都不会觉得烦，不会喊着去其他地方。我还要给她买好几个蛋糕。就算她弄坏了昂贵的口红我也不会生气。还会让她穿我的高跟鞋。"

"你也是个女儿奴啊。"

"这有什么。"

由利脸上没有笑容，但我总觉得她的表情很柔和。

"走，吃饭去吧。"我拉着由利的手回客房。

我必须创造出希望——"为了亚矢今天也在好好生活"。只有这样，由利才能活下去。

同时，好好守护由利就成了我的生存支柱。

"我们来开作战会议吧。"吃完晚饭，我喝着由利给的热牛奶，提议道。

"作战会议？"由利把杯子放在面前，坐在沙发上反问。

"为找回亚矢的作战。"由利似乎再也受不了把一切交给警察，而自己只是等待。我们必须采取行动。

"怎么做？"由利的脸上交织着期待和不安。

"警察找了整整三周，山和河都找遍了，却连亚矢的鞋子都没发现。要是被野兽攻击了，一定会留下痕迹的。而且……"我观察着由利的神色，坚决地接着说，"要是说亚矢失足滚下了山，但现在连她的人都没发现，这就太奇怪了。所以，亚矢一定还活着，只是回不了家。"

没法说遗体这个词，但我心里很忐忑，不知道由利会做何理解。

"你是说亚矢被人带走了？"

"对，比如说想要个孩子的人。"

我知道自己的推断很牵强，但我只想找到一根救命稻草。

由利沉默了好一会儿。桌子上的咖啡慢慢地变凉了。

"会不会遇到什么危险了？但要是觉得亚矢可爱想把她带回家的话，一定会好好照顾她的吧？是这样吧？"

"亚矢有没有说自己对牛奶过敏？她会不会生病了？"

"没有打电话来，所以对方把孩子拐走不是冲着钱去的。你说得对，一定是想要孩子的人把亚矢藏在自己家里了。那要怎么找呢？"

由利不停地分析着，眼睛又恢复了神采。

我放下了心，但同时又感到一阵不安。不知道我说的那些自我安慰、让由利燃起希望的话究竟是好是坏。

有时候我真的希望，要是亚矢已经不在了，就快点发现她的遗体，但有时候又觉得比起直面残酷的现实，苟活的希望要好得多。

一个我基于客观判断放弃女儿生还的可能，另一个我拼命抓住一缕希望。由利的心里是否也存在这两种博弈？

第二天早上，由利看起来和以前很不一样。

"早！"她脸上的悲戚消失了，整个人精神饱满。之前的她就像是被邪物附身了。

"得好好补充体力！我们得把亚矢找回来！"她慢慢地吃着早饭。

看起来好像她的脑海中再也没有"亚矢可能不在了"的想法。

从此，即使警察在搜索中仍一无所获，她也没有气馁，因为没有发现遗体就证明亚矢还活着。

她也很少在我面前哭了，就算是哭也不像往日那样恸哭，而是静静地流泪："好想亚矢，真想快点见到她。"

我也慢慢回归医院的工作。因为现在我提到回去工作时，由利已经十分冷静，不会像之前那样责备我说"现在最重要的可是亚矢，你怎么狠心离开这"，也不会央求我说"求求你，不要留下我一个人"。

不能就这样一直放着患者不管。尽管往返于医院和家之间令人十分疲惫，但我精神压力小了不少。周六的一天早上，我起床，一进起居室，发现由利正专注地看少儿节目。她欢快地哼着歌。可能是之前亚矢经常看的节目吧。由利注意到我，回过头说："亚矢现在也在看这个节目吧？"

她微笑着。

由利眼中的世界是和现实不一样的世界。那是我描绘的世界。

想到在某个地方亚矢的身体正逐渐失去温度，我连呼吸也变得困难。

我看着由利那久违的温柔的脸庞，再次在心里决定：就让我一个人独自承受痛苦吧。

# 第二章

## 寿寿音 十八岁

纪念塔塔顶总会让我想起那天，在那之后，我也很少来了。可今天，我又来到了好久未见的塔顶。距离亚矢失踪已经快六年，关于她的下落我们仍一无所知。

放眼看去，湖的对岸建了一个大型购物中心，不同于旧时景象。虽然还是一片绿绿葱葱，但城市开发如火如荼。

今天我就要出发去东京了。之后，我将住在莲见先生家附近的公寓里。在离开前，我想再好好看一看土笔町。离樱花期还有一周左右，今年是看不到灿若云霞的景象了。

由利女士之前一直留在的场家别墅，寻找亚矢的下落，但她后来听从莲见先生的劝说，在那件事发生半年后回了东京。之后，她每周都回一趟土笔町，在车站附近分发寻人启事。我和大介也帮忙，但最近减少到半年一次的频率。当然，我们并没有放弃，大家想找回亚矢的愿望丝毫未变。

电视有时会播放关于悬而未决的案件的节目。我看到亚矢的照片时，心里咯噔一下。主持人用微妙的表情解说事发经过。我一边听着，不由得觉得他把矛头指向熟人作案。

当时在场的所有人无一例外地被警察询问当天的详细活动。亚矢失踪的时候，我独自一人待在树上。虽然说的是实话，但我还是觉得自己被怀疑了。独自一人待在屋顶的大介或许也这样觉得吧。警察看我的眼神、对我说的话说不上来得可怕。

别墅的人里面，能确定案发时所在地的有在露台下象棋的莲见先生和杉本先生——好几个人亲眼所见，还有希海和她的场夫人。巧妈作证，希海玩捉迷藏玩腻了，在四点之前就回了家，之后就一直和她妈妈待在家里。我爸妈也被警察询问案发时的所在地，可没有第三人作证。

大家会不会认为犯人就在我们之中呢？要是被人这样猜忌，那真是太令人伤心了。

倘若真的有人带走亚矢，那个人到底会是谁呢？现在也不知道这到底是一起犯罪还是一场意外。

下方的的场家宅院幽静而寂寥。希海和她妈妈在那件事之后迅速搬去了东京。不管是出于何种理由，他们一家人能一起生活都让我感到很高兴。

我有时会和希海通电话，她看起来很享受在东京的生活。突然有一天，她告诉了我一个令人震惊的消息。搬去东京一年左右，也就是初二的时候，希海被她爸爸的秘书蛇田先生收为养女。

"我很开心能来蛇田家。反正的场家已经有了继承者，蛇田也没有孩子。"

希海语气平静，坦言说蛇田夫妇结婚十年没有生育孩子，是他主动提出来的。

我的脑海中浮现出希海飞扑到蛇田宽阔的脊背上的样子。确实，她以前就很亲近蛇田。我是最能感同身受的——亲子之间的爱并不只是血缘联系。只要希海高兴就好。家庭的形式是多种多样的。

我一直都很想和希海见面。但对我们来说，东京和土笔町遥远得天各一方。大概是忙于新生活吧，希海来电的次数也变少了。我也担心打扰她。我好像被遗忘了，感觉有些寂寞，但要是去了东京，一定有机会见面的。

听大介说，希海今年秋天要去英国留学。在希海离开日本之前，我很想跟她见上一面。

之前每年暑假的惯例聚会也停了，现在除了被委托保管钥匙的爸爸有时会去到处看看、打扫卫生，基本没人进出的场家的宅子。

的场家玄关前的广场上冷清得很，只有一个人。他穿着藏青色夹克，一边环顾四周，一边朝玄关走去。那是……

我急忙跑下旋转楼梯，越过屋界处的栅栏，翻进的场家的院子。可能是察觉到有人，那人便回过头来。

果然是他！

"秀平！"我几乎惊叫出来。

"寿寿音。"

六年没见，他的笑脸和春日的阳光一起闯进了我的心里。

他站姿挺拔，就像是恋爱剧里的男主角。当然，他的脸上还能看出以往的影子，但已经散发着大人的气质，让我看得入迷。

"好久不见。"

"好久不见。"

这样的对视让我有些害羞，于是我把目光移向玄关那边。

"你来别墅是有什么事吗？"

"土笔町有我爸爸支持者的集会，我也被叫来了，刚趁着空档溜出来。"

"原来如此。"

"恭喜你考上大学。我听大介说了，你要来东京是吧？"

"谢谢。今天就搬过去。大介也来帮忙了，现在正往我家门前的卡车上搬行李呢。"

"好，那我也来帮忙吧。"

"那倒不用。先跟我过去吧，大介准会大吃一惊。"

我们并肩走着。春日和煦的微风捎来甜馨的味道。秀平身上散发着一种新奇的、不同于庭院的香气，让我联想到都市。

"秀平！大驾光临啊。"大介从车厢探出头来。他正在帮我搬床。

"我也不确定能不能过来，所以没跟寿寿音说。也想给你们一个惊喜。"秀平看着我，笑容温暖柔和。

"怎么样？是不是很惊喜？"他的表情还和小时候一样。

"完全没有。"我故作淡定地摇头，但马上就后悔了。

"下一个搬桌子。"帮忙开卡车的大介的前辈说道。

"好。"两人朝玄关走去。

"真不好意思，辛苦了！"我对着他们的背影鞠躬致谢。

"我搭把手吧。"秀平说。

我夸张地摆手，表示万万不可。

"你穿得这么帅气，可不适合干这活，交给他们吧。从那边一路走来，是不是觉得很怀念？"

"我经常和大介联系，也去过他店里好几次。他工作可卖力了。"

我也听大介说过，他们两人的关系仍然要好。

大介初中毕业后就在筑地的一家饭店做工，住宿也在那里。听说那家饭店距离大介父亲曾工作过的中餐馆很近，大介小时候就在那儿待过。

我当时听到这个消息有些担心，于是问大介："你不会因为想起小时候的事情伤心吗？"

大介回答说："能让爸爸知道我很努力就很开心。"我听到这个回答也就放心了。

大介很尊敬他身边的前辈，每天都过得很充实。今天前辈还开卡车帮着搬家，说明他也很喜欢大介。

当然，大介有时去莲见先生家，有时还会出现在我爸爸的旅行目的地帮忙寻找英雄。那时，爸爸似乎很享受大介为他做的便当。大介虽然从小就失去了家人，但或许是因为他无论何时都直率坦诚，现在有很多人爱他。我至今都忘不了他为了我闯进初中教室时的样子。

"啊，你是秀平？变得真帅气啊。"巧妈眯着眼睛。巧妈之前一直在的场家当家政用人。的场家空了以后，她就住在了柊家，帮忙打理青绿座和家里的事务。

"还有些饭团。千万别客气。"巧妈声音欢快，用茶盘端来了饭团和茶。

刚才大介他们就把肚子吃得圆鼓鼓了。巧妈到底是做了多少啊？

巧妈比我妈妈长一岁，是一位很有精神且开朗的奶奶，帮了我不少。我能下决心去东京，很大程度上也是因为巧妈陪在妈妈身边。

"谢谢您。我妈妈就劳烦您照顾了。"每次见她我都会不禁说出这句话。她点点头，像是回答知道了。

"坐在那边的椅子上吃吧。"巧妈朝那边示意道。她的脸上爬满了皱纹。

我们并排坐在青绿座前的长椅上。入口处贴着下次公演的海报。不知道是不是因为土笔町的人口增加了，影院这些年比以前更卖座了。推出的名为"重温经典"的周末点映也很受欢迎。

我想报考东京的大学，也是受青绿座的影响。剧团演员们专心排练的样子深深吸引了我，我在初高中都加入了戏剧社。不知有多少次，我站在青绿座的舞台上，尝到了剧团所有人完成一场表演的喜悦。

"听说你大学也要继续演戏剧？"秀平看了眼海报，对我说。

"嗯。听前辈讲述的时候，我就很想去戏剧社。我太自私了，有些对不起爸爸妈妈。"

"柊先生他们也很支持你吧？这一点也不自私。"

爸爸对我说："你要是有想走的路，就走下去吧，不必把家庭当作负担。这种事情就是要顺其自然，不能强求。"爸爸充满鼓励的话让我释然。

可秀平怎么知道得这么详细呢？

我疑惑地问他。

"大介告诉了我好多事情呢。他明明和你同岁，却把自己当成兄长，自告奋勇地说什么'寿寿音来了东京还要照顾她'。不知从什么时候开始，对我直呼其名。他先进入社会，看起来完全像个大人的样子了。"

秀平笑着告诉我。

"我听大介说你去了医学院。的场先生竟然同意了。"

"因为我跟他约好将来会成为一名政治家。"

"这样啊。"

果然还是无法违背继承者的命运。有些可怜。

"我想当一名儿科医生。或许是因为我自己小时候生过病，可我更想救救那些被疾病折磨的孩子们。我想创造一个社会，让那些有患病儿的家庭——更准确地说不仅是疾病，还要让那些因为贫困和歧视而苦苦挣扎的人们过上幸福的生活。因此，政治的力量是必需的。我小时候并不喜欢爸爸的工作，但现在不一样了。"

那双诉说着无比清晰的梦想的眼睛里闪烁着灿烂的光芒。秀平并非盲目地继承父亲的事业。所谓的同情也只是我的误解。

"真了不起！"我脱口而出。秀平有些不好意思。

"莲见先生对我产生了很大的影响。不管是作为一个医生还是一个普通人，我都很尊敬他。还有作为敲钟的前辈。"

我又想起那天大家一起敲钟。

"不论是大是小，为了别人的行动是崇高而伟大的，这不需要什么解释。"

我难以忘记老婆婆欣喜地接过我们三人找到的吊坠时的样子。秀平和大介一定也不会忘记。

"这个，我能带走吗？"秀平指着盘子里剩下的饭团。

"当然可以。"

"希海也来了，在别墅呢。"秀平的话让我吃了一惊。

"希海也来了吗？我要见她。"我忙起身跑出门。秀平拿着饭团，跟在我后面。

推开的场家的大门，前厅熟悉的沙发上坐着希海。

"希海！"我惊喜地叫出声来，奔向她身边。

"好久不见。"希海起身说。

她的直发还和以前一样，而镜框从以前的黑色换成了深绿色，看起来有几分时尚。那种头发半遮着脸的感觉，就是我认识的如假包换的希海。不知为何，我心里翻涌着激动。

可能是有些腼腆，希海有些局促地看着我。

"对了寿寿音，恭喜你顺利考上大学！"她终于对我笑了。

"希海才厉害呢！去英国留学。"

"还不是正式的大学入学呢。先过去学习一年，再凭成绩决定能不能入学。"

"这样太辛苦了吧。加油，希海你一定没问题的！"

"嗯！"

"我们在东京还能再见吧？在你去英国之前，我想多跟你见见面。"

"太好了，希海。"秀平的声音听起来温柔极了。他在一旁笑着听我们寒暄。希海看着秀平，点了点头，眼神也很温柔。

和小时候不一样了，现在的两个人看起来就像亲兄妹一样。希海从土笔町搬到东京后，两人之间的距离也拉近了。就算被过继给了蛇田，兄妹关系是无法改变的事实。我不由得觉得很开心。

"好怀念啊！我再在房间转转吧。"秀平走动着说。

我们穿过前厅，在那里我们曾讨论要在纪念册上留下英雄之名，走上楼梯。那一天遥远得似乎古老，却又新近如昨日。

秀平打开自己房间的门。

果然，空气沉闷，看来爸爸没有进来过。

我们拉开白窗帘，打开窗户，让春风吹进来。秀平深深地吸了口气，环顾着房间。我和希海也不住地东张西望。

"虽然理应是原来的样子，但和那时候真的一模一样。"

秀平时而抽出书架上陈列的书，哗哗地翻着，时而在抽屉里面寻找着什么。突然，他的手停住了。他从白色的信封里取出信纸，打开来看。

"之前听说你收到匿名信，但我却什么都没做。我听大介说后来没人写了，是真的吗？"

"嗯，没事了。"

从大介冲进中学教室后，再也没有出现过奇怪的信。

我不经意地看着秀平手上的信。信好像是用铅字粘起来的，我看到"寿寿音"。

"那是什么？给我看看。"我抢过来认真地读着。

**寿寿音是恶魔的孩子 妈妈是蓝雪 仇恨□会消失**

这是用剪下来的铅字拼成的。我吃惊地张着双眼。

"这是什么？"

"这是夹在你家门上的。我不想让你看见，所以藏在了我房间里。"

"什么时候的事？"

"亚矢失踪的那天。"

记忆复苏。可只有秀平在门前对我说的"喜欢"一词曾好几次萦绕在我的脑海。

当时，秀平确实往口袋里塞着信封一样的东西。所以他是看到有人给我写了这么过分的信，可怜我才说这个的吗？

"总是会有人胡说八道。"希海不以为意。

这看起来只是恶作剧，但我总觉得事情没这么简单。这封信到底是什么意思？

"蓝雪是什么？"我问。

"对啊，是什么？"希海也疑惑地歪着头。

"我之前在电视上看到过。记不太清了，但好像说的是一个从顶楼跳楼轻生的女性。"秀平不确定地说。

"太奇怪了。别多想了，还是扔了吧。"希海伸手想拿走，但我总觉得心里有个疙瘩，一直盯着信纸不放手。

有人写信说我是弃婴的时候，我虽然伤心，但只把它当作坏话默默忍受，可这封信里的"仇恨"一词似乎倾注了巨大恶意。

"虽然说不要在意，但收到信的当事人肯定会生气的，对吧?"秀平看到我沉默不语,想缓和气氛。

"不是,如果只是恶作剧的话有点奇怪。"

并且这封信是亚矢失踪那天出现的,我觉得其中一定有什么蹊跷。

那天,扮演鬼的我对亚矢说:"藏得太近很快就会被抓到的。藏好一点哦。"

要是亚矢是因为我的话才走远……

好几次,我陷入深深的自责。直到现在,悔恨还在纠缠我。

现在还是不知道亚矢身在何处,但这是唯一的新线索。那件事过了半年,由利女士也离开了土笔町后,那天一起玩捉迷藏的一个同学才对父母坦白说:"我一个人藏好后,突然,有人从后面用袋子蒙住了我的头。他在耳边小声说要是我大叫就杀了我。他掀开我的校服,对我动手动脚,我害怕极了,不敢反抗。之后他就问我寿寿音在哪,我立即回答说在杂物间。我知道寿寿音是不会去杂物间的。他威胁我说要是我把这件事说出去,他会杀了我和我爸妈。后来亚矢不见了,我担心自己说出来会遭到报复,所以始终不敢说出真相。"

当时,我周围有很多同学都十分消沉,有的甚至经常请假。暑假结束时,我也有好几天都没去学校。那位同学肯定一直都被恐惧和痛苦折磨。

我和爸爸妈妈也知道了这件事。

"能想起有什么仇家吗?"警察刨根问底。离开时嘱咐我们不要走漏风声。或许是考虑到受害者——那位初中女生的感受,警方并没有正式公布。连秀平和大介也不知道。我也无从知晓这起猥亵事件和亚矢的失踪有什么关联，也不知道调查工作的进展。

听到当时嫌疑人指名道姓是冲我来的，爸爸妈妈十分惊恐。

这件事给柊家留下了阴影，不仅初中，就连我上高中后，家里都一定会在公交车站接送我。现在，隐秘的恐惧好不容易随着时间的消逝慢慢减缓，可诡异的信又现身了。

"寿寿音，你没事吧？"希海看我一个人出神，担心地问。

"信的事不要跟我爸妈他们说，我不想让他们担心我。"

"好。不过，到底是谁、出于什么目的，才会写这样的信？"秀平说。

我是最想知道答案的。可以想象一定是对我不满，不，一定是对我有什么深仇大恨的人。

"这少了一个字吧？'仇恨□会消失'，可能是掉了'不'这个字吧。但刚发现这封信的时候应该还在。"

听到这儿，我翻了翻信封，里面果然有一个被剪成四方形的小纸片。大概是因为胶水失效而脱落了。纸片有几分厚度，上面印着'不'字，背面是已经斑驳的深绿色。应该是从杂志或其他什么书的照片上裁剪的。

我把小纸片递给秀平，又把信翻过来看是否还有什么线索。

"其他的字好像也要掉了。"

我轻轻一碰，粘得不太牢靠的"消"字马上就掉下来了。方形的小纸片像是用裁纸刀剪下来的。我把它翻过来，看到背面印着一个熟悉的建筑。

"这不是纪念塔吗？！"

纸片上只剩下尖尖的塔角。

这应该是航拍照片……

"可能是从《土笔町的历史》中剪下来的。"我不禁喊出声来。

"我家里有，你们等会儿。"我急忙跑回家，从书架上取下那本书。

回到秀平的房间，我一页页翻着。

我对比航拍照片里的纪念塔和方形纸片。一模一样。我想看看纪念塔背面有什么东西，翻页就看到了"消"字。

纸片一定是从《土笔町的历史》中剪取的。

每家每户都分发了《土笔町的历史》，町上的住户人手一本。反过来说，只有居民有这本书。

"也就是说，写这封信的人就住在土笔町。"我定定地看着被剪切成小方形的纸片。

秀平和希海也目不转睛地看着，沉默不语。或许是因为亲眼看到有如此仇恨我的人，一时无法相信。

"货车快要开了哦！"窗外传来妈妈的提醒。

"这件事，不要告诉任何人。"

出于谨慎，我又叮嘱了一遍。秀平和希海点点头，没说话。

"那东京再见！"我跟他们约定好，目送两人离开别墅后，返回了自己家。


"这第二份惊喜怎么样？"大介满脸高兴。看来他知道希海也来了别墅。虽然信让人忧郁，但与他们重逢的开心还是占了多半。

"希海还和原来一样，我很开心。她和秀平看起来关系不错。"

"希海能变回来，真好啊。"

"什么意思？"

大介表情微妙。我明白，他有什么事情瞒着我。

"希海怎么了？生病了吗？"

大介叹了口气，不得已告诉我："希海搬到东京后，上了一段时间的学，但好像无法适应，不久就没去学校了，所以初中都没怎么上。秀平也忧心忡忡的。听说希海和父母相处得并不愉快。"

"为什么不告诉我？"

希海一直都给人坚强的印象，发生那种情况一定是发生了什么大事。

"我一直也没能跟希海见面，只能从秀平那里听说。希海让秀平发誓不告诉你，就是不想让你担心，所以我之前也没能告诉你。对不起。"

希海以前就是这样，从不会让我看到她脆弱的一面，这很像希海的风格。但哪怕只有一点点作用，我也还是想要帮助她。

"但是希海被过继以后慢慢就变开朗了。希海离家之后，秀平也会常常去看望她，帮她辅导功课。只是秀平很反对她去英国留学的事，好像还是很担心。"

秀平不放心妹妹一个人远在异国生活。希海能明白秀平的用心吧？从两人刚刚温馨的气氛来看应该是明白了。

"希海也有生活辛苦的时候。但希海生性坚强，就算去了英国也一定没问题的。"

我在心底祈祷，希望希海的新生活一片光明。

"那我们先出发了。"坐在副驾驶座上的大介挥手。

"太感谢了，真是辛苦了。"我朝驾驶座的前辈鞠躬道谢。引擎声响起，货车远去了。

"大介的那位前辈还在休假呢，真是给他添大麻烦了。但是看到大介的工作环境，我也放心了。"爸爸看起来十分开心。

"露营车运不了床和桌子。他们真是帮了我们大忙。"

已经看不到货车的影子了，可妈妈还低着头表示感谢。

"那我们也赶紧出发吧。"

"好。"

我们一家三口好久都没有自驾游了，所以爸爸妈妈坚持开露营车把我送到东京。

"我们不能比大介晚到太久。走吧！由利他们应该也在等我们。"

作别土笔町的时刻来了。一抬头就能望见的纪念塔深深地印在我的眼里，我的内心的某个角落生出一丝不安。我自言自语："没事的，在这里生活的幸福回忆不会消失的。"


阳光绕过窗帘，从缝隙处照进来，摇摇晃晃。我按掉闹钟，从床上起来。虽然我早上一般很有精神，但昨晚为了收集整理戏剧社前辈拜托的资料，我熬到了半夜，现在感觉昏昏沉沉的。

我打开窗户，让早晨清新的空气吹进来，看着城市的景色。

虽然我的公寓所在地文京区根津的绿化在东京也是数一数二的，但由于一根根电线交错，天空看起来低矮狭小。我来东京已经两个月了，还是没习惯晨起时的窗外景色。

但这座城市寺庙遍布，气氛安详而雅致，让人倍感宁静，我很喜欢。

从公寓出发，步行二十分钟左右就到了莲见先生的家。

莲见先生家是一幢独立的木制老建筑。本来是由利女士父母的家，她母亲病逝后，由利女士不放心父亲一个人生活，等亚矢出生以后就和父亲一起住了。

据说由利女士的父亲是一位宫廷木工。玄关处也摆放着上了年岁的木匠工具。由利女士曾说她的父亲十分固执，或许与他的工作就是守护传统有关系。一家人一起生活还不到一年，由利女士的父亲就去世了，莲见家变成了三口人。到今年夏天，亚矢失踪快满六年了。现在，这个家只有莲见先生夫妻两人。

从学校回来或者是放假的时候，我偶尔会上门拜访。

楼道深处，那些装着推拉屏风的房间总是房门紧闭。有一次，屏风没关严实，露出一小道缝隙。我好奇地朝里偷看，看到了书桌和书包，于是马上关上了。肯定是莲见先生他们为了随时迎接亚矢回家而准备的。想到他们的心情，我悲痛得不能自已。

就算是旁观者也能一眼看出由利女士强打着精神。我尽量谈论一些轻松愉快的话题，但不知道这能起到多大的作用。

听说警方展开的搜救行动的规模越来越小。可由利女士总是很随意地谈起"亚矢明年就上初中了，校服怎么办"或是"先给亚矢买好新鞋子吧"之类的话，她坚信亚矢还活着。

看到由利女士谈论亚矢的样子，我总是绞尽脑汁地思考自己能做些什么。

亚矢失踪那天出现在我家门口的那封信让我无论如何也想一探究竟。我的脑海无法摆脱那些憎恨我的话。

也可能只是某个同学发泄对我的不满，但我觉得那不是孩子写的。

那天发生了三件事。

我的同学被猥亵了，罪犯的目标是我。

不知是谁在门口放了一封信给我。

亚矢失踪。

同一天发生的这三件事绝非偶然。

我首先着手调查信上提到的蓝雪。

秀平自我来东京后就一直和我保持联系，凡事尽心尽力。也是他提出去国会图书馆找找过去的报纸。

我得知蓝雪就是从屋顶跳楼自杀的少女。

秀平认为信上说那位少女是我的妈妈的话毫无证据，但或许是为了让我打消疑虑，他还是陪我来了。

秀平能这样为我着想，我很开心。

随着调查的进展，关于蓝雪的细节也浮出水面。

事情发生在十八年前，平成三年十二月二十七日的晚上。看到这件事发生在我被丢在柊家门口的一周后，我的心里不知为何七上八下，尽管没有一篇新闻报道过那位叫作蓝雪的少女生过孩子的消息。

案发地是东京都千代田区神山保町。

　　蓝雪当时还是一位十八岁的少女。因为是未成年，媒体并没有披露姓名等隐私信息。[①]

　　她服用兴奋剂后，从屋顶跳楼自杀。

　　有报道称少女的母亲因多次服用兴奋剂被逮捕，所以她可能是受母亲的影响。并且不幸的是，少女跳楼后直接砸到了楼下的行人。

　　受害者是一名名叫富根美咲的女演员，当时她正和八岁的女儿奈那走在路上，突然被飞来的横祸夺去了生命。女儿没有受伤。

　　奈那听到少女死前呢喃"蓝色的雪"，所以少女被叫作蓝雪。有传言说，出事那天，少女因为兴奋剂的作用，所以看到雪是蓝色的。

　　有目击者称富根美咲是为了保护自己的孩子才遭此不幸，一些周刊杂志和电视报道趁机煽风点火，将她塑造成"用自己的生命守护孩子的悲剧式母亲"，赚取大众眼泪。媒体还报道，事发当晚，富根美咲和女儿在丈夫经营的"TAKANO餐厅"里吃晚饭，回家的路上就发生了意外。


　　**寿寿音是恶魔的孩子 妈妈是蓝雪 仇恨不会消失**

---

[①] 明治时代之后的大约一百四十年间，日本《民法》规定二十岁为成年年龄。从2022年4月1日开始，成年年龄才下调至十八岁。平成三年为1991年，彼时《民法》尚未修订成年年龄。

如果信上写的都是事实，那憎恨我的人的确存在。亚矢的失踪或许也与此事有因果关系。

不能就这样放任不管。

所以一到东京，我就立马和刑警神山先生取得了联系。

我第一次见神山武史是在我八岁的时候，至今已认识他十年了。神山先生当时还是交警，他用轮椅推着他祖父，和他妈妈一起参观纪念塔。

轮椅上的老人看了爸爸拿出来的纪念册，泪水纵横。我第一次看见一个大人哭得那么厉害。

家人们温柔地陪伴在老人身边的那幅画面让我至今难以忘怀。

在那之后，神山先生总是一个人来，有时候还会出现在露营车旅行的目的地。他叫我"第十六代"，我觉得羞愧，让他不要这样叫我，所以这次他称我为"小姐"。虽然我也不喜欢这个称呼，但他好像很喜欢这么叫，一直这么着，我也慢慢习惯了。

他认为我是身份尊贵的第十六代，对我言听计从。我们一起在露营车里玩黑白棋游戏和扑克，他一直陪我，直到我赢。如今回想起那时，真是愉快的回忆。

我读高一的时候，神山先生终于实现了当刑警的夙愿，特地来我家报喜。我一直好奇神山先生祖父的事情，当时没忍住问了他。

收藏在纪念塔的纪念册上只记载了名字。以前，我问过爸爸："为什么不写下他们留名的理由呢？只写名字的话，大家都不知道他们做了什么。"

"他们本人知道自己的作为。这就足够了。"爸爸淡淡地
回答。

从上中学开始，我把爸爸讲述的英雄故事汇集在一个文档
里。那些行为千千万万，并不为人所知，却都是为了别人的英勇
义行。被记载下名字的人各有各的故事。其实，我有个想法，有
朝一日要用戏剧演绎这些英雄故事。在这份名为"英雄故事"的
文件中，也记录了神山家的故事。


神山一雄和妻子在一个煤炭资源丰富的小镇上经营一家
酒馆。儿子武男初中一毕业就成了一名矿工，并在二十二岁
成了家。当时，许多人从四面八方涌到煤矿镇，小镇迎来鼎
盛时期，酒馆矿工盈座，很是热闹。矿工们住在联排屋一样
的房子里，一起从事着危险而残酷的工作，他们的命运已被
紧紧地联系在一起。

孙子武史出生那年，发生了一场特大事故，儿子武男被
埋在了矿洞里。很多人因为煤灰爆炸和一氧化碳中毒而失去
了生命。因为害怕发生二次灾害，救援迟迟没有展开。

武男的遗体被收殓入馆后，一雄每天都会做许多饭团运
到事故现场。就算有人告诉他现场随时可能发生爆炸，十分
危险，不能靠近，他也没有畏惧。

事故平息后，矿山被关停了。因煤矿而繁荣的小镇人口
四散流失，逐渐萧条。一雄夫妇也关了店，带着儿子的遗孀
和年幼的孙子一起离开了小镇。

事故发生十年后，柊家向当时爆炸事故搜救队的队员询问这起事件。

"进入矿洞的救援队队员都是精挑细选出来的、身经百战的矿工，也是决心进入发生爆炸的矿洞内的敢死队。大家都明白二次灾害的危险，但为了救出同伴，我们没有回头。有得救的人，也有没得救的。现场就是地狱。我们甚至如临战场，悲壮肃穆，视死如归。现在回想起来，我都瑟瑟发抖。就是在这样的情况下，有一个人每天都给我们送来热乎乎的饭团。在悲惨的事故现场，我们食不下咽，他劝我们多少吃一点。我们接过饭团，强往嘴里送。真好吃啊！他说明天还会给我们送来。我现在也忘不了那位老伯的脸。我又重拾勇气和希望，想着要活到明天，吃上美味的饭团。"

柊家的人找到了神山一雄，并告诉他纪念册的事。

"我这把老骨头什么都没做，别记我的名字，记下我儿子的名字吧。"

神山一雄泪眼婆娑。

"那天，我儿子武男在爆炸发生后就自己逃了出来。可看到救援队还没到达现场，从矿洞里逃出来的人又组成了紧急救援队。他们的任务就是重返矿洞，搭救工友。听说，武男自告奋勇，率先进入了矿洞。明明留在矿洞外面就可以保住性命，可他仍然毫无退缩。武男不是因为事故死的，他是为了工友而英勇献身的。可现在，没有一个人知道武男做了什么。"

　　神山一雄的孙子就是称我为"小姐"的神山先生。我当时看见的那个对着记载儿子名字的纪念册而痛哭流涕的，就是神山一雄。

　　对我讲述完他们家的故事，神山先生最后说道："祖父在那之后的半年里就离世了，他最后走得很安详。我很高兴那本纪念册让我骄傲地对祖父和在我出生后不久就牺牲了的、连长相都记不清的父亲肃然起敬。我希望我这一生能无愧于他们。"

　　我觉得他成为一名刑警或许也是受此影响。

　　神山先生是一个很可靠的人。

　　我讲了家门前的信，坦率地说完自己的疑虑后，神山先生高度重视，表示会展开调查，让我稍作等待。可两个月过去了，还是杳无音信。

　　我想到坠楼现场和TAKANO餐厅看看，于是和秀平约好今天下午在神保町碰面。

　　西餐厅位于事发现场，也就是那所大厦附近，现在还在营业。死者富根美咲的丈夫鹰野宏是一位有名的主厨，曾参加过一个比拼厨艺的电视节目。现在好像已经再婚了，但他最有可能是蓝雪的仇家。

　　我觉得他说不定在里面，就朝店里张望。

　　"今天晚点回去没事吧？"

　　我立马点头。秀平让我在外面等，自己进店里去了。

　　"我订到了六点的餐位，店里的人说正好有人取消预约。运气真好啊。"

　　"可是……"突然的走向让我疑惑，而且，我身上没带多少钱。

"你来东京的接风宴。我请客。"

秀平的笑容灿烂，我也就接受了这份好意。幸好今天穿了连衣裙。美中不足的是鞋子不是高跟鞋，但也只能凑合了。

我们两个为了打发时间，一直在书店逛到六点。秀平专心致志读着一本似乎很深奥的医学书。我看着他的侧脸，他整个人散发着一种心怀梦想的勇敢坚毅的气质。


"请稍等。"

系着蝴蝶领结的服务员拿着菜单退下了。

我轻舒一口气。虽然土笔町也有西餐厅，但这家的菜单上全是一长串的片假名，我看也看不懂。难堪之际，好在秀平点了几道菜和啤酒，还帮我点了姜啤。

二十岁的秀平娴熟地喝着玻璃杯里的啤酒。他是生活在大都市的的场家长子，而我初来东京，只是个在土笔町土生土长的乡下姑娘。我真切地感受到我们的成长环境有着天壤之别。

"这家店真不错啊。"我语气轻快地搭着话，不想正视自己的内心。

"嗯。没见到主厨啊。"秀平朝里面张望。

店内摆了好几张圆桌，大概一半都坐满了客人。但空桌上摆着"已预订"的指示牌，应该是满座。要是没人取消，我们就进不了店。秀平说得对，我们运气真好。

秀平问了我很多问题，我们聊了不少初高中的事情。听我说起土笔町老人们的逸闻趣事，秀平不禁放声大笑。我们两人心虚地看看四周，所幸其他的客人也聊得投入，好像并没有在意我们的笑声。

或许是因为和秀平的聊天氛围很轻松，我还向秀平吐露了迄今为止都被我当成秘密珍藏的梦想，说将来要带着自己组建的剧团在青绿座公演英雄题材的戏剧。

秀平也讲了他的大学生活，还聊了聊之前提过的未来理想。那是一个十分伟大的梦想。秀平说他不仅要救死扶伤，还要在政治界发光发热，创造一个能够救危济困的社会。

"我现在才感受到要成为一名够格的医生是多么艰难的一件事。不仅要学习知识，还要具备高尚的人道主义精神和坚韧不拔的意志。莲见先生就是我的榜样。大介曾经接受过莲见先生的诊治，莲见先生对他来说是恩人，也是一辈子都会尊敬的人。莲见先生战胜了苦难，履行了医生的天职，我觉得他很伟大。"

秀平说"战胜"，但事实究竟如何呢？

亚矢的事情还没有尘埃落定，一切都还没解决。只要没有死亡证据，莲见先生和由利女士就不会放弃。

"菜合口吗？"主厨穿梭在一张张餐桌间，问候着客人。他从邻桌朝我们这边过来了。

"十分可口。"秀平点着头，赞许地回答说。主厨接着向我投来问询的目光。

"很美味。"我好不容易才开口。

"多谢二位。"

鹰野宏眼镜下的鱼尾纹宛如沟壑。这个被蓝雪夺走妻子生命的男人脸上挂着温暖的笑容，可无人知晓他的内心。

出餐厅的时候已将近九点。秀平把我送到了车站。

"今天真是多谢啦，让你请了一顿大餐。"我道完谢，准备往检票口走。

"寿寿音！"

听到秀平叫我，我回过头。他眼神闪烁，抓着我的胳膊，把我拉到了柱子后面。

"我想郑重地告诉你我的心意。我一直都喜欢你！"

呼吸仿佛停止，但心脏欢欣雀跃，心跳声大得让我担心被秀平听到。

这句天方夜谭似的告白让我愣住了。明明是被暗恋对象表白，明明有万千之喜，可我怎么都说不出话来。

"要是吓到你了，我道歉。但我想让你知道，我是认真的。"

秀平放开了我的胳膊。

"之后再联系你。"

我望着秀平快步离开的背影，直到他消失在我的视线中。

胳膊上刚刚被拽住的地方传来迟钝的疼痛。我的心里仿佛小鹿乱撞，回家路上反复回想秀平的话，生怕把它忘了。

那天之后，秀平没有联系过我。一周后，我接到了神山先生打来的电话，决定见面聊。

我仰头看看清朗得不像是梅雨季的天空，出发前往见面地点。虽然我比约定时间早到了五分钟，可神山先生却已在大学礼堂前的草坪广场上等候了。他坐在长椅上朝我招手。

上午的学校广场上没有偷闲的学生。

"今天真是太感谢了，让您百忙之中特地跑一趟。"

"小姐所托，就算刀山火海我也会来的，包在我身上。"他用一贯爽朗的声音说。

"您了解到什么新情况了吗？"

听到我急切的询问，他的神色突然黯淡。

"我一直见不到负责案件的长野县刑警，所以耗费了许多时间。警方似乎认为这是一场迷路所致的意外，或者是受害者遭到野兽攻击后第二天被大雨冲进了河里。他们称还在继续搜查，但认为这极不可能是一起犯罪案件。"

"那那天指名找我的那个人呢？"

"据说他们断定那位同学做假证，因为证词都是半年之后的，还有信息显示那个女孩有说谎前科，而且……"他移开视线，有些犹豫。

"而且什么？"

"考虑到小姐当时被霸凌，那位同学可能也是出于恶作剧才说了你的名字。"

"我没有被霸凌，只是被捉弄了几次；而且，那个同学没有撒谎。"

"我也反驳说中学生不会编造自己被猥亵的谎话，但他们敷衍说什么那个年纪的孩子不可捉摸。"

"那封拼剪而成的信件呢？"

"虽然接收了，但他们觉得这只是恶作剧，最后不了了之。"

要是问不到其他线索，他明明可以帮我调查的。可能是察觉到我的不满，神山先生解释说："虽然这只是我的直觉，但仿佛有一股看不见的力量阻碍着亚矢失踪的搜查。明显有人不想让我们插手这件事。"

看到我不解，神山先生稍稍俯身，轻轻摇着头说："案发现场是时任国家公安委员会的委员长、现任党干事长的场照秀的府邸。的场从一开始就坚称这是一场意外。因为他不希望在自己的别墅发生犯罪案件，所以说这是一场幼童被卷进河里而下落不明的不幸事件。这样的先例也并非没有。虽然在我问话时刑警嘴上说着还在搜查，但我感受不到他的急切。一想到当事人的家人，我就非常难受。"

我本来期待着有什么进展，可希望却被扼杀了，绝望滚滚而来。虽然如此，我还是向特地去长野县走了一遭的神山先生表示了感谢。

"小姐，虽然匿名信已经是陈年旧事了，但坏人确实还在。你对身边的人需多加小心，一有情况，请随时联系我。"神山先生叮嘱过我后，便逆着上课的人流离开了。

我出神地在长椅上坐了好久。照这样下去，调查将以纯粹的意外而告终。

为了还未放弃希望的由利女士，我想抓住那条纤如蛛丝的线索。如果亚矢是被人诱拐的，我一定要追踪到与嫌疑人可能有关的线索。所以，我不能认为那天的信件和这件事毫无关系。

在突然的告白之后，我和秀平一直没见面。虽然主动联系他让我很难为情，但我觉得应该尽快把神山先生的话告诉他。

"寿寿音？"电话里传来秀平的声音，一如往日。我松了口气。

"今天我见了神山先生。"我把从神山先生那里了解的消息都告诉了他。

"我也有话对你说。下周三你有空吗？我约了一个认识蓝雪的人。"

"真的吗？"

"我们说好周三下午三点见面，你能来吗？"

秀平兴奋地讲述着事情经过。

在学校的学园祭上，法学院的同学举办了模拟法庭。这是一项集中深挖一个主题并以法庭的形式呈现出来的活动，广受欢迎。今年的主题是"未成年犯罪的正确报道方式"，其中就提到了蓝雪一案。

因此，秀平不经意地向参加模拟法庭的法学部的朋友打听，了解到他们是靠一位律师前辈的帮忙才拿到了蓝雪的信息。他百般央求他的朋友，才有了和石户律师前辈见面的机会。

秀平讲完后，我们约定了见面的时间和地点，挂断了电话。我心情复杂，和秀平像往常一样的对话既让我心安又让我失落。听到他的告白后，我的心现在都还怦怦乱跳。为什么我没办法把"我也一直喜欢你"立刻说出口呢？

肯定不只是因为告白来得太突然，还因为我在内心深处始终觉得我们两人的世界天差地别。而小时候，我只是天真而纯粹地喜欢着他。

从那封"母亲是蓝雪"的信出现之后，一直蛰伏在我心底的疑问油然而生。

"生下我的究竟是什么人？"

这是一个绝不能问任何人的问题。因为不能有寻求答案的念头，也不会有人知道答案。

石户律师的事务所在山手线目白站。站在车站前，我才发现这里似曾相识。从土笔町搬走的那天，爸爸开露营车送我经过目白，我曾从窗户里看过这番景色。穿过学习院大学，一段路程后，一栋引人注目的豪宅映入眼帘，其富丽堂皇让我瞠目。当时父母告诉我，那是莲见先生父母家，让我印象深刻。

"石户先生还担任町会长，热心参与地方的庆典和节日。帮忙介绍的朋友说他乐于助人，一定会知无不言。朋友还调侃说他爽朗、亲切，但喜欢玩谐音梗，相处起来可不容易。"

秀平为了缓解我的紧张，轻快地说。我的表情可能在不知不觉中变僵硬了，但我自己都不知道是因为要见石户律师还是因为在意秀平。

进入车站附近的大道，不一会儿就能看到"石户律师事务所"。招牌上了年岁，看起来很有年代感。事务员把我们领进屋中。

"欢迎欢迎，请坐吧。"

白发苍苍的石户律师热情地招待我们。他看起来差不多是古稀之年，在沙发上坐下时，臃肿的腹部在轻轻晃动。

"我是的场秀平。十分感谢您今日拨冗会面。"秀平恭敬地问好。石户律师欣赏地看着他。

"我跟的场先生在一次聚会上攀谈过。你就是的场家公子？比你父亲俊朗啊。我听其他校友说起过你，夸你十分优秀。"

"过奖了，我还不成气候。"

他们熟稔地聊着秀平爸爸的话题。

"这是寿寿音。我们打算取材蓝雪案件来完成学校的戏剧脚本，所以此次来拜访石户先生，望您鼎力相助。"

"你是我大学的学弟，还是的场干事长的公子。你需要帮忙，我岂能坐视不理。"石户律师夸张地摊开手，活像歌舞伎演员的停顿亮相。秀平缓和了神色，但我不知为何脸部僵硬，笑都笑不出来。

"真是太感谢您了。事不宜迟，请您讲讲您所知道的真实的蓝雪吧。"

"说实话，我对她也不是很了解。事后，公寓的房东来找我咨询，我才知道她就住在附近。因为她没有亲属，房东很头疼该如何处置遗物。要是你们想向房东了解情况，我可以帮忙联系。"

"她当时还是学生吗？"

"不，听说她在商业街的丰丸超市上班。你们要见见超市老板吗？"

秀平看向我，像是询问着我的意见。我坚定地点头。

"那就拜托您了。"

石户律师走到办公桌，拿起听筒，沉默了一会儿说："没接电话，肯定正在哪儿偷懒呢。"

他放下电话。没想到这次我倒扑哧一笑。石户律师好像心情不错，看着我说："你们去见他吧，就说是我介绍的。"

他说完就站起身。我和秀平也立马起身道谢。

离开时，石户律师弯腰行礼，说替他向的场先生问好。秀平一副波澜不惊的样子，再次鞠躬回礼。他大概已经习惯了不论在何处都会听到别人提起他父亲的名字。

傍晚的商业街热闹非凡。我走路时尽量避免碰到来来往往的行人。丰丸超市门口摆放着香蕉和卷心菜之类的果蔬，许多提着购物篮的客人涌进店内。

秀平问入口处的店员老板在不在。为避免挡路，我站到一边。就在这时，我感受到了别人的视线。一个戴着帽子、穿着夹克的男人站在人群那边盯着我看。被我发现后，男人快速移开眼，转身走进了小巷。真怪异啊。

"寿寿音。"

听到秀平叫我，我急忙进店，跟在秀平后面，进了一个像是总务室的房间。

"百忙之中，打扰您了。"

"谁让你们是石户老叔介绍过来的呢。请坐吧。"老板指了指折叠椅。他是一名五十岁上下的男人，脖子上系着毛巾。

"我就是店长丰田。你们想问什么？"他从口袋里掏出香烟，点燃了。

"听说蓝雪曾在贵店工作？"

"搞什么？你们是媒体？"他明显不快。

"您误会了。我是石户律师的大学学弟。学校这次打算排演以蓝雪为题材的戏剧，所以我们正在走访，希望能了解关于她的事情。"秀平当即否认说。

"这么回事啊。既然是这样，那我就告诉你，但有个条件，不能改成一出荒唐的喜剧。还有，别叫她蓝雪了，她的名字叫乃苍。我之前开玩笑,恶意给她起了个外号,现在肠子都悔青了。"

老板对着天花板吐出一口白烟。

"你们知道乃苍妈妈的事吗?"

"略有耳闻。当时的报纸报道说她是服用兴奋剂的瘾君子。"

"乃苍在福利院和她妈妈之间两处奔波,长大成人,初中毕业后就开始在我店里上班。她长得娇小,总是穿一身运动衫。她可是个诚实的好孩子,在我这儿上班的时候,从没请过假,也没迟到过。她可能想多用功学习吧,所以休息时间也总是在看书。她不跟人多说话,一笑就露出可爱的酒窝。"

老板把烟在烟灰缸里按灭了。

"出事的时候她也在您店里工作吗?"

"没有,在那之前大概半年的时候她就辞职了。当时听她突然说离职,我很吃惊,再三挽留,但她态度坚决。问她理由她也不说。她虽然很踏实,但也有执拗的一面啊。"

老板深深地叹气说。

"所以直到案子发生,我也不知道她在做什么。刑警怀疑她那段时间在吸食兴奋剂,但我是不相信的。乃苍曾说她打心底里恨兴奋剂,害她妈妈被毁了;还说她不想见她妈妈,但只要她妈妈戒掉兴奋剂,她是愿意同妈妈一起生活的。所以乃苍自己是绝不可能沾染毒品的。一定是出什么事了。"

老板拿毛巾擦了擦额头的汗珠。

"可别把她写成坏人啊。拜托了!她是个好孩子。"

老板最后也在帮乃苍说话。

天黑了，商业街的灯光被渐次点亮。

在之前，蓝雪是一个遥远的存在，而现在，她是一个名叫乃苍的女孩。

秀平催促我。我们拐过亮着霓虹灯光的弹珠机店的转角。

"好像是那边吧？"秀平用手指着。二层木制公寓"和平庄"一如旧时风貌。听说一旁的烟草店就是房东家。

"晚上好。"

"来了——"

一个中年女人从屋里笑着出来。

"我们是石户律师介绍的，向您请教一些乃苍的事。"

"刚刚石户律师也打过电话。虽然不想回忆，但石户先生所托难以推辞。我知道的就会告诉你们的。"

"非常感谢您。"

"蓝雪这个叫法真是不尊重人。欸，你们知道她叫乃苍的吧？"

"是丰丸超市的老板告诉我们的。"

"丰田真是什么都说啊。这样也好。差不多二十年前，我和丰田是同学。我们都是这地方的土著，不知道有多少年的交情了，已经腻了哟。"

她解下围裙，让我们坐在墙边的椅子上。她性格爽朗，我也不紧张了。之前都是秀平帮忙，这次我想自己来问。

"乃苍是一个什么样的人呢？"

"对她的第一印象就是发型。她头发短得像男孩子一样。我问她为什么不留长，她就笑着说她喜欢这个长度，还省洗发水呢。"

"她当时有交往的对象吗？"

"对象？我觉得没有。当时我爸是公寓的房东，他有时会跟乃苍在工坊聊天，或许知情。但现在我爸住院了……"

"工坊？"

"我们家之前开了家做首饰的工坊。我爸是手艺人，把工坊的一部分用来开店铺。他是个固执的硬脾气，所以没多少客人光顾。但他的手艺是一等一的，偶尔也有人找他订做。我家现在不做这行了，但又舍不得把那些玩意都处理掉，所以就当成装饰了。"

房东阿姨指着墙说。墙上散乱地固定着图钉，上面挂着二十条左右的项链，下方的薄木架子上摆着多个款式新颖的戒指。

"乃苍好像很喜欢首饰，所以总是来店里，对我爸的手艺连连赞叹。我爸性情很直率，听了这话喜笑颜开。对了，有一次我也在场，听到我爸罕见地打趣她说'要是交了男朋友，让他送你，我帮你做一个好的'。乃苍双脸绯红，说没有男朋友。真是个单纯的小姑娘啊。警察问我她的异性关系时，我想都想不出来！"

"听说事发前半年，她辞去了超市的工作。她一直住在您这儿吗？"

"这个啊，我爸说乃苍留下半年的房租，说要离开一段时间，但还会回来，就离开了。"

太奇怪了。那段时间她打算去哪里呢？

我很好奇这半年的空白期。从超市老板和房东的话来看，乃苍是一个脚踏实地的人。那半年间一定发生了什么。

"我爸知道乃苍跳楼身亡后，受到了沉重打击，再也没有谈过她的事，所以我也不知道其中细节。"

"她死后，没人来认领遗物吗？"

"嗯，没有人来。她妈妈没联系我，我也不想主动找她。说心里话，我也不想跟那种母亲扯上关系。而且记者媒体一窝蜂地涌来，冷不防就被递上话筒，连门都出不了，烦死人啦！所以也就没那个闲工夫了。"

"那间房子现在怎么样了呢？"

"凶名在外，租不出去了，现在用来储物。当时，其他住户也都搬走了。但因为人不是在公寓死的，其他房间后来又有新的租户。"

话说回来，乃苍是从神保町的一栋大楼上跳下来的。为什么要选择那儿呢？

"来一包七星香烟！"

"来了——"

见来客人了，房东站起身。刚刚一声不吭的秀平附在我耳边说："差不多该回去了吧？"我看着搭在椅子上的围裙，意识到现在是傍晚时分，房东该忙着做生意了。

"今天真是太感谢您了。"我对招呼完客人的房东阿姨道谢。

"要是我爸在就好了。不过我爸很喜欢乃苍，回忆对他来说太痛苦了，他可能也不愿提及。"

"请令尊多多保重。"

听到秀平的问候，房东阿姨笑着说："虽说是住院，其实就是摔骨折了，没什么大碍，花时间养养就好了。"

出门时，我看见电杆后闪过一个穿夹克的男人。和刚刚在超市门口看到的是同一个人？难道我们被跟踪了？

"怎么了？"

"没什么。"

我纠结该不该说，一时支吾不清。

"是不是累了？稍微坐会儿吧。"

我们并肩坐在小公园的长椅上。黑蒙蒙的公园里已经没了孩子玩耍的身影。

### 妈妈是蓝雪

这行字浮现在我的脑海。如果这是事实，那么在时间上可以推测，乃苍在消失的半年里生下了我，并把呱呱坠地的我放到了柊家门口。可乃苍和柊家之间没有交集，为什么非要把婴儿带去土笔町呢？

"到底是谁，写那封信的人到底是谁？"我不由自主地说出声来。

"冷静一下。"秀平看着我。他在我身边，离我这么近。

来东京见了他数次，可每次我都有相形见绌之感。果然还是因为我们生活在不同的世界吗？秀平出生在位高权重的父母的怀抱里，未来也受了枷锁。

我去过一次港区白金的的场家府邸。那是一栋气派的日式建筑，高墙绵延，是一处名副其实的豪宅。最值得一提的是，门口还有警卫值守，不由得让我再次感慨的场先生的身份。

许久不见的的场夫人也变得神采奕奕，让人认不出来。她虽本就是一位美人，但在土笔町时总是一副弱柳扶风的模样，现在却气质尊贵，活脱脱一个大城市的豪门夫人，让我十分震惊。或许还是东京的水土更适合她吧。

"我之前见到了希海。"

我一不留神就说出了口，慌张闭上嘴巴。虽然我还是认为她是希海的母亲，可希海已经成了蛇田的养女。

"哦。"

的场夫人神态自若地回答说，言语里透着冷漠。不知道这份冷漠是对我的态度，还是对希海的感情。在楼道时，我和蛇田擦肩而过。

"啊，寿寿音小姐。你来东京上大学了是吧？和秀平少爷好像经常见面吧？"

听他那思索的语气，我也感觉到了冷漠。

我或许是蓝雪的孩子，就算不是，也不知道是哪家哪户的孩子。我是弃婴的事实不会消失。

秀平一直注视着我。

"寿寿音。"

他温柔地唤着我的名字。

我为什么不能扑进他的怀里呢？

秀平的脸凑近了。我放松了双肩的力气，闭上了眼。嘴唇上传来温热的触感，心咚咚直跳。秀平移开了嘴唇，紧紧地抱着我。

"你可是我的初恋。"

我终于说出来了。

秀平笑了，像是松了口气。

"那怎么不早告诉我？"

我们就这样抱着，坐在长椅上。

"我可以吗？"

我心里满是不安。

"只能是你。"

那双眼睛里看不到丝毫躲闪。

我已经不害怕了。相信秀平吧。我一刻都不想和他分开。之前被封锁的情感轰然决堤。

"我喜欢你。"

已经不能回头了。秀平抱着我，他的手掌充满了力量。我近距离地感受着他的温度，不愿离开。


第二天，世界焕然一新。我有喜欢的人，并且有喜欢我的人。第一次感受到这样的幸福，恋爱的人都是这样的心情吧？

秀平说要立马通知大介我们俩开始交往了。可我觉得很难为情，跟秀平说不必特意报告，但他当即拒绝："大介、你和我三人之间绝对不能有秘密。"

但在我提出的另一个请求上他妥协了——先不把这件事告诉莲见先生他们。虽然我总有一天会汇报的，但现在还不想让他们知道。

秀平打电话告诉我，大介要在他工作的饭店里款待我们，还说希海也会赴约。为了迎接那天的到来，我去美发店挑了个浅色，第一次染了头发。

那家筑地的饭店在出了大道后的一条僻静的小路上。我们穿过气派的街门，走过石板小路，便看到玄关处站着一位身穿和服的女人。她身旁立着一块标识牌，上面写着"的场先生"。

店员把我们带到了雅座。秀平和希海面对面坐着，我坐在希海的旁边。她穿着一身浅绿色的连衣裙，极为衬她。

"这家店真漂亮。"

我含糊地说，既没对着秀平，也没对着希海。或许是因为我对着壁龛正坐，不免觉得有些紧张。

房间面朝中庭，可以看见水池。往玻璃窗外望去，可以看见锦鲤在池中优雅地游泳。

"啊，有漂亮的锦鲤。希海，快来看，那条锦鲤胖乎乎的。"我走到玻璃窗边，朝希海招手。希海缓缓起身，站在我旁边。

"真的！有点胖过头了吧？"希海在我耳边笑着说。真怀念这种感觉。

"看你们，就跟小时候一样。"身后传来秀平愉悦的声音。

推拉屏风打开，店员走进来。我们急忙回座，坐在软乎乎的坐垫上。

"欢迎各位今日光临小店。"穿和服的女人问候完，给我们每个人放了条拧好的毛巾。饮料上桌了。

"我们来干杯吧？"秀平开场后，我们开始吃饭。

一道道料理上桌，我不由得食指大动。我第一次吃河豚套餐，刺身、炸海鲜、寿喜锅，每道都是佳肴，愉悦着味蕾。

"英国是个很好的地方吧。庭园好像也有名气？我将来也好想去见识一下啊。"

"虽然经常下雨，不过就算是夏天，气温也不会太高，一定很宜居。"

"哥哥帮我查了那边的气候如何，该穿什么衣服，前阵子还陪我去购置东西呢。"希海开心地说。

"我怕把她冻着，拿了好多衣服，但希海说穿不了那么多。"

兄妹俩亲密的样子让我羡慕。

"我一开始听到希海要去英国留学还很不放心，但后来觉得既然希海执意想去，那我就应该全力支持。"

"我总是让哥哥担心……"希海低着头。

"之前，有难过，也有辛苦。但是，蛇田爸爸告诉我，不论何时都不可以回头，所以我想要去英国开始新生活。爸爸为我的事情费了很多心。"

我从大介那里听说，希海刚搬到东京时因为学校和亲子关系苦恼。我想，要面对不期而至的转学、适应生活上的巨变，一定是困难重重。我一直待在土笔町，升入初中的时候都会感到惴惴不安，何况希海是被丢到了连一个朋友都没有的陌生环境里。一想到她的境遇，我就很心疼。那时，我要是帮帮她就好了。

"我一直都能感觉到，父母对我这个接班人和对希海的态度大相径庭。如今，重男轻女是一种时代糟粕。我听说希海被过继给蛇田的时候也很不愿意。但希海喜欢蛇田，所以现在看来，结果是美满的。"

"对，蛇田爸爸承诺说会守护我的。"

希海正昂首向前。我感受到她决心迎来崭新的自我，欣喜万分。

"希海，加油哦。"

"谢谢。"

不知为何，希海一句简单的回答让我的眼泪几欲夺眶而出。我用手帕捂住眼睛。

"如何？我们店的菜好吃吧？希海和寿寿音吃得尽兴吗？"

推拉屏风开了，是大介。他穿着白色厨师服，腰上系着围裙，戴着一顶白色的厨师帽，看起来就是正儿八经的厨师的模样。

"寿寿音怎么了？在哭吗？"

"没什么，没什么。"我慌忙把手帕从脸上拿开。

"欸，寿寿音，你是染头发了吗？果然恋爱了就想打扮自己啊。"

"恋爱？"希海看着我。

秀平尴尬地低着头。

"怎么回事？还没跟希海说吗？这两个人在交往呢。"

"本来想待会儿说的。"秀平害羞地挠挠头。

我不好意思地看着希海。

"寿寿音，要是吵架了就跟我说，我站你这边。"

"兄妹情去哪了？"

"这是两码事。"

秀平和大介相视而笑。

"接下来的目标就是把我做的菜全部消灭掉。我等着呢。"

大介去忙了，又见不着人了。

大家突然安静下来，气氛尴尬。

"你们在交往啊。寿寿音，东京要什么样的男生没有？找个窝边草行吗？总觉得没意思。"

听到希海直言不讳，就像看到了从前的她，不知为何，我放下心来。

"寿寿音就交给你了。"

希海对秀平说。听到希海的这句话，我很开心。

要回去时，我们去了趟洗手间。我和希海站在镜子前。

"你还在调查蓝雪的事吗？"

"嗯。听秀平说的？"

"你还是收手吧。"

希海像是在逃避我的问题。

"为什么？这可能还跟亚矢的案子有关系。"

"比起别人，你考虑考虑自己吧。现在寻找生母算怎么回事？你有爱你的爸爸妈妈，这样不好吗？我觉得你不必执着于过去。"

"我很开心你为我着想。谢谢你，希海。"

我感谢希海的好意，但无法放弃。

在那之后不到一周，秀平跟我说，希海已经出发去英国了。她一个人走的，说不喜欢别人送行，让我保重。这很像希海的风格，可我还是有些伤心。

我托神山先生帮我找一个人——乃苍的母亲。她或许知道乃苍在消失的半年里发生了什么。

这或许是寻找亚矢下落的线索，所以我无论如何都想确认我和亚矢的失踪究竟有没有关联。

"好的，我会查的。"架不住我几番请求，神山先生终于同意帮忙。

我无法将那间公寓出租屋置之脑后，于是再次孤身探访目白。房东一如上次笑着欢迎我："欸，你又来了。真上心哪。"

"我能看看那间出租屋吗？"

"当然。可里面只有工坊的工作台和机器。"

房东阿姨一副拗不过我的表情。我跟在拿着钥匙的房东阿姨的身后，来到公寓前。乃苍的房间是一楼最近的那间。房东拧动钥匙打开门，室内光线暗淡得让人看不清，一股霉味扑鼻而来。

"稍等，我把窗帘拉开。"

房东阿姨大概是走惯了，轻车熟路地从杂物间穿了过去。随着窗帘哗的一声拉开，房间明亮起来。墙边卧着工作台和机器，还有一个衣柜。几个箱子摞在一起，被折起脚的矮脚圆桌倚着墙站着。

"衣物被子之类容易长虫的都被我扔了，但衣柜和桌子都是这间屋子里的。"

我吃惊地看着衣柜："这是乃苍的吗？"

"嗯，里面是空的。"

"我能看看吗？"

"里面可能有死虫子。"

我小心地从最下面一层层打开。虽然积了灰尘，但万幸没有虫子。正如房东所说，里面空空如也。

"是吧？我就说什么都没有。"

我对着她点点头，环顾着墙和天花板。那个名叫乃苍的少女曾在这里生活。为什么她会落得那样的下场呢？

最后，我拉开了最上面的一层抽屉。里面有什么东西。我伸手，摸出一个二十厘米左右长的方形铝盒，上面印着精美的花纹。可能是装曲奇之类食品的点心盒。

"这是？"

"啊，这是什么？"房东阿姨接过去，打开盖子。

"这是乃苍的。我实在舍不得扔掉，就放在那里了。"

"能让我看看吗？"

"嗯。"

里面装着漂亮的包装纸、丝带、可爱的贴纸，全是一些女孩子会喜欢的玩意儿。乃苍是在收集这些吧？想到这是十八岁身亡的少女的遗物，我的心情便十分悲切。

"这个能暂时借给我吗？之后我会还给您。"

"不用还了，反正我早晚都要处理掉的。你就拿走吧。"房东扫了眼盒子里面的东西说。

我把盒子放进包里，环顾房间。似乎已经没有什么值得一看的东西了。

"劳驾您了。"

我道完谢就离开了公寓。

电车摇晃，包里隐隐传出嗒嗒的声响。

我的包里放着自杀的乃苍的遗物。我没有觉得不可思议，也没有觉得晦气。

回到家，我打开盒子，把里面的东西一件一件地拿出来：

可爱的企鹅卡通贴纸、记事本、丝带、小巧的针线盒、熊猫钥匙扣、削笔刀、全新的橡皮擦、香囊、折得工整的包装纸、用碎花布做成的小收纳袋、装着类似纪念章的小盒。

我哗哗地翻着贴着企鹅画的记事本，发现里面夹着一根神签。

打开一看是"大吉"两个大字。学业处写着"功不唐捐<sup>①</sup>"，姻缘处写着"虽有坎坷，可结良缘"。

乃苍可能是讨个吉利，所以留下了这签。

小盒子的纪念章上刻有小字：东京都中学合唱比赛第三名。乃苍中学时加入了合唱团吗？

我想起中学时的自己每天都热衷于戏剧社的活动，乐在其中。乃苍是否有过像我一样的快乐生活呢？

我打开收纳袋，看到里面有一个圆圆的小东西。我把袋子倒过来，掉出一枚黑色的厚纽扣。这是校服上的？被特地放在收纳袋里，想必对乃苍而言是很珍贵的东西。

虽然我自己没经历过，但我想起了初二时一个朋友从崇拜的学长处得到纽扣时欣喜若狂的样子。不论是从前还是现在，女生都会在毕业典礼上请求喜欢的男生摘下校服的第二颗纽扣送给自己吧。

---

① 意思是世界上的所有功德与努力，都是不会白白付出的，必然是有回报的。

这一定是乃苍中学时从别人那里得到的纽扣。她是否也像我那个朋友一样，红着脸勇敢地站在一位男生面前，并好好收藏着少年的纽扣呢？

那位名叫乃苍的普通少女是真实存在的。她是一名为了比赛和合唱团的同伴一起没日没夜地练习，最后拿到第三名而满眼兴奋的中学生。她装着恋爱的心事，珍惜着那些回忆。

蓝雪和乃苍本来是同一个人，却联系不起来。她出了什么事，又为什么了结自己的生命？写"妈妈是蓝雪"的那个人知道些什么？我虽然已经知道乃苍平白消失了六个月，但还是没有找到她分娩的证据。

晚上，我和秀平通了个电话。他说大介邀请我们这次放假一起去莲见先生家。秀平很高兴地说大介让他把我也带上。直到通话结束，我也没能说出今天独自去乃苍公寓的事。

我正在寻找自己是蓝雪女儿的可能性，可又被隐隐的不安包围："她害死了别人，倘若真是我的母亲，我该怎么办？"

窗外的天空上，一弯新月冷冷清清的。


几天后，神山先生联系我说找到了乃苍母亲的住址。

"母亲叫木寺知子，广岛人，今年六十七岁。她父母已经亡故，也没有兄弟姐妹。她因服用兴奋剂被逮捕了三次，现在领着低保，一个人在茨城县鹿岛市生活。乃苍的父亲是黑社会的成员，在乃苍刚出生时就死于暴力抗法。"

神山先生在去鹿岛市的车上告诉我说。

"她母亲是警局和戒毒中心的常客，也有回归社会的时候。

母女俩也在一起生活过一段日子，但她大半时间都是把乃苍丢在福利院。女儿死在了她前面，亲戚也不和她往来，一个人孤苦伶仃。不过，也是她自作自受啊。"

汽车穿过一片工业地带，驶入住宅区，在写着子樱二丁目的路牌处右拐后停下。神山先生对着手账确认地图。

乃苍母亲在女儿出事以后屡次搬家。据说在子樱这个地方落脚前，她都还因为服用兴奋剂被逮捕。她对害她失去女儿的毒品欲罢不能。我再次感受到了兴奋剂的可怕。

汽车慢慢启动，转过好几个十字路口，来到小区前的一片空地上。一块生锈的招牌上写着：县属住宅子樱社区。

"一楼最里边的第二间，107 号房。我先去看看情况。"

神山先生下车时显露出身为刑警的飒爽英姿。他身形魁梧，短发干练，上身是白衬衫，下面穿着宽松的工装裤，脚上是一双破旧的褐色运动鞋。那一双观察四周的鹰眼最为犀利，透着浓浓的压迫感。

"里面有人说话，她现在在家。要去吗？"神山先生回到车里，问我。

"我一个人去吧。"

"不行，我不能让小姐只身涉险。"

"神山先生您浑身都看着像一个刑警。要是突然上门问话，她什么都不会说的。如果换我去，她会放松警惕的。"

虽然神山先生看起来还是不同意，但我知道他不会拒绝我的请求。

"对方可是个年近七旬的老婆婆，我一个人没事的。"我乘胜追击。

"好，要是有危险就大声呼救。我就藏在外面，随时都能冲进去。可以的话，关门的时候留一条缝。"

从空调车上下来，我全身像被放进了笼屉一般。或许是因为近处有大海，空气中飘荡着礁石的味道。我踩着砾石，走进小区。神山先生跟我隔着几米远，悄悄地跟在我身后。

我在107号房的门口站定，一回头对上了神山先生的目光。我深吸一口气，按响了门铃。

"来了——"

开门的是一个年轻女人。

玄关处放着老年人使用的手推车和拐杖。

"请问木寺知子女士在吗？"

"稍等。"

女人朝里面大喊，房间里传来回话声。

"来客人了。"

"什么人？"

"一个年轻姑娘。"

"那请她进来吧。"

女人又转身招呼我进门："请进。"

我虚掩了门，脱了鞋。一进屋就是一个小型开放式厨房，桌子两侧放着两把椅子。我在她指的那张上坐了下来。

旁边的和室里放了一张床，从我的角度看是床尾那边，大概能看到半张床。女人跪在床边，像是在服侍着木寺知子。虽然开着窗户，但室内暑气如蒸。

木寺在女人的搀扶下坐在对面的椅子上。她看起来比实际年纪苍老得多。可能是毒品的作用，她骨瘦如柴，手背和脸上堆满皱纹，皮肤也黯淡发黑。

"有何贵干？"她突然用枯哑的声音问道。

"抱歉贸然登门拜访，我想了解您女儿的事。"

"果然是记者啊。"木寺小声嘟囔说。

"沙惠，今天先回去吧。谢谢你。"

"那我下周再来。"

那个貌似是护工的女人对我也轻轻点头，而后离开了。

"好久都没来记者了。我还以为已经把乃苍这个人给忘了呢。"

听木寺的语气，她并不讨厌记者，于是我决定顺水推舟，假装记者。

"小小礼物，不成敬意。"

我想着要备点特产，于是买了虎屋羊羹。说起东京的特产，我只能想到这个。

"哎呀，虎屋！我很喜欢吃和式甜点，谢谢你。那既然这样，虽然不太好开口……"

"什么？"

"你懂的吧。"

"啊，抱歉。"

我领会到她是想要辛苦费，于是慌忙拿出钱包，从里面取出一沓五千日元的钞票。

"经济不景气啊。嘻，少点就少点吧。"

她抱怨着，伸出手颤颤巍巍地接过去了。不知是因为有人来访而情绪高涨，还是高兴大有收获，她双脸酡红。

"想问什么？"

"您女儿出事前见您是什么时候？"

"记不太清了。记忆嘛，那个了。"

她虽然呵呵笑着，但有没有悔过自己的大半生呢？我想问的只有一件事，遂开门见山地说："听说您女儿生了孩子，您知道些什么吗？"

"乃苍生孩子？胡说吧！"

"您也不知道和她关系亲近的人吗？"

"福利院和学校有什么朋友吗？"

虽然可能是徒劳，但我还是追着问道。

"您知道她在超市上班吗？"

不论问什么，木寺都摇头。

"对了，我听说过超市的事。什么时候来着？"

乃苍是初中毕业后开始在超市上班的。所以至少在她出事前的三年里见过木寺。

木寺知子把手伸进桌子上的纸袋里，拿出羊羹。

"想起来了。她来医院看过我，还破天荒地给我带了铜锣烧。"

"什么时候？她说了些什么？"

"我记得当时啊，总觉得她变得有女人味了。对了，我还问她多少岁了，她说十八岁。我真是个没用的妈妈啊，连女儿的年纪都不记得。"

乃苍死的时候就是十八岁。

"她看起来怎么样？"

"她还问了我一些奇怪的事。"木寺的眼神好像在望着远方，"她问我肚子里有她的时候是什么感觉。"

"然后呢？"

"我回答说当然很开心哪。虽然这不是真实想法，但肯定不能说真话。"她自嘲地笑笑。

"听了我的话，她笑得很开心。现在想想，那是我最后一次看到乃苍的笑脸。"

她揉着眼睛，可我看不见一滴眼泪。

"她回去的时候，我说：'你也长大了，得小心男人。男人的最终目标都是肉体。要是被玩弄后抛弃，那就可笑了。'我这个当妈的是苦心劝她啊。要是沦落得像我一样，那就太可怜了。"

"乃苍怎么说？"

"她突然就生气了，怒气冲冲地说：'他才不是这种人！'我看她这个样子就明白她交男朋友了。"

"男朋友"这个词让我心里一惊。

"有说对方是什么样的人吗？"

她用手扶额，思考了一会说："说了说了，好像提到了一个叫'小幸'的人，说是跟她同龄，住在附近。"

她突然变了语气。

"对了对了，之前的四人歌舞团里就有一个叫小幸的。我年轻的时候可喜欢他了，所以还记得他。"

有交往对象这件事让我心生不安。

"虽然我让自己不去管乃苍的事，但这个却记得清清楚楚。果然还是自己身上掉下来的肉啊……我说，你有在听吗？"

敲桌子的咚咚声让我回过神来。

"你不是记者吧？"木寺突然用怀疑的目光打量我，"都没做记录，而且也太年轻了。但随便啦，我收了礼，聊了这么多，心情很好！还记起来乃苍来看我……嘻，过去的事就让它过去吧。你走吧！"

"您知道乃苍去世前的几个月在哪里吗？"

"我怎么知道？！"她冷冷地说。

我觉得从她这里已经打听不出消息了，于是起身告辞。出玄关时，我回头一看，木寺呆坐在椅子上，望着前方出神。

神山先生立马上前。

"没事吧？"

"嗯。"

我见神山先生欲言又止，便把谈话内容告诉了他。

我没有拿到蓝雪产子的证据，可知道了乃苍有一个唤为"小幸"的同龄恋人。

我很在意乃苍问她妈妈的问题。要是怀孕了，她一定慌张得手足无措，所以可能想寻求木寺的帮助，哪怕对方是一个罪孽深重的母亲。可结果是，木寺却并不知晓乃苍死前半年身在何方。她究竟在哪里，又在做什么？

到了和大介约定的日子，我和秀平一起去拜访莲见先生。

只身前去乃苍公寓的事、和神山先生一起去木寺家的事，成了缄默后的秘密。只要我不谈及，秀平也不会提起蓝雪的事。他或许是为我着想，不想再增添我的烦恼。

"啊，欢迎欢迎。"莲见先生笑容可掬。

"由利看到大家来可开心了。今天谢谢你们了。"

大介早就到了。我听到他们高兴地说要一起准备晚饭。大介看由利的眼神一如当初温柔，像是看母亲又像是看姐姐。

由利女士没有回归工作，她一直相信亚矢平安无事，等待女儿归来。亚矢的失踪一直是压在莲见家身上的一块巨石。

"来吃饭了哦。"

晚饭是铁板烧。我们刚开始吃饭，莲见先生的手机就响了，他走到外面接电话。

"我得去趟医院。"莲见先生神色严峻。他没有细说，可能是患者的病情突然恶化。

"抱歉，由利。我去去就回。"

"我没事。路上小心啊，幸治。"

我听到由利女士送莲见先生出门。

"医生真是太不容易了。比起这点，我只要等店一关门就没事了。"

"这就是医生的宿命啊。不论何时何地，只要患者需要就必须第一时间赶到现场。"

"秀平也得做好这个心理准备啊。"

铁板上响起滋滋的声音。油烟里是大介和秀平的笑脸。由利女士也回到了座位，加入我们的聊天。房间里飘荡着烤肉的香气。

但我怎么都下不了筷子。

刚刚由利女士的声音还留在耳畔。

"幸治。"

她这样称呼莲见先生。我之前就知道莲见先生叫莲见幸治，可现在这个名字又突然跳出来。

幸治。小幸。

难道……真是异想天开。因为乃苍和莲见先生八竿子都打不着。

"寿寿音，肉烤好了。不多吃点可长不高哦。"

面对大介的玩笑话，我也无动于衷。

莲见先生父母家好像是在目白，和乃苍租住的公寓不过一箭之遥。我还记得搬去东京时从露营车窗户看到的景色。

乃苍自杀的时候，莲见先生多大呢？

"莲见先生现在多少岁？"我竟然脱口而出。

"怎么突然问这个？三十七岁。"由利女士回答说。

"多少岁来着，我刚在琢磨……"我语无伦次。

"我十八岁！"大介自豪地宣称。

"你和寿寿音一样大，不说也知道。"秀平笑着打趣。

"那可不，寿寿音看起来迷迷糊糊的，我就告诉她啰。"

两人在我耳边说着话，可我满脑子都在盘算一件事。

莲见幸治和乃苍在十八岁时住在目白，两人相遇也不是什么奇事。

乃苍对木寺愤怒地说"他才不是这种人！"她恋爱了，并且深爱着那个人。

我见过乃苍珍藏的东西——那枚被特意装在小布袋里的纽扣。

如果那枚纽扣是莲见先生的……

但这可能吗？无稽之谈。

但我就是无法甩掉这个想法。

怎么才可以确认呢？

"莲见先生是哪所高中毕业的？校服是学兰服<sup>①</sup>吗？"

"怎么突然问这个？"大介一边往铁板上放着带壳的扇贝一边说。

"这次我想编一场以高中生为主角的戏剧，所以在找制服呢。"我连忙圆谎。

"我是学兰服，但已经送给学弟了。"

我心不在焉地听着大介的回答。我只想知道莲见先生的。

"我学校是西服。可能还放在老家，要找找吗？"秀平温柔地看着我说。

对啊，可能放在老家……

"莲见先生的校服还能在哪找到吗？"我直接问由利女士。

"学兰服的话，放在家里呢。"

"啊，还在吗？"由利女士不经意的回答让我大为惊讶。

"一直收在幸治的衣柜里。他说毕业二十周年的同学聚会上有穿学兰服拍照的传统。"

---

① 立领学生服的俗称，"兰"一词原本指舶来衣料的隐语。

"能借给我吗？"我顺势请求道。

由利女士一时有些不解，但随即笑着说："可以呀。你等我一下。"

话罢走出了房间。

"真是走火入魔了。你也太爱戏剧了吧。"大介也吃惊地笑着说。

"但今晚由利女士看起来很开心。你们能来真是太好了。快，扇贝可以吃了！芦笋也超好吃！"

大介欢欢喜喜地开动了。

不一会儿，由利女士回来了。

"给你。"

我从手提袋里窥伺着学兰服。

"谢谢您。"

拿到制服后，我心里颇不宁静，话少了，吃得也少了。

"你怎么了？怎么感觉今天有些奇怪。"秀平目不转睛地看着我。

"吃得太饱，犯困了。"我打了个哈欠，搪塞说。

"那你先回去睡吧。我等莲见先生回来再走，这里你就放心吧。"

大介推着我的背催促说。

秀平说送我，但我推说离得近，不用担心，便火急火燎地回到公寓。

我跨上楼梯，走进房间，大口喘着气，瘫坐下来。我从冰箱里拿出一瓶水，一饮而尽。

学兰服从脚边的袋子里掉出来。我连忙把它拿出来铺在床上。黑色制服比我想象得大。

我从领口开始确认。

没有。没有第二颗纽扣。

我从乃苍的盒子里取出小布袋，把纽扣攥在手里。

我慢慢摊开手掌，把纽扣放在衣服上，比对着。

旗帜和钢笔交错的图案一模一样。

这……

年龄、姓名、老家住址，还有这枚纽扣。我不得不认为，这一切都指向莲见先生。

乃苍人间蒸发了六个月。我生下来不久后就被遗弃在土笔町柊家的门前。这是因为乃苍的恋人是莲见先生？是莲见先生把乃苍带到了土笔町？

突然，我全身瘫软，一屁股坐在地上。

莲见先生每年回土笔町莫非是为了见我这个女儿？

我心乱如麻，理不出头绪。我坐卧不安，便起身在房间走来走去，地板上的盒子把我绊了个趔趄。

我看着盒子里，突然想起什么，从里面翻找出了小纸片。

写着"大吉"的神签的角落里写着神社的名字。

"花寿贺神社。"

我立马给妈妈打了个电话。

"妈妈，土笔町有花寿贺神社吗？"

"有呀，是车站后面的一个小神社。"

乃苍和土笔町有联系。

我真是蓝雪的女儿吗？

纽扣上的残絮，学兰服上被扯断的细线。

两者曾紧紧相连吗？

我的脑海里浮现出一幅画面：樱花树下，一个双颊羞赧的短发女孩站在手拿毕业证书的男孩面前。

上一次被鸟儿的鸣啭唤醒已是久远的记忆。我打开窗，眼前是从小就熟悉的老景色——我回土笔町来了。

虽然暑假收尾了，但我搜肠刮肚地想了个事由，逃出了东京。

我现在的心绪仍然十分凌乱。莲见先生和由利女士两人相依为命，我狠不下心来伤害他们，所以无法直接质问莲见先生他与乃苍的关系。

木寺说乃苍的恋人是一个住在公寓附近的十八岁少年，名字叫小幸。学生服的纽扣也一致。所以，我推想莲见先生曾和乃苍交往过。

而且，神签也证明了乃苍可能去过土笔町。

然而，我不清楚乃苍是否生下了孩子。

所以，还不能确凿地说我就是乃苍和莲见先生的孩子。

我害怕知道真相，可如果这是寻找亚矢的线索，哪怕是违背自己的意愿，我也将亲手拨开迷雾。

我刚出生就被人丢弃，所以出生地应该就在附近。我只能想到土笔町综合医院的前身——百川产科医院。

可十八年前的记录会保存下来吗？我想到了直美医生。今天是周日，所以我问妈妈要了直美医生的住宅电话，联系了她。

听我说有私事相商，直美医生说明天中午在医院食堂见面。

我一直没回东京，爸爸妈妈忧心忡忡，可我却难以强颜欢笑。

土笔町综合医院我已来过几次，现在来看它都是一家远近闻名的大医院。不仅有本县居民来看病，更有患者不远千里前来寻医问诊。

我们会面的食堂一楼供一般人员使用，二楼则是医院内部人员专用。直美医生没有穿白大褂，而是穿了一身驼色西服，胸前戴着铭牌"院长杉本直美"。她上二楼时，路上的人都对她行礼。我们面对面地坐在窗边的桌子上，一边吃着饭，一边聊着我小时候的趣事。直美医生还跟从前一样亲和。

"你说有事，是什么事呢？"直美女士语气明快。我豁出去似的说："抱歉突然说这些奇怪的话，但我想知道自己是不是在白川产科医院出生的。产妇的姓名是木寺乃苍，能请您帮忙调查当时的记录吗？"

"啊？寿寿音，你现在多大？"

"十八岁。"

"十八年前。刚好是这里建成的时候。现在已经没有白川产科医院了，但记录应该都迁过来了。"

"请您帮帮我。"我深深地低下头请求说。

"这……但是，就算有那个人的生产记录，也不能判定你就是那个出生的婴儿。所以，我不能答应你。"直美医生深思熟虑后说。

"就算查不到生产记录，能请您看看有没有病历吗？我想知道她有没有来过白川产科医院。"

直美医生长叹口气说："寿寿音，我理解你想查明自己的身世，但这并不简单。且不说你和那位木寺的关系不清不楚，我毕竟是个医生，不能泄露患者的信息。"

是啊，这件事强人所难了。

这是没有办法的事，可我掩饰不住沮丧。

"对不起啊。"直美医生为难地看着我。

"没有，是我提了这么唐突的请求。"我努力挤出笑容，低着头抱歉地说。

饭后，我们喝完咖啡，走出了食堂，在中庭散步。一位坐在轮椅上的病人正在晒太阳。花坛里繁花锦簇，看起来这里是休憩的好去处。庭院的尽头矗立着一座伟岸的铜像。

"这是的场荣一先生，秀平的祖父。我们医院世世代代都蒙受的场家的照拂。寿寿音也是在东京上大学吧？和秀平见过吗？"

听到她突然提起秀平，我一紧张，下意识地低声否认说："没有没有。"

"话说，历史真悠久啊。"我指着铜像旁的纪念碑，转移话题。

"嗯，到我已经是第三代了。"

纪念碑上镌刻着医院的历史，写着一位位功臣的名字。其前身白川产科医院的院长白川正和也名列其中。

当时的院长或许还有印象。但他应该会和直美医生一样，不会透露信息给我。

我一时兴起，想看看夕阳铺染的湖泊，于是像往常一样穿过两家的边界，踏足的场家的府邸。

我怀念没有被身世执念困扰的童年时光。被父母细心呵护的我是何其幸福。

野鸭带着孩子在湖面剪开一道碧波，好似在凌波滑行。我憧憬着东京，却觉得土笔町这个自然摇篮契合我的心性。城市里充斥着竞争和刺激，让人喘不过气。

我蹲下来，望着夕阳辉映的平静的湖面。

不知何时，夜幕四合。我站起身，正欲回家，突然看到别墅边出现了一个人影。我立即警戒，想起了去目白时在超市和公寓发现的那名可疑男子。我还在被人跟踪，是被谁盯上了吗？

快逃！我条件反射地开始跑。

目光所及之处，一个男人正从门那边过来，步步紧逼。仔细一看，从的场家别墅出现的是一个一身西装的女人。我心一横，撞到了女人身上。女人踉踉跄跄，旋即调整好姿势，一把捆住我的胳膊。

"老实点。"耳边是一个男人的声音。不知何时，男人早就到了我背后。

"放心，我不会伤害你。先生有请。"

我被女人缚住胳膊，带到的场家别墅的玄关处。门开了，我走进去。

正在瞻仰着前厅铜像的人回过了头。

"恭候多时了。"

那宽肩、浓眉、丹凤眼……是的场先生的秘书蛇田先生！蛇田先生扬了扬下巴，两人从玄关出去了。

"请看看这威仪吧！"

他对着两座铜像崇敬地伸出手。

"我明年终于也能作为党内公认的候选人参加选举。为了走到这一步，花上了我二十五年。寿寿音小姐可千万不能惹出麻烦。"

"麻烦？什么意思？"

"是说您翻案的事情。"

"还没有找到亚矢，事情还没有结束！"

蛇田故意叹了口气。我瞪着那张冷脸。

我想到了由利女士哀戚而百般隐忍的面庞。只要与亚矢的下落有一丝联系，我都会尽我所能。

"我知道你们想把亚矢的案子伪装成意外。但这并不是意外，可能是一起案件。"

"看样子你知道些什么。"

他轻轻歪了歪头，神色不惊。

我一不做二不休，把之前萦绕在我脑海里的故事全说了出来。

"十九年前，一位在超市打工的少女和家住附近的高中生相爱。少年是一位养尊处优的少爷，父亲是歌舞伎演员，母亲是政治家的千金。然而少女的父亲是死于暴力抗警的黑社会，母亲是依赖兴奋剂的瘾君子。所以少女虽有了身孕，但并没有被少年的家庭接受。"

蛇田一言不发地听着，我趁势接着说："少年的母亲找他舅舅商榷之后，决定将孩子送给没有孩子的熟人作为养子。而少女母亲又有犯罪前科，他们为了让孩子和少女永生永世断绝关系，于是抹除了出生时的一切痕迹。这一切，只有那个能在一方只手遮天的政治家舅舅才能做到。那个政治家舅舅就是的场先生，而那时出生的婴儿就是我。"

"精彩，调查得真是仔细。"

我如鲠在喉。

想象化为了真相，呈现在眼前，我的心坠入深渊：果然是真的。

蛇田先生的薄唇带着一抹讥笑，一副一切尽在掌握的样子。

"莫非，都是蛇田先生……"

"正是。我可是的场先生的左膀右臂。但请再仔细想想。少女无论如何都想生下孩子，所以的场先生为了帮助困窘的外甥，为了膝下无子承欢的挚友，为了即将出生的孩子的幸福，于是吩咐我将一切安排妥当。至于白川院长，他多年来都对出于意外怀孕和经济原因的人工流产深感痛心。他觉得婴儿有出生的权利，所以对自己主刀的流产手术这一医疗行为苦闷不已，也就同意了的场先生的请求。这是大家出于善意达成的万全之策。而事实上，柊先生将你视为己出，你不也过得很幸福吗？"

这确实是不争的事实。可是……

"但少女死了。为什么？"

"我料算失误了。大概是因为受不了和孩子的分离之苦，她生产后变得精神恍惚。可我给了她一笔不菲的抚慰金，以为她能重新生活……"

乃苍应该是靠那笔钱支付了半年的房租。所有一切变得合理了。

"你还是不知道自己的生母是蓝雪为好。这么多年，周围的人都为了你辛苦隐瞒。可你却去了国会图书馆，去了目白，最后甚至去见了乃苍的母亲！"

我的行踪全都被他摸得一清二楚。跟踪我的就是蛇田指派的人吗？

身世真相水落石出，我现在不知道该如何接受，但不能被打垮。

牵扯到亚矢案件的可能性才是核心。

"我有话要说。亚矢失踪那天发生了两件事：我的一位同学被猥亵，而罪犯在找我；还有一封可疑信件。你应该不知道信的事。"

"知道。上面写着'寿寿音是恶魔的孩子 妈妈是蓝雪 仇恨不会消失'吧？"

那封信明明被神山先生交给了长野县刑警，蛇田难道掌握了警方的一举一动？

"因为你们想掩饰成意外，所以从中作梗说同学的证言是假的。罪犯可能是蓝雪案中对莲见先生有深仇大恨的人。他的目标不仅是亚矢，还有我。我希望你再调查一下跟蓝雪案有关的人。"

蛇田先生又长叹一声。

"你一直在说案件、案件，那可不是案件。真没办法，我就全都告诉你吧。选举也迫在眉睫，要是因为你再出什么差池可就难办了。"

他从口袋里掏出手帕铺在铜像的基座上，坐了下来。

"你同学的口供当然不是假的，罪犯就是秀平带到别墅来的那两个朋友。他们本人也承认了。"

"怎么会……所以也是他们指名找我？"

"是的。其中一个人对你一见钟情，一开始本来是想对你下手。"

我现在还记得那个夏天来别墅的秀平的朋友给我带来的嫌恶感。

"他是当时的警察干部家的公子，总是觉得可以为所欲为，反正总有父母善后。一个是无比重视颜面的父亲，一个是纨绔的儿子，这世上也不少见啊。对了，你也不用担心。他们和遭受侵害的那位同学早已达成和解。要是被媒体嗅到消息，散播些无中生有的报道，受伤的将会是当事人。因此才劝他们撤销了证词，受害人父母也同意了。你要是觉得这是暗箱操作就有些不识大体了，我认为你朋友也并不希望现在再翻案。"

原来他们暗中做了这些。

"你柊家的父母也知道你的生母就是蓝雪。六年前搜查还在继续的时候，莲见先生和你一样怀疑两件事可能有关联，于是亲口对警察坦白了乃苍的事。警察也对受害女演员的周边人物展开了彻底调查。的场先生也向所有机关下达指示，动用了所有力量。可没有发现一个可疑人物，包括她丈夫鹰野宏，就是你认识的餐厅老板,那个主厨。"

他还知道我和秀平一起去了餐厅。

"当时,受害演员和她丈夫的夫妻关系已经破裂了,正在商量离婚。那天好像是他们女儿的生日,被女儿百般央求才去了餐厅。鹰野两年后再婚了,而死者的女儿当时八岁,在亚矢出事的时候她二十岁,已经是一个颇有人气的星二代了。那年夏天也因拍摄工作在夏威夷长期出差。我们也没放过调查她的父母和好友,可所有人都有不在场证明。我听搜查员说女演员因为并不是被故意害死的,跟她有关的人都只是叹其不幸,没有人提到仇恨之类的字眼。所以本来就没有恨蓝雪恨到至于要向她复仇的人。"

"亚矢也可能被人拐走了吧?"我小声地质问。

"那也绝无可能。凡是出现在的场家正门监控里的车辆,我们都一一排查过。查明了车主,确认了他们的身份。"

"秀平的朋友呢?"

"亚矢失踪的时段,他们在多个地点有多个目击者。好像你也作证了吧?两个人没有作案时间。"

"所以……"

"没有人诱拐亚矢,这不是一起案件。亚矢可能死于某一场意外,也有很大可能是被野兽袭击了,而遗体被冲进了河里。还记得第二天下了场大雨吧?"

警察在很久之前就知道了有关蓝雪的事,不存在被隐瞒的事实。也就是说,已经没有任何路径去寻找亚矢的下落。

"你能明白吗?的场先生迫切希望找到外甥的女儿亚矢。说他想掩盖成一场意外,这种诽谤简直太过分了!"

粗犷的盛怒声劈头盖脸，我哑口无言。

我只能愧疚地低下了头。正想往玄关走去时，蛇田叫住了我。

"请留步。我来这里不是为了说这些的。"

他冷冷地看着呆愣着的我。

"我来是想让你和秀平分手。"

我感到一阵苦痛，仿佛心脏被攥紧。

"小姐知道为什么吧？秀平和你是两个世界的人。他可是的场照秀的长子，是记者们的关注对象。之前小姐在目白看到过一名可疑男子吧？"

"那不是受蛇田先生指示，跟踪我的人吗？"

"我的手下不会蠢到被你发现的。那个男人是记者，为了挖到的场家的绯闻，所以缠着秀平阴魂不散。要是发现一个身世离奇的女友，一定会上头条吧。"

蛇田意味颇深地看着我。

"可真是惊险啊。虽然我出手阻止住了，但一想到有可能会被曝光，就不寒而栗。想想吧，如果'的场照秀长男女友竟是蓝雪之女'的标题被散播在大街小巷，对的场家来说是有多么不光彩！"

他的话如细针一般深深刺痛着我。

"不仅是的场家，你的身世秘密曝光之后，媒体为了调查养女一事的来龙去脉还将围堵柊家和白川院长。最终，为守护孩子幸福的善举会被追究成违法行为。可一切都是出于大家的好心啊！我们费尽苦心藏着掖着明明都是为了你，可你却要亲手把事情揭露出来，这实在不是明智之举。记者还将找到莲见先生，本就因亚矢而心力交瘁的由利女士将何其悲伤！那些对你而言很重要的人将会遭受什么样的后果？你好好想想吧。"

我痛苦得无法呼吸。

"秀平还是个未经世事的孩子，甚至会觉得只要有爱就能克服一切艰难险阻。不管寿寿音小姐是弃婴也好，是蓝雪的女儿也好，他都会奋不顾身。但你是明白的吧？你也不想阻碍秀平实现成为儿科医生和政治家的光辉梦想吧？秀平不是普通人，他的未来不能由自己做主。"

我想起了那个对我讲述梦想的男孩。我不希望自己成为他的绊脚石。

其实我心里一直有个声音：倘若我是乃苍的孩子，就无法陪在秀平身边。我一直都在逃避的事情现在赤裸裸地摆在我面前。

"你要无比决绝地提出分手，告诉秀平你不爱他了，彻底断了他的念头。虽然现在是伤害了他，但这都是为了他好。"

我再也不想听，再也承受不了。

"虽然很残忍，但你配不上秀平。请另谋他路，寻找自己的幸福吧。身世的事也必须咽在肚子里，也算是报答一直以来守护你的柊家父母的良苦用心。"

我轻轻地点点头，逃离了这个地方。我不想见任何人，真想就此消失在世界上！

秋风吹打着我泪湿的面庞。我用手掌轻触脸颊，肌肤的触感冰冷得如同死亡。冰冷而沉重的感觉随着每一次呼吸，沉沉地滞郁在我的心头。

之后的三天，我卧床不起。一个人躺在床上，骗妈妈说感染了风寒，只要休息几天就好了，让她不要靠近，免得传染给她。

可我还必须完成一项重要的任务。我拨通了秀平的电话，跟他提了分手："我已经在和别人交往了。一个比你更吸引我的人。"说了抱歉后就挂断了电话。

之后，秀平没有再联系我。他好像接受了被我甩掉。

那就这样吧，我对自己说。

翌日，我回到了东京。继续和秀平在一个城市生活是一件残酷的事，可我不能退学。

我对莲见先生的感情很复杂。我想知道他对我怀着怎样的感情，可也不想开口问。

唯一清楚的是，我现在不想见他。

我又重新开始了在东京的生活。

# 第三章

## 寿寿音  二十七岁

会场刚刚还鸦雀无声，霎时间，学生们欢声雷动。旁边的孩子抱着我喜极而泣。

"太好了。"

看到他哭，我也不由得湿了眼眶。这些学生是我土笔町高中的后辈，虽然才认识两年半，但我们已能默契地分担彼此的喜怒哀乐。

"高中戏剧关东赛区大赛最优秀奖。"

拿到进入全国高中戏剧大赛的入场券是戏剧社的夙愿。我在读的时候，连地区初赛都没能突破，而学弟学妹们凭借我写的剧本，成就了戏剧社创立以来的首次荣光。

八年前，我甚至没有想到这样一天会来临。那天，蛇田先生的许多话伤害了我，甚至让我觉得人生已然幻灭。但是，钟爱的戏剧和故乡拯救了我。

大学时，我全身心地投入到戏剧当中，发觉自己更喜欢幕后工作后，就埋头导演工作和剧本创作。可能是为了忘记秀平吧，我每天都过得很充实，甚至到了废寝忘食的地步。

大介特意来看了公演，我和他之间的友情并没有变质，可和秀平却不再来往了，渐渐地也鲜少去莲见先生家。

我不打算告知莲见先生我已经知道了真相。正如蛇田先生所说，重提旧事会让别人受伤——包括养育我的父母，还有由利女士。

我对莲见先生恨不起来。

莲见先生每年都会回土笔町。是为了见证我的成长吗？我想，至少我应该不是他想忘却的人。

乃苍惨死的故事里交织着每个人的善意，可最后却酿成了始料未及的悲剧。但谁都不能被责怪。

神山先生一直像长辈一样照顾我，我认为应当将事情告诉他。在电话那头，他沉默了，只是安慰我说："大家都很爱小姐，一定不要忘记这一点。"

在把真相告诉大介前，我害怕他因为心疼我而做出什么傻事。我和秀平分手是为了对方好。秀平没有错，是我宣判了两人就算交往也不会幸福。说起来，还是我的绝情伤害了他，我才是过分的那一方。

大介听秀平说了被我甩了的事，说他一蹶不振。

"我不想让他动摇，不想让他痛苦，所以不能把分手的理由告诉他。我已经决定好开始新生活了。"

"瞒着秀平确实让我难受，但我不会告诉他的，因为我很能明白你的心情。"大介知道所有的事情后，答应替我保密。

大学四年级时，柊家的爸爸去世了。爸爸临终前对我说，会一直在天上守护我，这句遗言一直支撑着我到现在。

毕业后回土笔町的决定并不简单。

社团的朋友邀请我组建正式的剧团，他们畅谈梦想时的热情打动了我。

但那时，妈妈已经七十五岁了，我还是决定回到她身边陪着她。在青绿座一样可以演戏剧，我并没有放弃成立剧团的梦想。

"老师，我写好了。"

雅人同学正坐着，举手说。我从孩子中间走过，来到他身边，欣赏着精神洋溢、几欲从半纸上飞舞而出的"红叶"二字。

"写得真漂亮啊！笔势遒劲，不愧是雅人同学的风格。"

男孩笑眯眯的，铺好了新的半纸。看起来他深得习字的乐趣。

"七分夸，三分教。这就是我们家书法私塾的规矩。"

这是妈妈五年前对我说的话。书法私塾是妈妈十年前开办的，主要招收当地的小学生，学生已经增加至三十人。妈妈提议让我也加入，于是我开始在私塾教学，这还要归功于从小时候起爸爸教我习字的严厉。

因为青绿座、柊氏书法私塾和一些家务事，我和妈妈、巧妈相互照应着，每天忙个不停。

此外，四年前我就开始在土笔町高中的戏剧社帮忙，为他们的活动尽心尽力。当时，担任戏剧社新任顾问的那位数学老师是爸爸同学的儿子。他是一位不折不扣的数理学老师，对戏剧一窍不通，很是苦恼，所以拜托我这个戏剧社的校友助阵。

他说只要我抽空去就好。我偶尔到场，观看排练，挑选剧本。渐渐地，我也爱上了这份工作。再次体验和成员们完成一出戏剧的欣喜与激动，仿佛回到了学生时代。

戏剧社的目标是进军全国大赛，所以必须先在预选赛中拔得头筹。

我从去戏剧社帮忙的第二年开始负责撰写参赛作品的剧本。

尽管我创作起来不遗余力，却成效甚微。我百思不得其解，决定今年参考英雄纪念册里的故事。

而文档中的某位英雄的故事为我们带来了获奖的欣喜瞬间。


小英雄

编剧·导演　柊　寿寿音


出场人物

辛一：小学六年级。儿童演员，一个喜欢祭典的男孩，因工作不能去学校。

政：二十七岁。盂兰盆舞的太鼓鼓手。一年之中，只有一周时间待在町上。

美里：二十二岁。一名因男朋友的家庭暴力而逃到町上的女性。

雅美：小学六年级。辛一的青梅竹马。追星族女孩，总是求辛一带她见自己的偶像。

祐子：三十二岁。辛一的女经纪人，为人热情。

青い雪

所：五十岁。负责电视剧的幕后、美术和布景。

雷太：二十九岁。对美里的下落穷追不舍的暴力男。

第一场

某个周日。小学学校操场。幸一和雅美坐在主席台上。背景音是孩子们喧闹的吵嚷声。幸一把滚过来的球扔回去。雅美正沉迷于偶像杂志。

雅美：啊，幸一你上杂志了！旁边的是亚纪良吧？亚纪良好帅呀。你跟他说过话吗？

幸一：没有，只见过一次。

雅美：这次去摄影棚时带上我吧！你要和亚纪良一起演出吧？让我见见他嘛。

幸一：好，我问问。

幸一的注意力都被操场上玩耍的同学们吸引了去，敷衍地听着雅美的话。

雅美：你总是这么说，可没有一次带我去过！

幸一：嗯，我问问。

球飞到脚边来了。幸一急忙去捡，把球扔回去。

雅美：喂，有在听我讲吗？

159

幸一：嗯，我问问。

雅美气鼓鼓地走到主席台下。

雅美：要是那么想和大家一起玩，让他们带你玩不就行了？

幸一：算了，也不是特别想。

雅美：大家又不是不喜欢你。只是你老是上电视，大家不好和你搭话。

幸一：没事，反正我又要休学了。

雅美：啊？又是长假吗？

幸一：嗯，大概是。

雅美：明天可就是祭典了。政先生也会来哦。

幸一：我知道。跟他们说了庆典那三天不要安排拍摄，我还威胁说要是他们言而无信，我就不当童星了。

雅美：你真喜欢祭典。

幸一：放学后去举办盂兰盆舞的广场吧！我有些事想和你商量。

雅美：商量事？

幸一：待会儿跟你说。

聚光灯打到幸一身上。幸一独白。

幸一：两年前，我和政先生成为忘年之交。当时正在准备祭典的政先生站在高台上跟我搭话说："想敲太鼓吗？"从那之后，政先生就成了我的太鼓老师。

我在写剧本时从文档中选出的这个故事是莲见先生的经历。没错，主人公幸一正是小学六年级的莲见先生。

幸治在盆舞广场与名叫政的太鼓鼓手熟识。政只有在祭典期间才会远道而来。

幸治因为演员的工作经常请假，不去上学，没有一起在町上欢度祭典的朋友。政跟他搭话后，他走上了高台，跟着政学习敲鼓。在正式演出时，幸治也敲了好几首曲子。

幸治得知政爱慕乡邻中一名名叫美里的女子，于是和青梅竹马的雅美一起帮忙。但政一句话也没留下，离开了小镇。

一年后，时值祭典，政再次来到小镇。幸治向政问起往事。据说，政忘不了美里，于是去公寓附近见她。可美里看着十分异样，像是受伤了，这让政担心得难以忍受。但他跟美里素不相识，因此不知道该不该关心她。

幸治立马联系了经纪人祐子。因为他知道祐子不会看到别人有困难而坐视不理。两人赶到美里的家，发现她确实双颊红肿，瑟瑟发抖。

美里说她一年前为躲避暴力男友逃到了町上，过着安稳的日子。可三天前，男友还是找上门来了，对美里大打出手。男友是长途货车司机，两天后还会回来。报警也无济于事，逃来这里也还是被找到了，她心如死灰。

幸治思考怎样才能救美里，并且制定了让男人不再纠缠美里的计划。幸治还找了布景师所先生帮忙，让他准备了必需的道具。作战会议的举办地就是盆舞广场，成员有幸治、雅美、政、祐子、所。幸治指导演出，为迎接那天做好了万全准备。

雅美拿着幸治准备好的无线收发机在车站严阵以待。美里说过，男人的身体特征是右腕上有刺青。

"出检票口了。"

收到雅美的汇报，大家纷纷就位。男人刚到公寓门口，幸治就惊叫着从美里房间跑出来。

"死人了！"

男人往里一瞅，发现美里上吊了。一旁的祐子也往里张望，失声尖叫。

"巡警，有人上吊了！"幸治高声呼叫，警察赶到现场，推开堵在门前的男人和祐子，进入房间。

"丰岛区目白二丁目发现一名女子的尸体，系自缢身亡。请求紧急支援。"

这时，雅美来了，对警察说："巡警叔叔，我看到那个人打阿姨。"

雅美指着男人说。男人忙不迭地后退。所也在一旁高声附和："我也看见了。就是他！"

"跟我们说说情况吧。"警察对男人说。男人落荒而逃。警察边追边喊："站住！别跑！"

"站住！"幸治和所也帮忙追，确认男人逃到车站，连人影都不见了后，回到了美里的公寓。

美里被放下来后还很害怕。布景师所先生制作了上吊的道具，还准备了政身上的警服，祐子则帮忙画了一个面如死灰的妆容。

"这样，那个男人肯定以为你死了，再也不会出现了吧。"

听政这么说，美里小声感谢："太感谢了。"

不久，美里就搬走了。之后两人的关系如何也不得而知。

而在我的剧本里，政和美里是大团圆结局。

我在高三的时候听到了这个故事。当时大介和由利女士也在场。我记得大概是分发寻人启事找亚矢的那个晚上。发完后我的心情跌到谷底，大介提起这个话题，问莲见先生敲钟的那件事究竟是什么。

莲见先生腼腆地告诉了我们大概，然后接着说："敲钟的那件事改变了我，给了我勇气，开始明白自己不是非当歌舞伎演员不可。我想去上学，所以之后不久就放弃了演员的身份。"

莲见先生仿佛看着很远的远方。现在想来，大概是有感于宿命的沉重。

他没有继承父母的衣钵，而是朝着医生的路走下去。但是，他也有忤逆不了父母的时候——没能守护我的生母乃苍。这大概是莲见先生一生的伤疤吧。我相信一定是。

离开东京快五年了。五年间，我和莲见先生、由利女士一次都没有见过。这阵子偶尔会想，由利女士知道我是莲见先生的孩子吗？她是因为知道所以才会在暑假时前来吗？

当然我无法确认。

得知莲见先生是我的生父后，我不知该如何面对他，所以不再去他家。偶尔会听大介提起两人的近况，听说由利女士更加忧郁了。

"听说女孩子一起聊天的话，可以极大改善心情。你能去见一面吗？"大二的时候，大介劝我说。于是我邀请由利女士在外面见面。

我们两人在明亮的露台上吃了芭菲①。由利女士轻轻地笑，听我讲大学戏剧社朋友的趣事。我希望由利女士能从苦痛中解放，哪怕只有一分一秒。毕业之前，我们每年都会外出吃几次午饭，品尝热门的甜点。我还记得有一次谈到了我小时候的事情。

跟土笔町和亚矢有关的话题我一向都避而不谈，可由利女士突然说："幸治很高兴见到你呢。"

我不知该如何作答，一时语塞。

"每次从土笔町回来，他都会说'寿寿音今年也很幸福呢'。"

但仅此而已，之后再也没提过从前的事。

由利女士离开的背影总是落寞凄凉，目送她时我很心痛。

某天夜里，我不知怎么想起了由利女士，不知道她过得如何。下一秒，我就接到了大介的电话。

"由利女士去世了。"

大介的声音很陌生。好一会儿，我才理解了这句话，眼前浮现的，是由利女士那哀戚的笑。

①　是法语Parfait的音译，意思为冰淇淋果冻。

## 莲见幸治

由利陷入沉睡。这样就可以解脱了。她是，我也是。

由利静躺着，胸前放着亚矢的照片。那张笑脸有时治愈我们，有时又将我们沉入悲伤的海底。有时我们目不忍睹，甚至想着只要忘掉就好了。

亚矢失踪一年左右时，警方告知我们这是案件的可能性微乎其微。警方大致判定为意外，缩小了搜索范围。我不能将这话告诉坚信亚矢还活着的由利。

结婚二十二年，可有亚矢相伴的三人生活只有短短五年。悲痛的年月要多得多。

大四的一个冬天，我和由利第一次说话。

我坐在校外的一条背阳的长椅上。

"你总是坐在这儿，不冷吗？"

我至今仍记得她跟我说话时那双清澈的眼睛。

大一的冬天，我得知了乃苍的死讯。

我现在都还不能忘记她告诉我怀孕时的满脸紧张。

"对不起，让我想想。"我双眼躲闪，好不容易才挤出这个答案。我不知道该怎么办才好，于是找母亲商量。我逃进了庇护自己的港湾。

最终，母亲似乎也无计可施地对我说，他们胁迫乃苍堕胎，可她死活都不同意。我被逼着劝说乃苍，跟她打了电话。

"我绝对不会给你惹出什么麻烦的。我发誓不会再见你的，所以就让我把孩子生下来吧。不要杀死这个孩子……"

　　乃苍哽咽着央求说。而我能做的只有照顾乃苍的感受，乞求父母宽恕，让她把孩子生下来。

　　乃苍的决心让他们屈服了。大概一个月之后，母亲妥协说："我们决定把孩子送给没有生育孩子的夫妻作养子。一切都会托付给你舅舅去办。你就忘了吧。"

　　我如释重负，至少让她实现了把孩子生下来的愿望。

　　然而，乃苍跳楼自杀了。我想知道乃苍的死因，所以去了舅舅家里。

　　秘书蛇田出来，冷冷地回答说："她答应把孩子交给我们，所以才被允许生下孩子。可没承想，她又自杀了，真是不识大体。也算是为了孩子着想，不能让任何人知道她产子的事。"

　　我只得应允。

　　有人因乃苍跳楼而无辜丧命了。公众并不知道乃苍的名字，可也会把她当成杀人凶手。我只愿出生的孩子能够被疼爱，能够幸福。

　　我活着有什么用呢？我抛弃乃苍是不会磨灭的事实。我终日颓靡，闭门不出。

　　就在这时，柊先生打来了电话。

　　"我们决定抚养孩子。我自己都没想到这个年纪还能做爸爸。这大概是冥冥之中的安排吧。我保证会好好养育她。所以你也得答应我要努力生活，将来能堂堂正正地站在孩子面前。"

　　从那之后，我埋头苦学，天天坐在冷椅上摊开医学书。我断了以前的人际交往，除了上课，我不和人来往，被人指指点点说是个怪人。

由利跟我说话时，我感到许久都没有听到过人声了。

"我在大学待了六年，竟还不知道这儿。我可以坐在你旁边吗？"

由利是大我两级的前辈，在准备国家医师考试，总是拿着厚厚的参考书。我有时也和她交谈。就连白雪纷飞的日子，由利也会来这儿，而不是校内的几家咖啡厅。

"你为什么不去咖啡厅呢？"我问道。

"我不喜欢人多的地方。虽然喜欢孩子，但挺讨厌人的。可能不适合当医生吧。"她压低了声音笑着说，像在说什么秘密。

之后，我们一直保持着朋友关系。由利作为研修医生忙着工作，她身上好像闪耀着璀璨的光芒，还具备一种宽厚的温柔。这个印象从我们初次讲话开始就没有改变过。在两年后我通过国家医师考试那天，我向她坦白了乃苍的死、无辜路人的惨死、知道乃苍怀孕后逃跑的怯懦的自己，还有女儿是亲友家的养子的事……过去的所有罪孽，以及对她的喜欢。

再见由利已是数日之后，她一如既往地笑着说："谢谢你把一切都告诉我。我也喜欢你。"

她一定纠结了很久，就算对我失望也在情理之中。尽管如此，由利还是接受了我。我决心要成为能配得上由利的人，不辜负今后的人生。

我们在忙碌的研修医生生活中开始了新婚生活。由利是儿科医生，她总是牵挂着住院的患儿，所以即使是休息日也要去医院看望。同居后，我才发现由利总是对患者倾注过多的感情。对患者而言，由利必然是一位仁心仁术的好医生，可医生并不单单是一名患者的医生。

我终于看到了她为每一个病人的病情和病况忧心导致的身心俱疲。

岳父是在我们婚后离世的，他曾对我说："由利是一个非常重感情的人，她对别人的痛苦感同身受。幸治，你一定要好好照顾她啊。"

岳父明白由利的深沉。

就连每年暑假回土笔町也是因为由利的劝说。

"对寿寿音来说，不让她知道自己的身世是最好不过了。可如果真有要告诉她真相的那一天，她也能明白你守护她成长的心情，或许还会让她觉得自己没有被抛弃。所以，每年至少回去一次吧。"

和寿寿音一年一次的相见成了我的救赎。寿寿音的幸福是对乃苍的补偿。

寿寿音来东京上大学之后，有时会带由利出去散散心。

亚矢失踪之后，由利一直没有工作。她觉得亚矢随时会回来，所以拒绝离开家。我工作时，常常担心独自在家的由利。我一直自欺欺人地期待着：她要是和寿寿音聊聊天，说不定会解开郁结。然而，由利没有任何起色——她的心已经碎裂了。

"亚矢在什么地方活着。"

我为了让由利活下去编织了希望。这究竟是不是好事呢？我甚至不知道能把这种希望维持到什么时候。亚矢失踪十年后，由利不再说"要是亚矢回来……"。我的魔法失灵了。

"我不想活了。"

由利的声音了无生气。我不敢让她离开我的视线。可我也意识到，自己心中的念头跟她不谋而合。

"警察怎么说的？他们不再找亚矢了吗？"

某天，她突然问。是为了不被吹灭希望吧，由利之前从没提过警察这个词，也避免收到官方的研判。我第一次告诉她警察的搜查情况。

"连你也觉得亚矢已经死了吗？"她定定地看着我说。

我什么都答不出来。

"至少，我想和她埋在一起。"

我抱着由利瘦削的肩膀说："我们一家人一起。"

这究竟能否实现呢？可这是我们两个人未了的悲哀的愿望了。

"我们撑到亚矢二十岁生日吧。要是到时还没有音信，我们就一起去陪亚矢。"

不知何时，我们约定下了期限。如果没有这样的盼头，由利是无法忍受痛苦的日子的。

我辞去工作，二十四小时都陪在由利身边。我们翻看相册的照片，又哭又笑，还把亚矢喜欢的东西端上餐桌一起吃，重游我们三人去过的地方。

两个人过着三个人的生活。而那一天也终于来了。

起居室的桌子上放着一个生日蛋糕。我们一起吹灭了二十根蜡烛。由利的眼睛里已经没有眼泪了。

我久违地看着她平静而美丽的面容。

世人大概会说我们是一对痛失孩子而绝望自杀的夫妇吧。可我们只是去到了亚矢的世界而已。这是企盼与亚矢相见的希望之旅。

我们命运多舛，可并非不幸。

我们三人共同度过了短暂但幸福的日子。

由利抱着亚矢的照片躺在床上。我把点滴的针头刺进了由利纤细的手腕。

"谢谢。"

听到对方不约而同地这样说，我们都笑了。

我送走了由利，在她的唇上落下轻轻一吻。

我把我们写好的遗书放在床头的桌子上，在由利身边躺下来，把针头刺进自己的手腕，闭上了双眼。

"我来陪你了。"

## 寿寿音

俗名 莲见由利 平成三十年十月二日 殁年四十八岁

一早就下起了雪，墓碑上已经积了薄薄一层。大介仔细地拂拭着，可雪还是不停地落下来。

"真是没完没了。"大介叹气说。

"嗯。很漂亮。"

我们奉了香，双手合十。距离由利女士离世快四个月了。

那天夜里我接到了大介打来的电话，第二天搭第一班车赶往东京。

"由利女士走了，莲见先生正在紧急手术。"

大介满是不安的声音犹在耳畔。

大介和秀平在医院的等候室里。我和秀平时隔八年再次相见，生分地点头致意，相对而坐。

"情况怎么样了？"

"现在在 ICU，还没有恢复意识。"

秀平回答说。大介脸色苍白，抬头望着天。

"到底怎么回事？"

大介一言不发，秀平回答说："昨天傍晚，由利女士在电话里很奇怪，所以大介下班回家时就去了她家一趟。按了门铃，但没有人回应。玄关处一直亮着的那盏灯也没开。大介打碎了窗户玻璃，进入室内才发现两人躺在卧室，于是当即叫了救护车。可由利女士已经死了。应该是注射药物导致的死亡。

"大概一个月之前，我觉得由利女士情绪稳定了、开朗了。我还以为这是好转的征兆。她很高兴地说马上就是亚矢的生日了。没想到他们居然做了这样的了断……"

大介好不容易才开口说："我在电话里说今天会晚点过去，但由利女士却拦着我，让我别去。我还在疑惑为什么。我要是先放下工作，立马赶过去，说不定还能救由利女士……"

大介攥紧的拳头在膝盖上不住地颤抖。

"莲见先生应该是确认由利女士断气之后才给自己也注射了药物，所以万幸能捡回一条命。"

秀平看起来很冷静，黑眼圈十分明显。

我什么也做不了，第二天就回了土笔町。

之后，莲见先生恢复了意识，身体渐渐好转，两个月之后终于出院了，可随即又因突发脑梗住院治疗。

大介将莲见先生的状况逐一告诉我，也传达了身为医生的秀平的建议。

秀平说要延长住院。莲见先生身体虽有恢复的迹象，但精神状态不稳定。他亲手送走了由利女士，但自己却独活于世，这带给他极大的负罪感，必须继续住院。

莲见先生觉得自己背负着自杀帮凶的罪名，积郁成疾。听说大介和秀平一直寸步不离地照顾他。

大介联系我说："你能来见见莲见先生吗？我有话对你们说。"他的声音不同往日，十分沉稳。所以我又来了东京。

听说莲见先生出院了，在家中疗养。由利女士的墓地与莲见先生家相距不远，去他家之前，我先去了趟墓地，在那里见到了大介。时隔五年再次造访，街道一切如旧。我看到了仙贝店的木制大招牌。

和由利女士站在各种仙贝前挑选的画面猝不及防地浮现在脑海。

大介和我一起走着，不怎么说话，看起来很憔悴。

"没事吧？"看着他悲痛的侧脸，我不由得问。

大介在幼时就因火灾失去了双亲和妹妹，而待他如家人的莲见先生家也祸不单行，他咀嚼的只有苦涩。

"没事。"大介回答说，没有看我。

许久不见，莲见先生家比以往更冷清了。

会客室隔壁的和室里放了一张护理床，上面躺着莲见先生。房间静悄悄的，空气寒冷。

莲见先生睁眼看向我。他的脸色看起来比在医院时好了很多，只是又添了许多白发，眼神涣散。

"是寿寿音吗？"我听到他干哑的声音。

看着眼前这般模样的莲见先生，我只是庆幸他活了下来。

"抱歉没能去看望您。"

我只能说出这话。

大介拍拍我的肩，让我在椅子上坐下，随后调高了床靠背，扶莲见先生坐好。

"我有话要说。"

大介说完后就看着地，沉默不语。他的样子很不寻常，我预感这是大事。

终于，大介抬起没有血色的脸，说道："我一直隐瞒了一件重要的事情。"

我第一次听到大介这么痛苦的声音，隐隐的不安向我袭来。

"是亚矢失踪那天的事。那个夏天，因为秀平带了朋友，大家没法像之前那样一起玩，所以我每天都待在纪念塔屋顶。傍晚，我听到的场先生的吉普牧马人汽车的引擎声。他刚从山里回来。这辆车声音独特，所以我能立马分辨出来。他的车难得一见，我想离近点看，于是立马跑下了旋转楼梯。"

我知道大介是个车迷。面前开过什么车，他都能一一报出名字来，在学校总是自诩为最懂车的行家。

那天，我在屋顶和大介聊了会儿天。我一直都不愿想起这段悲伤的记忆。

"我跑到了东门的树后面藏了起来。不一会儿，车子从东门进来，停下了。蛇田从驾驶座上下来了。"

"你为什么藏起来？"

"我怕见到的场先生，也不善于和蛇田打交道。我虽然想看看牧马人，但不想碰到的场先生。"

有一次，的场先生曾开车带我们和秀平一起去山林。记得当时的场先生总是无视秀平，让我觉得很不舒服。

"之后，的场先生也下了车，两人一起走进了杂物间。不久，蛇田抱着她就出来了。"

"抱着谁？"

"亚矢。"

"什么？"莲见先生扑到大介面前，几乎要从床上滚下来。

"您先冷静，听他说吧。"我安抚着莲见先生，也像是说给自己听。

"我以为亚矢睡着了，所以才被抱出来。但蛇田没有把亚矢放在后座上，而是放进了后备厢，然后又返回了杂物间。我靠近了，想看看亚矢的情况，于是伸手探在她的脸颊上，可已经感受不到呼吸了。"

"这……"莲见先生用手捂住脸。

"我听到杂物间门关上的声音，一时没有地方藏身，于是赶紧跳上了车。我踩着后备厢中的行李翻过后座的靠背，藏到了座椅下面。我听到关车门的声音，感受到了震动。车子开始动了。

大概过了一个小时，车停了，看样子两个人也下车了。过了一会儿，我从窗户偷偷观察，看见在黑暗之中，蛇田在用铁锹挖坑。的场先生蹲在旁边。"

"等等，他们把亚矢埋了吗？"莲见先生大声问。

他痛苦地呻吟着，大介点点头。

"当时为什么不说？！"我像恶鬼一样逼问他。大介一直低着头，蜷缩着身体。

"你知道亚矢死了，也知道凶手，为什么不说？为什么？！"

我抓着他的肩，发了疯似的摇着。

"为什么？！你说啊！"

大介闭上眼，艰难地讲述了后续发生的事情以及沉默的理由。

"车从山里回到车库后停下了，我听见卷门关上的声音。在一片漆黑中，我蹲在车座下，害怕得一动不动，终于连脚步声都没有了。我想一定要尽快告诉莲见先生，一定要把亚矢死了的事说出来。我从车里钻出来，小心翼翼地拉开卷门爬出来。我确认外面没人，于是跑到了客房，但我突然停下了脚步。我脑袋里想到了由利女士恸哭的样子。我不知道怎么办才好，不知道该怎么说。心脏咚咚直跳。一走进客房，我就听到了由利女士近乎哀号的哭腔。——'要是亚矢没了，我也不活了。'

"我的身体就像被冰封住了，僵在原地。'我也不活了'这句话在我脑海中反复回响。

"'大介，亚矢呢？'

"我不能告诉由利女士。

"面对警察的讯问，我说不知道。我知道亚矢死了，还目睹了的场先生和蛇田埋尸山野，害怕得瑟瑟发抖，选择了沉默。

"一切都太可怕。我拼命告诉自己，如果把看到的说出来，由利女士就会自寻短见，所以一个字都不能说。

"死去的亚矢的脸上仿佛有死于火灾的妹妹美由纪的影子。我的爸爸和妈妈都已经不在了，为了让由利女士活下去，我别无他法。

"不知何时开始，我坚信保守秘密是为了由利女士好。

"可久而久之，我醒悟了，我保守秘密不是为了由利女士，而是因为忍受不了失去重要的人的滋味。我开始动摇是否该隐藏真相，数次都想坦白。但听到由利女士在我面前总是说'亚矢还活着'时，我怎么也开不了口。"

"由利当时确实说过要是亚矢没了，自己也不活了……"莲见先生说完就陷入了沉默。

大介交代完一切，定定地看着由利女士的遗像。

无关对错，大介的悲伤和痛苦一寸一寸地侵蚀我的内心，连如同刀绞的心情也清晰明了起来。

"由利女士在去世时都被蒙在鼓里，我不知道这到底对不对。莲见先生，对不起。"

大介埋下头，身体微微发抖。

莲见先生紧咬着嘴唇，一动不动地望着前方。

时间沉重而死寂。

"我也一样。"莲见先生似乎用尽所有力气才说出这句话。

"我让由利怀有希望，说没有发现亚矢的遗体就是她活着的证据。因为我觉得这是让她活下去的唯一办法，所以我也一样。我一直很苦闷，不知道那会不会平添由利的痛苦，可已经是穷途末路了。我只想着要让由利活下去。所以，我不能怪你。"

两人双眼通红，都拼命克制着眼泪。

"我想实现由利女士遗书上的愿望。"大介认真地说。

莲见先生和由利女士留下的遗书里写着：现在唯一的愿望就是三人葬在一起。

"你知道掩埋地点吗？要通知警察吗？"

"不，我不知道确切的地点。已经过去了这么多年，况且当时我还是个孩子，就算跟警察说警方也不会相信的。"

"我确认一下，真的是的场舅舅和蛇田吗？"

"是的，千真万确。"

"究竟是为什么？我不明白，他们为什么把亚矢……"

莲见先生抱着头。我也无法想象。虽然蛇田给人以冷漠可怕的印象，但绝非穷凶极恶之人。的场先生又出于什么目的才对亚矢痛下杀手？

"上周，我决定把一切都告诉莲见先生，于是去了一趟的场家，确认那天的情况。当我站在东门前，记忆也慢慢复苏。我记得当时我蹲在车后座下面，车摇晃着从沥青路驶入了一条碎石路。我脑子里当即就冒出了一个疑问。"

"什么疑问？"

"寿寿音应该也知道，进山的门平常都上着锁。那道门也是进山的唯一入口。一般来说，需要先从车上下来开锁，进门之后再下车锁门，所以通过那扇门时一定要从车上下来两次。我还记得在纪念塔塔顶看车进山时，总是觉得很麻烦。但那天却不一样。"

"什么不一样？"

"我藏身的那辆车出发后只停了一次。进门之后，蛇田下车锁门。"

"你是说？"

"在车进山之前，门已经开了。因为蛇田他们从山里回来的时候就没有锁上门。"

"你是说他们本来打算立马回山里？"

"是的。有人通知了的场先生杂物间里死了人，所以他们才急忙赶回别墅。他们决定把亚矢抱上车后立马回山，所以才开着门。"

"你是说两人只是转移了遗体，凶手另有其人？"

"对。我之前也一直以为他们两人就是凶手，但错了。当时蛇田进杂物间后立马又出来了，他没有实施犯罪的时间。我推测是杀人凶手通知了远在深山的的场先生。"

"凶手给他们其中一人打了电话。所以，一定是知道他们电话号码的人……"莲见先生迟疑了。

"还是他们必须包庇的人。"大介的话让我后背一凉。刹那间，我想到了秀平，但又立马否定了。一定不是，不可能是秀平。

我试着回想知道他们电话的人。

的场家的人、巧妈、秀平、希海、柊家的爸爸妈妈，就算是我，查下爸爸的手账也能知道。做客的杉本夫妇、秀平的朋友也知道的吧？那天凡是在的场家别墅的人都可能是嫌疑人。

莲见先生脸色苍白。

我去厨房沏了茶，放在他们面前。

他们一言不发地喝着茶，我也感到喉咙发干。

"我要找舅舅对峙。"

我能理解莲见先生的心情，但的场先生不会直接承认的。

"我也想过，但要是空口无凭，很难让他坦白。"

寂静的房间是一声声沉重的叹息。

大介紧握着拳头，站起来说："但我决不会放弃，一定会把亚矢找回来的。所以请再等等吧。总有一天，我会让由利女士和亚矢团聚的。莲见先生，您不要想不开，接下来就看我的行动吧。"

大介是担心莲见先生步由利女士的后尘。

莲见先生闭着眼，沉思良久。

"知道了。"

他声音很小，大介不住地点头。像是为了让自己振作起来，他用力地挥舞着拳头。

"让我也来帮忙吧。"回家路上，我轻声说。我筋疲力尽，连一句话都说不出来。

"寿寿音，你没事吧？你的脸色看起来很不好。"

为了不让大介担心，我强打精神说没事，和他分别了。

回了土笔町，一到家我就瘫倒在床上。冲击太大了。亚矢的死确凿地摆在面前。大介讲述的真相出乎意料，我的心仿佛死了。

但我想实现大介的心愿。为了找回亚矢，我能做些什么？

我不怎么喜欢电车窗外的景色。田园瞬息间变成都市，勾起我的不安。我和大介约好今天在东京都三鹰市的井之头公园站碰面。

或许是因为大介的坦白带来的冲击太大，我最近身体状况欠佳，今早也呕吐了好几次。我让妈妈留在家里，匆匆向车站赶去，可还是没赶上电车。

那天之后的两周，我和大介每天都通电话。为了实现由利女士的遗愿，我和大介决定两个人联合行动。

但我们前面横着一道固若金汤的壁垒。现在要见上的场先生一面谈何容易，何况，就算见到他，也找不到突破口。说实话，我们黔驴技穷，不知该怎样才能实现目的。

为了推动下一步的进展，我们决定先找神山先生商量。大介和神山先生因为英雄纪念册很早以前就相识了。他去见了神山先生，讲述了事情的始末。

大介懊恼地和我说，一切和预想的一样，我隔着电话都能感受到他的心情。

"神山先生相信我说的话，但他说不可能出动警力。除了的场先生，现在蛇田在政党中的地位也不容小觑。事情已经过去了十五年，事发时我还是个初一学生，警方是不会采信我的证言的。他还说虽然理解我们想找到亚矢的心情，但太困难了。这次实在是爱莫能助。"

神山先生很少把话说得这么干脆。但我们还是恳求他帮忙调查秀平的两个朋友——小松原和立山。

我们一致认为这两个人最可疑。要是可以锁定犯人，说不定能关联上的场先生。

小松原隆，三十岁，无业，现在在三鹰市独居。他的父亲小松原正隆从警察厅退休后，就和妻子移居到了妻子的娘家高知县。

立山顺治，就职于墨田区内的大町区民事务所，三年前结婚，去年生下一个女儿。

神山先生又补充说，鉴于两人当时对初一女生实施了猥亵，所以被作为重点调查对象。由于小松原的父亲时任警察厅长官房参事官，所以极大地关照了他们，但搜查工作并没有黑幕。两人之所以被排除在嫌疑人的范围之外，是因为警方认为他们不可能有作案时间。

捉迷藏三点半左右开始，四点左右，由利女士还和回到客房洗手间的亚矢说话了。但之后就没有人再见到亚矢，所以亚矢是四点以后遭遇了不测。

小松原和立山在四点四十分对女生实施了猥亵。五点的钟声敲响的时候，我在树上看见两人在走路。他们回到别墅时是五点二十，巧妈出来迎接。巧妈也证实了之后他们一直在客厅里看电视。

他们没有时间把亚矢的尸体遗弃到荒郊野岭，因此被排除了嫌疑。但从大介的讲述来看，有人用车转移尸体，所以若仅考虑杀害行为，他们仍有犯罪嫌疑。

犯下凶案的儿子惊慌失措地联系父亲，而父亲又托自己的旧相识的场先生毁尸灭迹。警察干部子弟杀人，并且案发地就在自己家，要是被发现势必引起轩然大波，所以的场先生有充分的理由包庇犯罪。

他命令蛇田处理尸体，而蛇田又是一个唯命是从的人。

大介答应神山先生不会轻举妄动，但我们不能坐着干等，于是决定调查小松原的周边情况。

电车在安静的车站停下，仿佛被吞噬进去。大概是过了通勤高峰，人影稀疏。出了检票口，我就看到大介百无聊赖地站在外面。

"抱歉，我迟到了。"

"我知道他家在哪了。步行过去就能到。"

"你已经找过了？"

"我到得早，就在附近闲逛。商店的人一听我打探消息，就立马告诉我了。他大概是这附近的名人吧。警察的贵客果然是地方的知名人士啊。"大介罕见地用讽刺的语气说。

我追上他的脚步。和市中心不同，这里绿意盎然，住宅区的新旧建筑鳞次栉比。

小松原的家距车站十五分钟脚程，是一幢木围栏环绕着的二层建筑。古朴的气息看起来与精英身份并不相称，独有写着"小松原"的门牌散发着凛凛威风。

我们一边走，一边透过围栏的缝隙朝里看。里面似乎没有人，静悄悄的。二楼的阳台上也没有晾晒的衣物。屋后有一小方庭院，但杂草丛生，角落里还堆放着没用的家具，足以从中窥见这家主人颓废的生活。

大介指着斜前方。那是一栋二层木造公寓，墙上张贴着广告：

**大和合作公寓 招租 大和不动产**

"走吧。"

我们回到车站附近，立马就找到了"大和不动产"。大介不假思索地拉开了门。

"欢迎光临。请到这边坐。"一位五十岁上下的女人将我们引到门口附近的沙发上。我和大介并肩坐着。屋内没有其他人。

"您在找房子吗？"

"是的。"大介立即回答。

女人很亲切，给我们端来了茶。

"我去叫社长过来，请稍候。"

我们不是刑警，该如何调查小松原？这个问题我们在电话中讨论了数次，大介想出了一个计划。

首先，大介在小松原家附近租房，一边监视他的生活，一边慢慢创造交集加深交流。如果他就是对亚矢下手的凶手，那他极有可能有恋童癖。大介故意采取一些言行，让他误认为大介跟他是同类，等接近之后再探取信息，说不定能听到他谈论罪行，得到物证。

大介信誓旦旦地说，小松原和他只在那个暑假打了个照面，两人之间并无交谈。现在已时隔十五年，自己不可能被认出来，所以小松原也不可能想到他还在调查亚矢一案。

大介辞去了干了十年多的餐馆的工作。虽然我说一千道一万让他别辞，但大介强硬地说之前工作有存款，让我什么也别管，我也只得作罢。大介的性格还和以前一模一样，一旦下定决心，就会一意孤行。

"久等了。"一位身材瘦削、慈眉善目的老年男人在我们对面坐下。

"您想租什么样的房间？"

"我想租大和合作公寓。"

"但那是面向单身人士的。"他看看我，又看看大介，尴尬地说。

"误会了，我一个人住。这是我妹妹，今天是陪同我来的。"大介指着我说。

"原来如此。你们兄妹俩感情真好啊。要是独居，大和合作公寓就再适合不过了。上个月刚空出来。"

他在桌上摊开一沓厚厚的文件，开始推销。他口若悬河，不仅提到了其他房源，还介绍了町上的名胜景点和推荐的餐厅，最终还将自己的孙子夸耀了一番。大介耐心地听着，在滔滔不绝的话语中见缝插针地问："听说大和合作公寓跟前警察厅参事官的住宅离得很近啊。"

"你打听过吗？"男人投来狐疑的目光。

"刚刚在附近的商店稍微问了下……"大介搪塞着，又先发制人地说，"既然要租住，肯定要了解附近的情况。"

"那是陈芝麻烂谷子的事了，现在没有任何问题。"

"之前出过什么事吗？"

社长好像往前探了探身子，开口说：“大和合作公寓的斜前方确实是前警察厅参事官家，现在是他儿子一个人住。关起门来说的话，大约十五年前，他儿子还是中学生的时候，惹出过许多祸事。因为是公众人物，所以谣言也被添油加醋地传扬开了。”

“是什么事情呢？”

“总之是一些越轨行为，像家庭暴力、偷盗、骚扰女生啦。小松原工作繁忙，基本不在家，全靠他夫人含辛茹苦地带孩子。有谣言说警察干部的公子当然能胡作非为。可他们夫妻却是好人哪。当地还猜测小松原退休后会不会进军政界，但他低调归隐，搬到了妻子的娘家高知县。”

“小松原的儿子现在做什么呢？”

“似乎没有看到过他出门工作，但没再惹过事了。现在街上太平，只是十五年前有过风波，所以请放心吧。”不容我们回答，他又怂恿说，“大和合作公寓多是单身的上班族，非常安静，我强力推荐啊。这一带最近很紧俏，要是不早点定下来很快就有人住了。”

他搬出了生意人的话术。

大介说想尽快入住，双方谈得很愉快。不一会儿，男人说要带我们去看房，于是我们朝大和合作公寓出发。空房在二楼尽头，没有浴缸，玄关旁是一个小型厨房。房间只有四个半榻榻米大，由于空荡荡的，所以显得宽敞。靠近窗户，能清楚地看到小松原家的大门。

“什么时候能入住呢？”大介看着窗外问。

“正式签订合同需要三天左右，但看小哥你是个正经人，明天就可以住。其实我就是这儿的房东，住在大和合作公寓的对面。"

我们回到大和不动产，填写了合同信息，跟他说明天就会搬行李过来，拜托他今天内打扫完毕。

"那我今天就交付钥匙吧。只是等到明天才有电。"

我们谢过心善的房东，在超市随便买了些东西后回到了大和合作公寓。房间不朝阳，说不上舒适，但总之我们开始了计划的第一步。我们吃着买来的三明治时，大介的目光一直停留在窗外。

"中介老板很健谈，真是太好了。不过你突然说我是你妹妹，真把我吓了一跳。"

"老板是个大嘴巴，说不定哪天我们的事就传到小松原的耳朵里了。为了让他相信我跟他有相同癖好，不能让他觉得我有女朋友，所以还是说妹妹的好。总归是小心为上。"

大介的语气异于平常，我感受到他不计一切接近小松原的决心。

"千万不能冲动。"我担心大介操之过急。

"知道，我会小心的。"大介回过头来看我，仅仅那一瞬，眼神是平和的。

"快走吧。你要先去趟莲见先生家再回是吧？要晚了。"

"知道了。"

我走在去车站的路上，心里一直想着孤零零的大介，公寓里空无一物，只有他一个人。大介一直带着失去由利女士的悲伤过活，痛不欲生。我想帮帮他。现在只想着这件事吧，我在心里对自己说。


监视已经开始两周了。从大介的情报来看，小松原大多时候足不出户。大介虽然趁扔垃圾的时候和他打了招呼，但小松原视若无睹。据乡邻们说，他闭门不出已有十多年了。但就像房东所说，他倒是没有犯什么事。

他每周出门一次，目的地是步行半小时左右的国道沿线的一家大型游戏商店。他会在陈列着游戏软件的货架前物色差不多一个小时，回家时到车站附近的超市囤些食物和饮料。他总是背着一个和朴素的衣服极不协调的黄色背包。大介说这倒是跟踪的好标识。

大介今天要陪莲见先生去医院治疗，所以暂时离开了公寓。莲见先生虽然在家疗养，但还必须定期接受检查。我想着至少在这种时候帮上忙，于是接过了监视的任务。

窗户下方的那扇门并没有人出入。大介决定接下来在小松原去游戏商店的时候冒险跟他搭话。

上午，路上来往的多是老年人。由于道路狭窄，鲜有车辆通过。到了中午，可能是因为幼儿园放学，有几个妈妈骑着自行车穿过，后座载着孩子。三点左右，可以看见一群背着书包的孩子。监视时，一分一秒都不能落下，需要极大的耐心。想到大介每天雷打不动地在这里，我再次感受到了他的执念。

感觉有点累了，我就把头靠在窗户上，眼睛看着外面。不一会儿，我看见一个男人朝这边走来。

他抬了抬脸——是秀平！

他为什么在这？大介告诉了他这间公寓的事吗？我困惑不解。他在小松原家门前站住，按了门铃。

玄关的门终于开了，出来的是小松原。秀平跟在他后面进屋。虽然只有短短一瞬，我看到小松原似乎在笑。

眼前之景让我无法相信。两人不像是久别重逢。难道他们一直保持着联系？

我一直害怕的事情发生在眼前，成了现实。我坚信秀平和亚矢一案不会有干系，所以一直否定藏匿在心中的猜想，更没有说出来。

但是，如果……

心脏突然剧烈跳动，汗水直冒，我站也站不稳，突然感到一阵眩晕，倒在地上。

"寿寿音，你怎么了？"

我转头看向声音传来的方向，大介站在玄关处，神色紧张。

"小松原家，秀平……"

我知道自己的声音在发抖。

"冷静。"

我靠着墙，被大介搀扶着坐下后，告诉他刚刚看到的事。

"现在还在里面？"

我无力地点头。彼此的想法心照不宣。

"接下来换我来，你休息下吧。这不是一朝一夕的事。如果小松原和秀平关系匪浅，那必须重新制订计划。秀平可能会察觉到我在接近小松原。我冷静下来再想想吧。"

我全身乏力，连呼吸都感到痛苦。

"寿寿音，你一个人能回去吗？待会儿我送送你吧。"

"没事。"

我不想问大介是怎么想的，不想谈论秀平的事。如果把猜想说出来，怀疑就无法抹除，太可怕了。我想一个人待着。

"我能回去了吗？"

"回吧，抄小道上大路吧。"

我知道大介是怕我不小心碰到秀平。

"路上小心。要是不舒服还是打车吧。"

我跟跟跄跄地快步离开了公寓，坐上去上野站的出租车，努力让自己不要乱想。

慢慢地，我的呼吸变得急促，越来越痛苦。这样是回不了土笔町了，我告诉司机改去根津。

今天就请莲见先生收留我一晚。

玄关开了，莲见先生迎出来。我站着都很费劲，瘫倒在他身上，一阵天旋地转。

意识朦胧中，我听见莲见先生的声音。

"去东京医疗研究中心。"

继而响起了警笛声。

"没事的，我会陪着你。"

我被急救车摇晃着，感受到手掌传来的温热。

"要是再晚三天就会危及性命！"我从 ICU 转到普通病房时，医生这样说。

我被确诊为终末期肾病最严重的第五期。据说肾和肝脏两者均是"沉默的器官"，但现在回想还是有不少生病的迹象，我把眩晕和呕吐都归结为身体疲劳，并未重视。此时真是后悔没有听从妈妈劝我去体检的忠告。

"寿寿音。"

妈妈强忍着眼泪，握着我的手。我不能让年迈的妈妈白发人送黑发人。

莲见先生和主治医师交谈着，情况看起来不容乐观，但我不知道他们在谈论些什么。我好像还没有清醒过来，眼前的人影又渐渐模糊了。

住院两周后，我终于感觉意识清醒了。医生仿佛早就盼着这一天，在床头对我说："虽然我们进行了紧急血液透析，但你的肾脏多项功能已经衰竭，不可能恢复了。最好尽快进行肾脏移植。"

这宣告如噩梦般降临，让我难以承受。我一人在病房里，被恐惧包围。

"我有重要的事要说。"莲见先生看起来经历了一番思想挣扎，对躺在床上的我说，"我跟你妈妈商量过了，决定告诉你真相。虽然会让你感到震惊，但事关生死，希望你能听我说。"

他的语气严肃，一旁的妈妈也不太寻常，我知道是要解开我的身世之谜了。为什么要现在告诉我呢？他是想趁我活着的时候捡回我父亲的身份吗？我感到自己的生命已到了灯枯油尽的地步，心情格外沉重。

"你是我的女儿，出于一些隐情你才被托付给了柊先生。对不起，一直没能认你。"

我看着莲见先生深深地低下头，感到心情复杂。我知道，终有一天我会被告知真相的。

"我知道。"我语气自然，莲见先生和妈妈一脸惊愕。

"你知道？怎么会？"妈妈立马询问说。

"我以为自己的身世和亚矢的事有什么关联，所以早就查了个遍。"

我简单地说明了得知亲生父母的所有事。良久，两人都说不出话来。

"没想到你竟会知道。"莲见先生喃喃地说，"让你受苦了，对不起。"

他再次低下头，我找不到一句言语。

"你可能会觉得现在已经晚了，但我还能认你做女儿吗？"

这句话出乎我的意料。

"如果缔结亲子关系，我就能成为捐赠者。"

我记得护士跟我讲过关于移植的事。

移植有两种可能，活体肾移植和捐献移植。

活体肾移植是指从活着的人身上取下一个肾，捐献者只限于亲属。所谓的亲属，是指六亲以内的血亲和配偶、三等亲以内的姻亲。妈妈年事已高，况且还有高血压慢性病，所以本来就不能捐肾。

捐献移植的肾脏通常来自脑死亡或者是心脏停搏的人。但相对于需求者来说，捐赠者的人数远远不够，患者需要等上数年，有的患者还没等到匹配的肾脏就溘然长逝。

"寿寿音，就拜托莲见先生吧！"妈妈握着我的手说。

"一切交给我吧。"莲见先生看着我，像是在等我的意见。我感受到了他们对我的爱。

"谢谢你救我。"我看看两人，埋下头说。

几天后，妈妈垂着眼对我说："我有东西要给你。"

她说着，拿出一个缠着绳子的小木盒。

"脐带。是你的生母留下来的。"

这突如其来的事情让我错乱。

"她一定是想留下和你之间的纽带。之前一直没给你，是怕你看到脐带就觉得自己是被抛弃的孩子。"

妈妈为了不让我伤心，费了太多心思。我很感动妈妈能这样为我着想。

"这是寿寿音和你生母的重要信物，所以我一直收着。你现在也知道一切了，我想是时候把它交给你了。它会保佑你的。你一定要好好收着。"

乃苍，我的生母保佑我……

可是，对我来说，母亲就是眼前的这个人。我不想让妈妈伤心，收下了装着脐带的盒子。

莲见先生隔三岔五就来病房看我。住院一个月后的某一天，莲见先生小心地问："从明天开始，我能每天都来看你吗？"

"每天？不累吗？"我虽然很感动，但也担心他的身体，不想让他勉强。

"其实我也要在这儿住院了，这样放心点，也方便检查。你不必担心。"

我想到了活体肾移植手术，但是没问出口。

第二天开始，我们每天都会聊天。可能是考虑到有我在，莲见先生看起来精神矍铄。如果他恢复得顺利，我就再开心不过了。

有一天，我试探地问："我一直想问一件事情。太鼓鼓手政和美里之后怎么样了？"

"真怀念啊。你记得真清楚。"

在我的剧本里两人有美满的结局。

"其实大概十年前，我和政偶然见过一次。我是医生，他是患者。我注意到他一直盯着我的名牌看，突然听到他说'莫非你是当时的那个小学生？我是太鼓鼓手政啊'。"

莲见先生笑着说，看起来很开心。

"我们热络地聊着往事，护士还一脸奇怪地看着我们。可惜的是，他和美里好像并没有走到一起。"

现实不是剧本。可政救了美里是事实。

"不知道那间公寓还在不在……"莲见先生呢喃着，目光像是去到了远方。

"想知道你生母的事吗？"莲见先生转过头来问我。虽然有些害怕，但我还是想听听莲见先生眼里的乃苍是怎样一个人。

我慢慢地点头。

莲见先生断断续续地给我讲了两人的往事。

"我们是在图书馆遇见的。我好几次看到她认真选书的样子，不知为何仅一面就记住了她。一天，图书馆里闯进了一只蜜蜂，乃苍东躲西藏，慌慌张张地驱赶着蜜蜂，可蜜蜂又转头来蜇我。

最后我们两人都逃出了图书馆。等蜜蜂不见了踪影后，我们觉得滑稽，哈哈大笑。之后，我们每次在图书馆碰到时，都会在旁边的公园里谈谈心。"

又有一天，莲见先生讲述道："有一次，我对乃苍讲了政的事。她双眼炯炯，听得十分认真，还兴奋地夸我们说做了件好事，真了不起。我跟乃苍说美里居住的公寓叫'和平庄'，就在附近。她很吃惊，因为她也住在那里。我有些怀旧，于是又去了一次，公寓的模样一如往昔。之后我偶尔会去乃苍家玩。"

听到两人命运的羁绊，我有些感动。

"临近高中毕业典礼的一天，乃苍扭扭捏捏地说有个请求。我还以为是什么，原来她是想要我制服上的第二颗纽扣。她双脸绯红，让我不要给其他女生。真的很可爱。"

乃苍的心情深沉，让人可怜。我眼前出现少女把收到的纽扣悄悄珍藏到小布袋里的样子。

"我跟她讲了土笔町的故事，还说以后要带她去看看那旖旎的风光。可我没想到，她会那样到土笔町去……"

莲见先生低着头，哀伤地闭上了双眼。我害怕他下一秒就要忏悔，所以立马转移了话题。因为只是听着都会让我痛苦不堪。知道两人相爱过，我就已经很幸福了。

我躺在病床上与病魔抗争，生死难卜。和莲见先生在一起的时光已经成了一份奢侈。

四个月来，我住院又出院，出院又住院。

日子一天天过去，我看不见希望的曙光升起，只能等着别人的捐献。一天，莲见先生来了，高兴地说已经完成了登记手续。

"谢谢。"我感激地说。

"没事的，寿寿音一定会好起来的。"

莲见先生看起来心情明媚，笑着伸出手。我握住了。

由利女士一个人走了，亚矢也被宣告了死亡，只剩悲伤和痛苦永生。我从握着的那双大手里感受到了力量。如果莲见先生心中萌发出了对生的向往，我也真心高兴。

"准备移植手术。"

医生来得像不速之客。他们问我和妈妈是否确认接受手术，我表示接受移植。术前准备紧锣密鼓地进行着，医生的提醒和担架旁的护士的鼓励在我的脑子里一闪而过。我看着手术室的白灯，感受到后背注射的凉意，还没来得及不安和恐惧，意识就逐渐模糊了。

我冷得发抖，睁开眼，看到了妈妈的脸。

"手术顺利。寿寿音，真是太好了。"妈妈温柔地摸着我的头。

我得救了吗？我获得新生了吗？

妈妈喜极而泣的样子已经给了我回答。

手术两天后，我转回了普通病房。妈妈告诉我说："移植的肾脏是莲见先生捐献的。"

"什么？"

"莲见先生去世了，把肾脏移植给了你。"

"去世？怎么会？"

"听说在家时身体情况急转直下，等送到医院时医生已经无力回天了。莲见先生之前登记了亲属优先提供，所以才能移植给你。"

我还是不能接受，沉默着说不出话。

"寿寿音，没事吧？"

莲见先生去世了……

"我才不要他的肾。"我摇头说。

妈妈宽慰说："不要辜负莲见先生的苦心。为了救你，莲见先生考虑了所有可能。"

我以为莲见先生是为了活体移植手术才住院检查，可我没想到他竟然还考虑了死后……

想到莲见先生对我的父爱，我心如刀绞。

手术结束快三周了，我还是不能接受莲见先生的死亡。我身体恢复得很好，两天后就办理了出院。

那天早上，我看到周刊杂志上的新闻，一时之间有些怀疑自己的眼睛。

**投毒杀人 二十八岁石田大介被捕**

报道称受害者是莲见幸治。

莲见先生被大介毒杀？

我立马给神山先生打了电话。神山先生确认我没事后，叹了口气，无奈地说："大介在小姐手术完的第二天，也就是七月三日自首说杀了莲见先生。警方要求进行司法解剖，在莲见先生体内检测出了大介交代的药物。经过连续数日的调查，警察下了逮捕令。大介被捕后一直沉默，因此不清楚他的动机。"

神山先生仅知道这些事。他说话时口齿不清，可能自己都不知道该如何接受吧。

"我不相信，一定有什么苦衷。"

"小姐不要多想，照顾好自己的身体。"

我很感激他的关心，但心里仍然纷乱如麻。

"我明白。"

我道完谢后就挂断了电话。"一定有什么苦衷"，自己的话压在心上，有万钧之重。

我不相信大介会杀害莲见先生，可大介自首是事实。如果真是这样，他到底是为了什么？

莲见先生死后进行了移植手术。

我又重新翻看确诊后读过的相关书籍。

· 自杀的人不能优先向亲属捐献器官
· 搜查机关通过检验、现场勘查等判断需进行司法解剖时不能进行器官移植

我脑中冒出一个可怕的想法：大介为了救我，夺走了莲见先生的生命，并把他伪装成因病去世。

我清楚大介偏执的正义感，还有只要认准是为了某个人，就

一定不会回头的性格。但这绝无可能。

难道……

又一个想法浮现出来。

我向护士打听了莲见先生去世前的状况。莲见先生继自杀未遂后又突发脑梗，身上留下了我们不知道的后遗症。他检查出左内颈动脉完全闭塞、重度动脉硬化、脑血流量低，已经病入膏肓，如果脑梗复发将一命呜呼。这随时都可能发生，病情十分危急，很难活过三年。莲见先生是医生，知道自己时日无多。

我以为莲见先生知道我必须做移植手术后，登记了活体肾移植，并办理各种手续。

但不是这样。

莲见先生虽然肾脏功能完好，但身体已经无法手术。活体肾移植的路从一开始就行不通。要想把肾脏移植给我，就只有死后优先捐献给作为亲属的我。

只要自己死了，就能捐献肾脏，可他又不能自杀，所以请大介帮忙。莲见先生被认为是因病去世，所以移植手术也得以顺利完成。

要是两人是为了救我而密谋行动，我该怎么办？手术成功带来的生的喜悦、莲见先生死亡的现实、大介被捕的冲击在我心中杂陈。

对秀平的疑虑也没有打消。我仿佛被独自留在无边无际的黑暗之中，从未体味过的孤独感麇集而来。

"好久不见，寿寿音。"

一个年轻女孩走进病房。一头短发，鲜艳的红唇，穿着吸睛的大花纹西装。这是？

"什么嘛，连我都不认识了？"她眨着一双大眼睛看我。

"希海？"

多年不见，希海像换了个人。

希海去英国留学后的一段时间里跟我保持着信件来往，也通电话，但渐渐就疏远了。想来是她在英国的生活十分忙碌吧。

这是在大介的店里分开后的第一次见面。

她身上看不到从前的影子。变化最大的是发型，还有就是不戴眼镜了。之前，又长又直的黑发和深色框眼镜是希海的标签。而现在，坐在床边跷着腿的她给人明艳又热情的印象。

"你身体怎么样？"

她一边用左手摸着自己的耳垂，一边问。摸耳垂的习惯倒是没变。虽然她变了模样，但我还是觉得很亲切。对我来说，她是个特别的人。

小时候，周围的人都知道我是弃婴，大家对我的好总是让我觉得有些见外。只有希海心直口快，什么也不顾虑，反而让我感觉很舒服。

希海和爸爸、哥哥分居两地，似乎从小就有苦恼，但她对自己的苦恼闭口不谈。我一直觉得她是个坚强的孩子。

"后天就能出院了。你怎么知道我住院了？"

"我多年没回国，往你家打了个电话，巧妈告诉我的。我好多年都没听到别人叫我小姐了。"

巧妈来我家之前，在的场家当了很多年的家政阿姨，希海是她看着长大的。

"我看到大介的报道了。出了什么事？大介杀了莲见先生？真是震惊到我了。"

希海还和以前一样，直言不讳，很像她的风格。我不觉得讨厌，反而因这种直率安心。

"我也不知道。"

"你也什么都不知道吗？"

那双大眼睛看着我。突然，泪水盈满了我的眼眶，不安涌上心头，我想把一切都告诉她。

"有什么事就跟我说说吧。"希海温柔地握住我的手。

"莲见先生是我的亲生父亲。"

我忍不住一吐为快。自己是蓝雪和莲见先生的孩子，自己不是弃婴而是被托付给了柊家，莲见先生和由利女士相约自杀，但只有由利女士身亡……我一件件地全说了。希海一言不发。

可听到肾脏移植的事情时，希海神色骤变，等我一讲完就立马说："大介不会是为了救你才杀了莲见先生吧？"

原来希海也这么想。从大介的性格来看，只有这个原因。

"要是大介，恐怕真会这么做。他为了你，可是赴汤蹈火，在所不辞。"

一针见血。我说不出话来。

"你不必有什么负罪感，这是大介一厢情愿。而且救自己的女儿不也是莲见先生的本愿吗？"

希海的话听起来像是置身事外。

"我还在想发生了什么事，但现在豁然开朗了。你就感恩他们的好意，好好活下去吧。"

希海一下子站起来，朝门口走去。

"等等，我还有重要的话要说。"

这件事我只能托付给希海。不知道何时才会再见，所以必须现在说。现在大介不在，必须由我来完成。

我做好了准备。

"那天，大介看到有人把亚矢的遗体埋在了山里。"

希海倒吸一口凉气。她吃惊是应当的。

"你是说亚矢失踪的那天？"

"对。"

我把一切和盘托出，大介目击到的事、一直以来隐瞒的苦衷，还有埋人的就是的场先生和蛇田。

"你是说爸爸和蛇田杀了亚矢？不可能，一定是大介在说谎。你能相信被捕的杀人凶手的一面之词吗？"

希海声嘶力竭。

"我没有觉得他们是凶手。"

我仔细地说明了推理过程。

从车辆通过门时的动静来看，杀人凶手另有其人。

"你觉得他们是为了掩盖别人的罪行，所以处理了尸体？"

我点点头。希海又在床边的椅子上坐下来。

"我有一个请求，只能托你去办。我想让你帮忙问出亚矢遗体的掩埋地点。"

"什么？"希海瞪大双眼看着我。

"由利女士的遗愿就是找到亚矢，和她葬在一起。比起将犯人绳之以法，这是她最大的愿望。我想帮她实现。"

"等会儿。你是让我去问他们把亚矢埋在哪？就算真是他们做的，你觉得他们会坦白吗？虽然我本来就不相信他们会做出这事。"

希海的话不无道理，但我现在对大介深信不疑。

"我想请你把我们之间的交易告诉的场先生或蛇田先生。"

我和大介商定，将和的场一方的直接谈判作为最后筹码，还商量了谈判手段。只是囿于无法见到的场，所以搁置了计划。可如果经由希海，或许能传达我们的想法。

"什么交易？"

"只需在地图上把地点标记出来就好。把亚矢挖出来之后，我会神不知鬼不觉地把她重新下葬，也不会把的场先生他们埋尸的事情说出去。"

"你是说让我相信大介的话？可告诉你地点，你也可能转头就报警。这算什么交易？"

"你不用担心。就算通知了警察，知道埋尸地点的我也会是头号嫌疑人。而就算我主张是听的场先生说的，也没有证据。他们心里也很害怕有一天遗体会被人发现吧？但是如果把尸体悄悄挖出来，两人掩埋的尸体就不在山里了，他们也就没有后顾之忧了。"

我一鼓作气地说。

"要是没有遗体，也就没有杀人罪和抛尸罪，包庇罪行的人也就高枕无忧了？"

"对。我帮忙抹除犯罪，作为代偿，他们把亚矢还给我。我想这是一场划算的交易。"

"你和他们俩提交易，也太大胆了。但你的想法不错。现在蛇田一门心思全在即将举行的选举上，他应该不想惹出是非。蛇田是一个很精明的人，比起让刺一直卡在喉咙里，或许会同意你的交易。"希海又用清醒的语气补充说，"当然一切都是建立在大介说的是真话的基础上。我很抱歉，比起大介我更相信我爸爸。他不是个正人君子，也有很多令人讨厌的地方，但我不相信他会做出那样的坏事。我会帮你的，但最后可能只会证明大介说谎。你确定吗？"

我点点头。希海说还会再联系我，就离开了病房，只留下香水的味道。

出院后，每周有一次例行检查，我和妈妈暂时住在东京莲见先生家。

莲见先生生前对亲戚交代过由我来继承这所房子。亲戚们同意了，钥匙也被交给了妈妈。

我站在和室里，对着莲见先生的骨灰双手合十。决定在这里借住不仅是因为医院的检查，也因我想守护莲见先生遗魂的愿望。我不忍心把他留在空无一人的房间里。

听说莲见家的人没有举办葬礼，安静地把他火化了。莲见先生放弃歌舞伎而成为一名医生后，和家里人并没有太多往来。

不仅如此，周围的人知道大介为毒害莲见先生的事自首后，一片哗然。可亲属的反应却是避免让媒体听到什么风声。他们大概也不想跟与莲见先生相认的我有什么瓜葛。

自杀前，莲见先生他们准备好了自己的墓地。把莲见先生的骨灰放进由利女士长眠的坟墓中是我这个做女儿的应该做的。如果可以，我想连着亚矢的骨灰一起。


"饭做好了哦。"

妈妈的声音从一楼传来。

我住在二楼空闲的和室，妈妈住在一楼的客房。

"来了——"

我经过莲见先生和由利女士的卧室，走下楼梯。

厨房的桌子上摆着我爱吃的奶油炖菜，热气腾腾。

在这个家，我总是会想起大介坦白一切的那天。

不知道大介现在怎么样了。他真的犯罪了吗？就算我想破脑袋，答案也无从知晓。

现在，我满脑子都是托付给希海的交易。的场一方会做何回应呢？我还不清楚大介和莲见先生之间发生了什么，只得独自迈出下一步。


希海联系了我，我们约好明天在附近的公园见面。揭晓答案的时刻一点一点地近了。

久违的阳光让人心情舒畅，凉爽的清风拂过脸颊。

移植的效果十分显著，我的身体很健康，脚步也变得轻快。但走近碰面的地方时，我还是紧张得出汗。

希海穿着随性的白色棉织衫和牛仔裤，坐在长椅上。

"很抱歉让你跑一趟。"

"这有什么。正好我在酒店房间无所事事，待腻了。"

说起来，我还没问过希海的近况，脑袋里全是自己的事。

我知道希海大学毕业后也在英国生活。

"你暂时留在日本吗？"

"假期打算待在这儿，因为回去了又得忙个不停。"

"还是想当一名政治家吗？"

我想起从前畅谈梦想时的那道明快的声音。

"想不想呢？"

希海的脸上似乎蒙上一层阴霾。

成为蛇田养女的时候，希海曾满不在乎地说："能被过继给蛇田可太好了。反正的场家也不需要我。"

蛇田现如今已是中坚议员。他对希海寄予厚望，把她当成接班人培养。希海变得讨厌回应别人的期待了吗？

"我在英国的时候，蛇田家生下一个男孩。他家一直没有生育小孩，所以才把我收为养女。真戏谑啊。要是被指定成接班人，人生也将被剥夺，真让人难受啊。但自由之后一身轻松。"

和当年一样，还是云淡风轻的语气。可她是否已经受伤了呢？因为大人们的自私自利，她被丢来丢去，让我心疼极了。

"我不知道还有这么一回事。"

"我没了接班的重担，蛇田也一如既往地宠我，真走运啊。现在我打算开始做生意，把从英国进口的东西拿到日本卖。你觉得怎么样？"

她爽快的语气让我放心了。

"嗯，我觉得你适合。真厉害啊。"

我衷心支持重新掌握人生主导权的希海。

"你受了这么多苦，我还麻烦你。对不起。"

"我明白你的心情，都跟蛇田说了。"

希海坐正身体。我深吸一口气，等她开口。

"我把听到的全都说了。蛇田全盘否定，说大介的话是一派胡言。他还怒不可遏地斥责说太过分了，既然大介信口开河，就把大介的秘密告诉了我。"

"大介的秘密？"

"从你出生到被收养，一切事情都是蛇田的手笔，这你知道的吧？你被柊家收养了。但你不知道的还有一件事。当时生下来的不是一个孩子，而是双胞胎。"

出乎意料的话让我蒙了。

"你的双胞胎哥哥……"希海直直地看着我，"就是大介。"

我一头雾水。

"你在说什么？大介有家人啊，因为火灾去世的那家人。"

"我听说的时候也吃了一惊。"

"到底怎么回事？"

"双胞胎被托付给了两家人。当时我爸的秘书蛇田操纵了一切。但可怜的是，收养大介的一家人死了。莲见先生之所以疼爱大介，是有特殊的理由。"

莲见先生确实把大介当成家人一般看待，对他好得不像是对一个普通患者。大介是莲见先生的儿子？我的双胞胎哥哥？许多场面走马灯似的复苏。

他不允许别人欺负我而闯进我的教室，一直遵守诺言，不把我和秀平分手的真正理由告诉秀平……无论何时，他都无条件地帮助我。

"我不相信。可要是你说的是真的，大介为什么要撒谎说看见了他们埋遗体呢？"

"蛇田觉得大介听养父母说了自己的身世，所以恨抛弃自己生母的莲见，也恨助纣为虐的的场，所以才信口胡诌了目击证言，企图让的场垮台。反正蛇田是这么说的。"

和秀平分手的时候我就知道，蛇田虽冷血无情，但处事冷静。

"蛇田还说，那天大介一个人很晚才回来。虽然他口口声声说自己在纪念塔屋顶睡着了，但没有证人。他们也觉得仅凭一个孩子无法犯罪，所以没有怀疑他。可事实究竟如何就不得而知了。"

"你不会是在说大介把亚矢怎么样了吧？"

希海垂下眼，拿起手中的瓶子，喝了一口冰茶，然后说："你不会理解大介的心情吧？你被大家宠爱着，幸福地长大。可大介呢？因为火灾失去家人，在福利院讨生活。不管莲见先生多么爱他，都抹除不了抛弃他的事实。亚矢被父母捧在手心里，无忧无虑，幸福快乐。大介恨她也不是怪事。仇恨的火苗一直没有熄灭，终于在那个夏天因为某个导火索熊熊燃烧。"

希海双眼发红，布满血丝。

我真想捂住耳朵。这是真的吗？

"蛇田没有断言就是大介杀害了亚矢。他说听到大介自首的消息时松了一口气。他害怕大介把仇恨的利刃对准我和哥哥。蛇田最后说，虽然最好不让你知道，但如果你被大介的谎言煽动做出傻事，最后受伤的还是你，所以只能把一切都告诉你。还说让你最好跟大介一刀两断。"

希海站起来走了。我没能追上去，也没法叫住她。

希海的话让我陷入一片混乱。

房间只剩我一个人的时候，我又想起蛇田对大介的怀疑。

大介知道亲生母亲生下自己后寻了短见，而的场又是让母子分离的罪魁祸首，所以对的场恨之入骨。莲见先生就算待他不薄，也只把亚矢当作自己的孩子。所以他报复亚矢，并跟莲见先生说了无中生有的目击证言。

蛇田的推断合乎情理。

我无法相信大介会做出这样的事。可大介被捕的现状让我动摇了。


我从公交车上望着筑地的繁华街景，拐过那条巷子就是大介工作过的河豚料理店。不过我今天要去的是葬身火海的大介父亲工作过的中华料理店。虽然没去过，但之前从大介口中得知了名字。

如果双胞胎的事是真的，就跟收养我的柊家一样，收养大介的那家人应该也会和莲见先生、的场先生等人有什么交集。

打听到"中华食堂 喜昌"现在还在营业后，我坐立不安，立刻赶去。

下了车，夏天潮湿的空气将我包围。"中华食堂 喜昌"应该离公交车站不远。

大介不怎么谈起去世的家人，可我清楚地记得他说过"爸爸做的炒饭是天下美味"。

褪色的招牌红布帘已有些年头，我掀开帘子走进店里。可能因为错开了午饭时间，店里没有一个客人。

大介家人是在二十年前去世的。不知道有没有认识他父亲的人。

"欢迎！"一个热情的女人说。

店里摆设着餐台和四张餐桌，墙上密密麻麻地贴着手写的菜单。富士山挂历的旁边有几幅泛黄的签名。

我到餐台最里面的圆椅上坐下，对端来水的女人说："我要一份炒饭。"

厨房里四十岁左右的男人开始颠炒勺，嘈杂的锵锵声响起。不一会儿，传来炒饭的香气。

我沉默地吃着很快上桌的炒饭，吃完后小声说了句"谢谢款待"。男人不经意地看了我一眼。

我果断地开口问："请问您认识二十年前在这家店上班的石田先生吗？"

男人一脸诧异，略微思索片刻，用抱歉的语气说："这家店是三年前我祖父去世的时候交给我的，所以过去的事我不清楚。"

"就是因火灾去世的那位……"

"啊，那件事我听说过。祖父还说呢，'真可怜''火灾真可怕'。但我不知道死去的人的事。"

"这样啊。谢谢您。"结完账离开前，我又问道，"您听说过政治家来店里吗？像的场照秀之类。"

"没，没来过。这小店一看就不是那样的大人物会光顾的吧？"

"但墙上的签名……"

"那是附近拳击馆的运动员。虽然他不是什么出名的选手，但祖父钟爱拳击，一直在应援。"

出了店，我意识到自己在为没有找到任何线索而感到庆幸。或许我心里某处也在担忧，如果真的找到大介父母和的场先生之间的关联证物，又该如何是好。

小时候的大介和妹妹会不会是这家店的常客呢？

我想象兄妹俩狼吞虎咽地吃着父亲做的炒饭，脸颊鼓鼓的。

大介开始在筑地的饭店工作时曾说过："我很高兴能让爸爸看到我的努力。"

我没法相信大介从头到尾都是在说谎，也不知道该对希海的话做何考虑。

公交车来得正好。我上了车，坐在靠窗的位置，空调的冷气凉透心扉。马路对面有一处风格独特的建筑。

那是歌舞伎座！反应过来的一刹那，我仿若大梦初醒：莲见先生的父亲是歌舞伎演员，而大介的父亲又在附近上班。

无法言说的不安向我袭来。

出了根津站，我在回家的路上翻来覆去地想：怎样才能确定我是不是双胞胎呢？

到家后我的心情也仍然无法宁静下来，最后决定问妈妈："我是双胞胎吗？"

"突然说什么胡话？"妈妈震惊地说，又缓和道，"不记得有听过双胞胎之类的说法。寿寿音，你还在纠结身世吗？"

"没有。抱歉问些让人摸不着头脑的话。我要睡啦，晚安。"

我逃也似的匆匆上了二楼。

妈妈不像是有事情瞒着我的样子。我对自己的莽撞有些后悔，给她平添了许多担忧。

妈妈踌躇着跟上来。

"因为我给了你脐带，才让你又想起身世的事了吗？"

"没有的事。妈妈，不用担心我。"

尽管我这样说，妈妈回楼下时看起来还是不放心。

在病房的时候，我不知道自己的病情如何，也不知道能不能活到接受移植的那天，每日惶惶不安。这条脐带在乃苍出事后一直由妈妈保管，交给我的时候，妈妈说："它会保佑寿寿音的。"

我拿着这个小盒子，再次因身世倍感心绪纷乱。

我被乃苍生下来，而盒子中的脐带曾把我们连在一起。我突然生发出想亲眼看看它的欲望。

我解开紧紧系在上面的绳子，慢慢打开盖子。取出一看，里面有两个小袋子，我逐个看过，发现里面都装着脐带。

两根脐带？为什么……

两根脐带是双胞胎的证明吗？希海说得都是真的？

大介真的是……

不，我不相信。大介把亚矢……

这绝不可能。

那个羡慕、妒忌、憎恨亚矢的幸福的人就是大介吗？

我失神地看着眼前的盒子。

几天之后，我想到，可以给脐带做 DNA 检验，说不定能确定它们是否属于兄妹。要是能证明我是双胞胎中的一个，蛇田的话就是真的。

我想找一个信得过的人，于是立马给直美医生打了电话。

"我有事找您。"

"什么事？"

"我可能是双胞胎。前几天我第一次打开了脐带盒，发现里面有两根脐带。我想通过 DNA 检验弄清楚自己是不是双胞胎。您觉得可行吗？"

"通过脐带是可以检验 DNA 的。如果是同卵双生，DNA 就是一样的，异卵双胞胎就不一样了。这时需要查明父亲的 DNA 与两个脐带的 DNA 之间的亲子关系。只要两个都比对出亲子关系，就可以认为是双胞胎。"

我不知道还需要鉴定父亲的 DNA。

"父亲最近去世了。可以用骨灰吗？"

"骨灰不行。但毛发或者使用过的牙刷也可以。"

我抗拒清理莲见先生的遗物，所以他的东西都还原封不动地放着。

"那我能找到。"我还有件事想问，"龙凤胎应该是异卵吧？那样的双胞胎长得像吗？"

大介和我并不相像。

"异卵就和一般的兄弟姐妹一样，既有像一个模子里刻出来的，也有完全是两个长相的。"

"这样啊。"我叹了口气。

"我能理解你想弄清身世的心情。之前没能答应你的请求，我心里很过意不去。但DNA检验我会帮你的。"

直美医生的言语中饱含温情。

但……话卡在了我的嗓子眼。

直美医生是白川先生的女儿。虽然我也不想怀疑她，但白川隐瞒乃苍生产是事实。这或许有些草木皆兵了，但我不能把证明我身世秘密的重要信物交给她。

"容我想想。谢谢您。"我慌忙挂断了电话。

用怀疑的目光看待对我知无不言的直美医生，我讨厌这样的自己。

发现蛇田的话有真实的可能性，我对大介的怀疑越来越大。现在，我该相信谁呢？

我把脐带、牙刷、梳子上的头发送交了DNA鉴定机构。打电话询问，说是两周左右就可以出结果。他们说如果收件人有需求，那么在寄送结果时他们可以不写鉴定机构的名称，只填写寄件职员本人的姓名。我不想再让妈妈担心，毫不犹豫地拜托他们帮忙隐去鉴定机构。

我不愿认为蛇田说的是事实。现在只能等待鉴定结果。

接连几天的心神不宁。每天早上，我一面恐惧着，一面等待邮件的到来。

终于，鉴定结果到了。

我迫不及待地回到房间，拆开信封时紧张得心跳加速。我平复着急切的心情，慢慢展开折叠的纸。

纸上，数字和字母如群蚁排衙，下方写着说明。

从鉴定书的结果报告来看，两个脐带的 DNA 不一致，但是都和莲见先生存在亲子关系。换言之，两根脐带是异卵双生的证明。

我是双胞胎。蛇田所言属实。

我拿着报告，手指颤抖。

然而，另一行字让我吃惊得移不开眼：二者性别均为女性。

都是女孩？！那就不是大介。

结果和我听到的故事并不吻合。双胞胎都是女孩，蛇田在说谎！那些都是他编造的故事。

他为了让我相信大介的目击证言都是信口雌黄，所以利用大介被警察逮捕一事，把大介说成是一个坏人。

一定是这样。绝对没错。

我居然因蛇田的蛊惑而惴惴不安，还怀疑大介，自己可怜可笑不说，也对不起大介。既然现在可以断定蛇田说了假话，某种程度上来讲，就等同于确定了蛇田的罪行。

大介的证词是真的。的场和蛇田掩埋了遗体。

我突然回想起秀平进入小松原家时的样子。

蛇田的谎言虽然洗刷了大介的嫌疑，但如今矛头又指向了秀平。我的心渐渐地沉下去。


第二天需去医院检查。妈妈陪我去了医院，我请求说可以不

青い雪

用一直陪着我，让她去些想去的地方。妈妈虽是不解，但还是听了我的话。

"那我今天去看书法展。"妈妈挥着手和我在医院前分别。

我做完好几项检查，来到主治医师面前。

"一切顺利。两周后再来吧。"

我感到他对我有些冷淡。前台和护士的眼光也让人在意。我知道原因。莲见先生是被杀害的，受害者理应被尸检，不能进行移植。也就是说，我移植了本不能移植的肾脏。

对医院方面来说，怎样对待我也是件棘手的事吧。我突然觉得可耻，逃出了医院。

DNA 的鉴定结果说明蛇田说谎。他给大介妄加罪名，企图蒙骗我，其卑劣行径让我怒气直冒。敌人是谁已经很明白了。

和大介的想法一样，必须从小松原周边查起。

还有一个人值得调查——那个夏天与小松原同来别墅的立山顺治。我之前从神山先生处获得过立山的信息。

中学生时期的立山性格怯懦，是小松原的跟班。他读书期间基本上都在同一所私立学校，唯有高中阶段在其他学校就读，应该是为了摆脱小松原。从那之后的十五年，他和小松原并无往来。他的工作是一名公务员，职场的风评也不差。他三年前结婚，去年生下一个孩子。

单从这些信息给人的印象来看，他不像是一个坏人。听到他和小松原没有往来，我笃定了见见立山的想法。不过自然不能掉以轻心。

就算他现在已经改过自新，但那年夏天他确实犯下了猥亵的恶行。

　　他目前供职于墨田区的大町区民事务所。如果他性格懦弱，兴许我能问些什么。所以我打算跟他在事务所里见面，找个有人的地方谈谈。事到如今，即使是些细枝末节的小事也可能派上用场。我只能把真相的碎片一点一点地拼凑出来。现在大介身陷囹圄，只有我能采取行动。

　　区民事务所比我想得要简陋。进去后，里面人影冷清，不知从何处传来音乐声。一群老年女性从我旁边走过。公告栏里贴着合唱和社交舞的海报。一楼好像设有当地居民的集会场所，里面传来打节拍的声音。我走上楼梯，直奔二楼的区民事务所。

　　几个窗口并排，里面摆着三列面对面的办公桌，电脑前有大概十个人。立山应该就在其中，但我认不出来。我本来也记不清他的长相。

　　近旁的长椅上坐着三个人，应该是在等号。二楼日照不佳，简朴，安静。不同于快节奏的东京，这里透着闲散之气。

　　我走到最里面的咨询窗口。

　　"请问立山先生在吗？"

　　"在的。请问您是？"窗口的女人问我说。

　　"我姓柊。"我脱口而出。忽然间，我觉得或许不说真名比较好，但为时已晚。他应该不会躲着我吧。

　　窗口的那个女人跟一个穿白衬衫的男人说话，男人往这边看了一眼，起身离座，向我走来。

　　"您姓柊？"他语气不安。

"我是土笔町的柊寿寿音。"

"啊，您现在找我是？"

"您还记得我是吧？"

"请借一步说话。"

立山慌张地往里走，推开一扇挂着"会议室"门牌的门。我本不想跟他独处，但考虑到在这里只要高声呼叫就会有人过来，是个安全的地方，便在他的催促下走了进去。屋子不像是会议室，倒像是会客室。我在沙发上坐下。

"我罪该万死，饶了我吧。"他一关上门就跪下了。

"都是小松原指使的，我怕被他痛打一顿，只能照办啊。"

我震惊地直起腰。

"第一个女孩报警的时候，我就害怕你也会把杂物间的事情捅出来。就算你后来没有说，我也不敢认为我们得到原谅了。我一直都胆战心惊，害怕你找上门来。"

怕我？我听得云里雾里的。

"在杂物间，我只是用袋子把你蒙上了，其他什么都没做，都是小松原干的。"

难道立山他们在杂物间实施了另一起犯罪？

那天，受害的同学被犯人逼问我的下落，她知道我决不会去杂物间，所以急中生智说了那里。小松原他们相信了，错把杂物间的某个人当成了我，实施了侵害。

难以言状的怒气直冲上来。

"把那天的事全都交代清楚，不然我就去外面，把你们对我做的好事全都抖出来！"

　　要盘问出所有的真相，最好让他继续以为我就是受害者。

　　立山跪坐在地上，眼珠骨碌碌地转来转去，忙不迭地平息我的怒气："我说我说，我全都说，你千万别喊。"

　　"这可要看你的表现。"我斜睨着他。

　　立山叹了口气，说："那家伙跟我说想学电影里的手法摸女生，让我帮他。只要从后面蒙住头，她就不会知道是谁做了这种事。小松原第一次见你就打起了歪主意，于是袭击了一个初中女生，问出了你的下落。"

　　我恶心得受不了，直起鸡皮疙瘩。

　　"小松原从初一开始就霸凌我，动不动就拳打脚踢。他还逼迫我偷盗，勒令我闯进女生的房间。那家伙有恃无恐，说自己的爸爸是警察干部，天塌下来都有他顶着。那个夏天我本来不想去的。果然，出了大事。"

　　"大事"是指亚矢吗？这是我最想知道的事。

　　"对亚矢下手的也是你们？"我冷静地低声问。

　　"绝对不是。"立山也压低声音，坚决否认。

　　"小女孩的失踪跟我和小松原都没关系。我们犯了猥亵罪，也引起过警察的怀疑。可对那个小女孩，我们没有作案时间，连警察也是这么认为的。"

　　我相信大介的目击证言。既然有帮凶转移遗体，小松原的话就说不通。

　　"亚矢是被人在杂物间杀害的，而你们就在杂物间。"我决心把话挑明。

　　"我不知道她在杂物间被人杀了。我只是给两个女生蒙上了袋子，猥亵、拍照的都是小松原。"

"拍照？"

那位朋友好像说过她被人拉开衣服乱摸。大概是因为被蒙上了眼睛，所以不知道被拍了照。他们的卑劣行径让我气愤不已。

"当时小松原有一台宝丽来相机，到处拍照片。虽然警察也怀疑过我们，但是小松原对幼女完全没兴趣，我们两个都没有恋童癖。"

我不能轻信他的片面之词。

"小松原也有可能是你在不知情的时候对亚矢做了什么。"

"不会的，那天小松原一直和我在一起。不然，我也会怀疑他的。"

我默然思索着。立山低着头乞求："我的孩子去年刚出生，要是有什么风言风语我就完蛋了。我不想失去工作。求求你不要再提起旧事了。难不成……你是想要钱吗？如果不是什么大数目的话，我一定给。"

他居然认为我是想敲他一笔。我愤怒极了，蔑视着他，狠狠地说："要是让我知道你说了假话，我就把一切都告诉你同事。"

"没有半句假话啊。都是小松原的错。我初中毕业后再也没见过他，跟他已经没有半点关系了。"

他把自己的错全都推诿给别人，厚颜无耻，让人无法原谅，和他的对峙让人作呕。

最后，我追问了一件事："照片呢？"

"我不知道小松原怎么处理了。"

我站起来，看到立山如释重负。

"今天我就先回去，改日拜访。"

我斜睨着他，离开了房间。

坐上回家的电车，疲惫感瞬间从全身袭来。幸好有空座，我瘫坐在上面，四肢无力。

我从未想到还有另一人在杂物间遭到了猥亵。立山坦白的和小松原的勾当远非用龌龊至极一词就能形容。他们没有怀疑我朋友指的地方，以为那个受害者就是我。

那天要去学校，大家都穿着体操服和运动裤。如果是在昏暗的杂物间，从身后蒙头袭击，认错人也不奇怪。阴差阳错，我的同学在杂物间被侵犯了。

然而，因为受害人缄口不言，这件事到现在都还是秘密。我能够明白她沉默的原因。

立山一口咬定他们两人跟亚矢失踪案无关。可遗体是被从杂物间抱出来的，两人又去了杂物间，自然难逃嫌疑。

我闭着眼，随电车摇来晃去。听到到站的播报时，我睁开眼，面前站着一个正在读晚报的西装男人，一行字十分醒目：

**投毒杀人案 不起诉释放**

我看不到报道正文，一下车就急匆匆地到商店买了一份晚报，立刻在长椅上坐下来快速浏览，找到了那条短报：

**因涉嫌投毒杀害莲见幸治而被逮捕、送检的无业男子**

被予以不起诉释放。检察院解释该男子在案发时具有不在场证明。

大介被释放了！我感到喜悦和宽慰。我立马给他打了电话，但没有接听。

我发邮件说想跟他见面谈谈。到家前，我反复确认手机，但没收到任何回信。

"这么晚才回来，把我担心坏了。没事吧？看起来怎么这么累。"

妈妈出来迎接我，关心地问。

"没事，放心吧。"我语气生硬，回到二楼的房间。

"现在好了也不能大意啊，可别硬撑。"

妈妈的声音从背后传来。可我身心俱疲，已经无暇应对。

我躺在床上想着大介的事。他到现在都没有回复邮件。为什么他什么都不告诉我？

转念一想，大介被释放了，我一定能见到他。这一刻，我再次感受到大介被拘留让我有多么地不安。

我合上眼，在疲劳之下瞬间入睡。

窗外还没亮。我一睁眼就查看手机，可还是没有大介的回信。他在躲着我吗？

我睡了一觉，感到精神清爽，遂静下心来坐在桌子前，梳理这段时间发生的事。

一、大介坦白

的场和蛇田掩埋了亚矢的遗体。凶手另有其人，而且是的场家必须包庇的人。

二、大介和我的计划

在大和合作公寓侦察小松原的行迹。得知了秀平和小松原之间的联系。

三、莲见先生的死

将肾移植给我。大介自首。警方查明死因是药物。

四、希海告知的信息（蛇田的说法）

大介的目击证言是假的。大介和我是双胞胎。他出于仇恨杀害了亚矢和莲见先生。

五、DNA 鉴定结果

我是双胞胎中的一个，另一个孩子也是女孩。希海转告的蛇田的话，或许是蛇田为了否认遗弃尸体而编造的谎话。

六、和立山的对话

还有一个遭到猥亵的受害者，她被拍了照片。

七、大介被释放

大介有不在场证明。他是从何得知莲见先生是药物致死的及自首的理由仍是未解之谜。


我把线索一条条写成文字，可依然没找到亚矢遇害和莲见先生被杀两件事之间的关联。

我不能不怀疑犯下猥亵罪的人渣小松原就是杀害亚矢的凶手。小松原的父亲和的场私交甚笃，且秀平仍和小松原交好，他也不能被免除嫌疑。

他是小松原的帮凶吗？立山知道了这件事所以才疏远两人？也有可能他是被威胁了。

大介自首的理由是莲见先生死亡事件中最大的谜团。只要大介不说，莲见先生被他杀的事情便不会暴露。如果大介是被冤枉的，那投毒的就是别人。可他为什么会知道死因呢？我不知道，想尽快见面问他自首有何目的。


收拾完，我去了厨房。

"早。睡得好吗？"

"嗯。好饿呀。"我用充满活力的语气回答说。一大早，我就勉强自己又吃了一碗。妈妈看起来放心多了。

"这边买东西很方便哦。寺庙多，很幽静。我还发现了一家卖和式点心的老字号，想着下次去买些江米团尝尝。"妈妈一边悠闲地品着茶，一边对我说。

吃完早饭，我赶紧做好出门的准备，对背对着我洗衣服的妈妈快速打了声招呼："我出去一趟。"

说着三步并作两步迅速出了门。

我想跟大介见面谈谈，于是抱着他可能已经回家了的希望，打算去大和合作公寓碰碰运气。

不知道秀平什么时候会来小松原家，为了避免碰到他，我在小路旁下了出租车，快步上楼，按响房间的门铃，没有回应。我从包里取出备用钥匙，开门进去。

房间窗帘紧闭，光线暗淡。

窗边是大介。

"寿寿音？"

从他的声音里听不出是吃惊还是意料之中。他脸颊凹陷，胡茬凌乱，仿佛一下子就老了。

"没事吧？"我不禁担心。

"该我问你吧？跑这么远没事吗？"他看向我，像是在确认我的身体情况。

"我都好了。多亏了移植手术。"

"那真是万幸。"大介扯出一个僵硬的笑，随后移开了视线。

不知为何，他让我感到难以靠近，他的背影好像在叫我什么都不要问。

我本想要问问莲见先生的死和他自首的理由，可还是抑制住了，开始讲述在我身上发生的一件件事——从希海那儿听说的把他冤枉成坏人的假话、立山坦白的真相……

大介神情漠然，全程冷淡。只有听到我说去会见了立山时，他眉头紧皱："寿寿音，不要再查了。"

"什么？"

"你病倒之后，莲见先生就屡次叮嘱我，让我们忘掉亚矢的事。他说我辞去工作，你没有发现自己生病，全都是因为他。他再也不愿看到我们困在过去里。"

"那你能放弃吗？由利女士的遗愿怎么办？我的命是莲见先生给的，我要报恩。"

"我什么都不会做了。想到莲见先生的心情，我觉得是时候放弃了。你也要保重身体。这也是莲见先生的心愿。"

我明白大介的话。我也一直让妈妈担惊受怕。想到莲见先生竟如此为我们着想，我的心在作痛。

可是，放弃的话我会后悔，会永远停留在原地。

我已做好了决定，就算不能把犯人交到警察手上，也至少要尽一切努力把亚矢找回来。大介明明也是这样想的。

"快走吧。什么都别做了。"他把我推搡到门边。

"出了什么事？你为什么会去自首？莲见先生又是为什么死的？告诉我吧。"

大介凑近，痛苦地看着我说："给我一点时间吧，拜托了。"
他把我丢在身后，推开门走了出去。

他还有事情没说。为什么不告诉我呢？

郁闷渐渐升级成气愤。我攥紧拳头，夺门而出。四下一看，已不见了大介的身影。

这时，一个黄色背包闯进视线。

我记得大介之前监视小松原时曾说"小松原的背包就是黄色的，是尾随的好标识""每周外出大约两小时"。小松原背着包，转过街角后不见了踪影。突然的状况促使我产生了一个念头：潜入他家。

立山称小松原拍下了照片。如果他们对亚矢做了什么，可能也会留下照片。要是能找到，将是一份铁证，也是找回遗体的突破口，不能放过好机会。

我小心地察探着四周情况，用手拉门，门无声地开了。我溜进去，藏到墙后，蹲着拉了拉玄关大门，被锁上了。

我轻手轻脚地绕到了屋后。对着后庭的窗户紧锁。要是破窗而入，一定会闹出动静。惊动街坊四邻报警的话可就麻烦了。我跨过堆在院子里的闲置家具，挤进了围墙与邻家的墙壁隔成的狭窄墙缝。里面有一扇小窗户，伸手就能够到。我移到窗户下，伸手一推，窗户被推动了，看起来能容人进去。可惜没个垫脚的，没法从这儿爬上去。

我挨着围墙侧身回到庭院。我本来就擅长攀爬，踩着家具轻松爬上了围墙。没想到从前爬树的经历能在这种场合派上用场。

我打开小窗，往里一看，是一个卫生间。我先迈出脚，再让整个身体钻进去。踩在马桶上，我终于松了口气，缓缓着地。

小松原刚刚外出，时间很充裕，不要紧张。我这样安慰着自己，打开门。出了卫生间，对面是浴缸，我来到楼道，拉开左侧和室的屏风，里面摆着两个衣柜和三面镜子。大概是他父母搬走之前的房间。

我打开右侧的玻璃门，往里一看，是厨房和餐桌，更里边还放着电视和沙发。桌上杂乱地放着桶装泡面和空塑料瓶之类的东西。典型的独居宅男的生活图景。

客厅里想必不会有见不得人的照片，小松原一定将其藏在了二楼卧室。

正当我准备去二楼时，余光瞥到了一个黄色的东西。

往桌下一看，是黄色背包！

我顿觉毛骨悚然。刚才在外面看到的背黄色背包的人不是小松原，他在家？！

我像是被吸干了全身的血液，身体一下子就僵了。

快逃！

头顶传来声响。最近的出口在玄关——总之得先出去。

我十分惊惶，但还是轻悄悄地离开客厅，来到了楼道。

霎时，楼梯上传来清晰的啪嗒声。

我不禁紧耸双肩，脑袋飞速运转，是要往玄关跑，还是找个房间藏起来。

只能从玄关出去。我正想逃跑，忽然听到楼梯上咚咚的脚步声，他拿着金属球棒出现在眼前。

"你是谁？想干吗？"他步步紧逼。我一面后退，一面拿起架子上的奖杯防身。

"别过来。要是我大叫，外面的人就会立马冲进来。"

要吓住他。小松原双眼布满血丝，眼神慌乱。

"我叫警察了！"他提高了嗓门。明显动摇了。

"好啊。你就叫吧。"我强压着害怕，瞪着他说。

"你私闯民宅，究竟是什么人？"

我纠结要不要报上姓名，可看见小松原胆怯的样子，便打定了主意。现在是问罪的唯一时机。

"十五年前，你在土笔町干了什么，全都从实招来！"

小松原抱着头，呻吟着说："求求你放过我吧。外面的人就是秀平吧。"

他嘴里突然蹦出秀平的名字，我有些吃惊。

"你怎么知道？"

"我差点被他杀了。你看看我的脸。"

我仔细一看，上面全是伤。

"鼻子粉碎骨折，视网膜也差点脱落。"

他的鼻子确实是歪的。

"你不知道这件事吗？你是秀平的朋友？"

"对。"我忍不住立刻承认了。他说差点被秀平打死到底是怎么一回事？

"你先把东西放下，我什么都不会做的。我不想动粗，你也好好跟秀平说说，让他不要揍我了。"

小松原放下了金属球棒。但我可不能放松警惕，紧紧攥着奖杯问他："你说秀平打你？他对你做什么了？"

他慌张地直直盯着我："难道你是……寿寿音？"

我点点头。听到他叫我的名字，感到有些恶心。

"我知道他来过你这儿。你们一直都很亲近吗？"

"没有。他今年才突然找上我，之后每周都来。我们俩玩玩游戏什么的，一开始相谈甚欢。但见了几次后，他问我土笔町的事，我才意识到他的目的。那个小女孩，名字叫……"

"亚矢。"

"对对，他问我对亚矢做了什么。还说跟我气味相投，癖好一样，别把他当外人。"

秀平是在怀疑小松原，刺探情报吗？和大介的计划如出一辙。

"你对亚矢做了什么？"

"我可什么都没做啊。我对小孩子没有歪心思，但秀平怀疑我有。"

秀平是想让小松原认罪吗？

"我否认说什么都没做，秀平就把我打倒在地，把我压在身下，一拳接一拳地打，让我说实话。可我真是无辜的啊。秀平像疯了一样，我以为要被他活活打死了。"

可能是想起了当时惨烈的场面，他脸色煞白。

"难以置信，他竟然会打我。

"幸亏附近的人冲进来制止了他，不然我真的会被打死。"

"你怎么证明你说的是真的？"

"邻居听到打闹声，叫了救护车。当时引起了骚乱，大家都知道。是真是假，你在附近一问便知。"

我住院期间竟还发生了这样的事。

"亚矢的事，警察也说了不是我干的。我一直都和立山在一起。你可以找立山问问，虽然我现在不知道他在哪。"

和立山说得分毫不差。

"但你们那天简直就是禽兽！"

"我对不起你，也对不起另一个女生。我的恶作剧太过火了。一直仗着家里为非作歹。那件事之后，我把自己关在家里，害怕听见舆论，害怕见人。"

"当时拍的照片在哪？快给我！要是不给，我就喊人了！"

小松原不情不愿地转过身，我听到上楼梯的声音。不一会儿，他回来了，手里拿着信封。我立马夺过来。里面有两张宝丽来照片，上面的女孩头上蒙着袋子，穿着深蓝色运动裤，裸露着上身。我立马移开眼把照片塞回去，想到那个被错当成我的女孩，心脏生疼。

我拿着信封，朝玄关走去。我知道小松原正盯着我的脚——我穿着鞋就进屋了，但我自顾自地走了。小松原是一个卑鄙小人，胆小如鼠，直觉告诉我他没有杀亚矢。

走出玄关，我加快脚步，再也不想在这里多待一秒。回头确认小松原没有看到，我赶往大和合作公寓。不知道大介回来了没有。我打开门，没看见他人。


小松原家确实发生了一起打人事件。晚上，我终于见到了大和合作公寓的房东，他详细地跟我讲了事情经过。

"是我帮忙叫了救护车。大概是四月初，我听见他家玄关处传来哀号，于是去瞧瞧情况，看见小松原一个人倒在地上，浑身是血。"

健谈的房东很兴奋，饶有趣味地说。他的口吻像是在夸耀小松原被抬上救护车都是自己的功劳。

"估摸一个月后，我去小松原家，准备把事情问个明白。他说自己不认识动手的人，因为在家门前发生了点口角，那人就闯进去把他暴打一顿。他自己态度也很恶劣，所以并没有报警。看样子他是不想把事情闹大。"

稍有不慎，医生就会因暴力事件被剥夺医师资格证。秀平如此以身犯险，足以证明他的清白。

我们还在交往的时候，秀平跟我讲了许多和莲见先生之间的缘分。小时候的我们想成为英雄纪念册里的人物，却引起了一场大骚动。他热切地说，当时被莲见先生打的那巴掌改变了他，就连做出要成为一名医生的决定时，莲见先生也是他坚强的后盾。

我大学毕业回到土笔町后就没再见过莲见先生和由利女士。期间，秀平和大介为了减轻夫妻俩的悲伤一定费了不少心。

秀平一定是看过了遗书，想要实现由利女士的遗愿才接近小松原的吧。他背负的巨大嫌疑终于可以洗清了。他就是我认识的真正的秀平！我十分激动，想要快点把这个发现告诉大介。

小松原和立山不太可能是凶手。跟神山先生调查的一样，两人十五年不相往来。他们的话里也没有纰漏。再说我上门找他们时也很突然，两人不可能提前通气。

小松原的话虽然洗清了秀平的嫌疑，但也关上了寻回亚矢的门扉。可能真的没办法实现两人的遗愿了。

我走在街灯下的夜路上。一对夫妻把一个小女孩牵在中间，跟我擦身而过。虽然只是惊鸿一瞥，那幸福的面孔却深深地印在了我的脑海里。

我站在莲见家的玄关前，不禁叹一口气。刚伸手开门，门就突然被拉开了，妈妈一声呵斥："你在干什么？这么晚才回家？"

"对不起。"我嗓音一哽。我真是浑蛋，让妈妈担心了。

"你的伤怎么回事？"妈妈瞬间变了脸色。

"啊？"

"胳膊肘不是擦伤了吗？"

我抬起左手一看，确实有擦伤。可能是溜进小松原家时被蹭到了吧。只是当时紧张，没有注意。

"没事，小伤。"我小声回答说。

"你到底在做什么？不要再胡闹了！"妈妈厉声道。

她留下一句怒斥，转头走了。小小的背影消失在楼道尽头。

我走进屋里坐下，抱着膝盖，一动不动。去跟妈妈道歉吧。把事情都说出来会得到她的理解的吧。

屋外，迟迟疑疑的脚步终于近了。

"寿寿音，我进来了。"妈妈语气平和，"抱歉凶了你。"

她把热红茶放在我面前。

"没有，是我让您担心了，对不起。"

"让我看看伤口。"

我把左胳膊伸过去。

"得消毒。"妈妈说着离开房间，拿着急救箱回来。

"真怀念啊。你小时候喜欢爬树，一不小心就会带着伤回来。"妈妈帮我处理伤口，笑着回忆道，"你一受伤，我就免不了被你爸爸骂。"

"被爸爸骂？"我有些意外。就算我跑去疯玩，爸爸也没说过我一句不是。

"他看起来担心坏了，说要是留疤怎么办，让我小心点。可明明对我发脾气也没用。"

我完全不知道这些事。我一直认为爸爸是一个温厚的人。

"养孩子真不容易啊。我第一次抱你的时候，心都是一颤一颤的，觉得要好好保护这个小生命，责任无比重大。"妈妈的目光怔怔的。

"当然，也无比开心。真是幸福的日子啊。我很感谢老天把你送给我。"

"妈妈……"我百感交集。被裹在襁褓里时那温暖的怀抱、牵着手时的安心感、爸爸妈妈注视我的温暖的目光……

妈妈看着我，表情变得严肃。

"我不知道为什么大介被捕后又被释放了，也不知道你现在准备做什么，但我希望你听听你爸爸和莲见的遗言。"

"遗言？"

"快要做移植手术时，莲见对我深深鞠了一躬，说自己不能为你做些什么，以后就把你交给我了。"

可莲见先生明明把他的生命给了我。

"你爸爸去世时也嘱咐我好好照顾你。他们两人都是你的父亲。"

柊源治郎和莲见幸治——我的两个父亲。

"要是你出了什么事，我死了之后没脸见他们。他们也不会原谅我。你爸爸还要打我呢！"妈妈莞尔一笑。

"希望你好好想想。"妈妈转为严肃。她看了我一会儿，起身离开房间，什么都没说。

泪水滑过脸颊。

我反思自己的行动，莽撞地潜入小松原家，完全没考虑可能会被小松原伤害。

大介也让我停手，让我体谅莲见先生的心情，好好照顾自己的身体。

莲见先生已经去世了，我再一次真正地意识到这一点，难以克制地感到悲伤，放声大哭起来。在病房聊天的那段时间，是我们父女俩何等珍贵的日子。

妈妈和两位爸爸的爱意浸润到我内心深处。


手术结束快两个月了。东京的异乡生活似乎让妈妈疲惫。

虽然妈妈什么都没说，但一定惦念着暌违已久的土笔町和独守空巢的巧妈。所以，我决定和妈妈回家。

时至残夏，庭园中秋蔷薇开始吐蕊，欢迎我回家。果然这里才是我的家。我扭头看了看童年最爱的秋千，朝玄关走去。

"气色看起来比我想得好多了！真让人吃惊。太好了！"留守的巧妈眼泪汪汪。

"让您担心了。已经没事了，放心吧。"

正如巧妈所说，我现在生龙活虎的。

许多蜻蜓飞来飞去，山峦、湖水，还有随风摇曳的树叶都让人感到治愈。

土笔町的日子每一天都是恬静的。

我和大介从那之后没有联系。

我认真思考了妈妈的话，告诫自己不可盲目行动。可是每次看到日历的时候，内心都会动摇。由利女士是在亚矢二十岁忌辰的时候离世的，不久就是亚矢、我那同父异母的妹妹的忌日。

十月二日快到了，那是不能忘却的重要日子。

由利女士的遗愿是和亚矢葬在一起。我要弃之不顾吗？另一个我在脑海中大声：绝不！


"以前感觉他就是一个跟在的场后面俯首帖耳的秘书，最近还真是变出息了啊。"

妈妈一边看电视，一边和巧妈说。我瞥了眼电视，几名政治家正参加讨论节目，里面也有蛇田。

"蛇田先生，请您好好地说出事实，欺骗国民的言论是绝对不能容忍的。"一个人言辞激烈。

"您未免太失礼了，不要诽谤生事，我绝无虚言。"蛇田没有失态，轻描淡写地回答说。

不管被如何指责，他都能言之凿凿地化险为夷。对方处心积虑寻找漏洞，如猛虎扑食，而蛇田则不费吹灰之力就一一击破。荧幕上的蛇田一脸得意。

我知道这个男人说过的谎话。

"寿寿音和大介是双生子"并不是事实。

他撒谎的目的就是推翻大介指控他遗弃尸体的目击证言，让我误以为我的双胞胎哥哥被仇恨蒙蔽了双眼，动手杀了亚矢。

可他的谎言中会不会隐藏着真相呢？

或许还有什么是我能做的。

思前想后，我翻出了毕业相册。

照片里是那天在的场家一起玩捉迷藏的几个伙伴，大家笑容灿烂。这几天，我没有一天不在想她们四人。

初中毕业已经十三年了，她们在我的记忆里还是中学生的模样。我对着她们的名字，端详她们的面容。

乃苍留下的脐带证明了另一个孩子是个女孩，我的双胞胎姐妹一定就在其中。

那天被放在门前的那封恐吓信再度透露出重要的信息。

拼贴的文字是从分发给居民的《土笔町的历史》一书中剪取的，写信的人极有可能是土笔町的居民。

知道我是被称为"蓝雪"的乃苍的孩子的人为数不多，柊家的父母、的场、蛇田、白川院长、莲见先生和由利女士。我实在想不出他们中间有谁会给我写恐吓信。

而当时玩捉迷藏的所有朋友都能把信放到门口。

如果其中有我的双生姐妹，并且恨我……

我无法驻足不前，必须抓住仅剩的最后一线可能。

玩捉迷藏的有弓子、和美、光、惠四个初中同学，还有希海。如果我的双生姐妹就在其中，应该是家庭里的养女。我的养父母年纪大了，即使不去坦白，别人也知道我是养女，所以并没有隐瞒。

和美有一个长一岁的哥哥。既然有了一个一岁的小孩，应该不会再领养孩子。希海也有一个长她两岁的哥哥，而且事发当天她有不在场证明。巧妈做证说她那天四点前就回了家。而四个同学在亚矢出事的时间段都没有明确的不在场证明。

弓子和我是一个戏剧社的，升学时我们去了两所高中，听说她去了东北地区①的国立大学。和美和惠跟我上的是同一所中学，但我并不知道她们毕业后的去向。光就是接受了和解的小松原猥亵案的受害人。中学毕业后，他们一家人搬离了土笔町。

我不记得光有没有兄弟姐妹，只记得弓子和惠是独生女。

还有一件事。她们之中有人在那天因被错当成我而遭受了侵害，所以打听消息的时候一定要小心不要揭她们的伤疤，使她们陷进过去的泥淖。

弓子是独生女，我先给她打了电话。我不知道她在不在父母

---

① 指本州岛东北部地区，包括青森县、岩手县、宫城县、秋田县、山形县、福岛县六县。

家，但她家人可能会告诉我她的联系方式。

说起来，听说弓子的祖父曾是县议会的议员，和的场先生应该不无关系。而土笔町上与的场先生有交情的应该还有数人。的场先生出于某种理由徇私枉法也是情理之中。

我听着呼叫铃声，心脏怦怦直跳，不知道能不能顺利打听到弓子的动态。铃声停了，话筒里传来人声："喂，我是佐佐木。"

"我是柊寿寿音。请问弓子女士在吗？"

停了一瞬，对方便兴高采烈地说："啊？你是寿寿音？好久不见了。"

"久疏问候，抱歉深夜打扰你。"

"不是才九点吗？没关系的。"

我还记得她的声音和语调，这份熟悉感自然而然地让我不再紧张。

"怎么想起打给我了？是同学会吗？在哪儿办？"

这个急性子还和以前一样，语速也一如既往地快。

"不是，只是想知道你现在怎么样了，打电话问候一下。"

绝不能一上来就问她是不是养女。

"我吗？好着呢。每天工作到很晚，周末还要帮忙照顾祖母，忙坏啦。你呢？"

"嗯，我很好。"我稍作停顿，想着接下来说些什么好，弓子倒打开了话头。

"真怀念啊。不知道戏剧社的朋友都怎么样了。我们也有十年没说过话了吧？真想找时间和大家聚一聚啊。"

"最近能见一面吗？"我当机立断。

"要是来我家里没问题呀，我周末在家。我也想见见你呢。对了，后天怎么样？"

就这样顺理成章地决定了。我说好两天后，也就是周六去弓子家做客。

周六的早晨碧空如洗。我乘着摇摇晃晃的公交，去弓子家赴约。妈妈没有反对我去同学家，还把我送出了门。

九月都快结束了，可今天仍是艳阳高照的炎热天气。

弓子在公交站等我，用手帕揩着额头的汗珠。

"啊，寿寿音，你一点都没变。我一眼就认出来了。"

弓子这么说，可她自己却变了不少。她的发型和以前不一样了，变成了蜷曲的棕发，变化最大的是她的体型——她身材十分丰腴，圆滚滚的。

"看到我这么胖是不是惊到了？我在甜品生产公司上班，体重稳步上升。愁死我了。"

她虽然这样说，但咯咯笑着，完全看不出有什么苦恼。去她家的路上，弓子绘声绘色地讲述了自己怎么参与新产品开发，推出新品甜点是多么地辛苦，自己的想法被采纳时有多开心。跟电话里一样，她的声音和语调都没变，我不禁感到神奇。

"不仅要试吃自己公司生产的新品，为了研发还得吃竞品公司的产品，太不容易了！"

"但吃到可口的点心，不是能一饱口福吗？"

"大家都这么安慰我，可要是不会长胖就万事大吉了。明明大家吃的都一样，可有的同事体重一点儿都没涨，真让人嫉妒啊！"

"但感觉你很幸福哦。"

"是啊，毕竟是我喜欢的工作。"

一到她家，弓子的妈妈就出门迎接我们。

"这是谁来了？寿寿音？好久不见了，变漂亮了。一定要在我们家好好玩玩。"

看见弓子和她妈妈站在一起，我说不出话——俩人就像从一个模子里刻出来的。

"怎么了？"弓子疑惑地问。

"没，没什么。打扰了。"我慌张地回话。弓子一定不是养女。骨肉至亲，相像是理所当然的。就我来说，就不会觉得自己长得像柊家的父母，也没有旁人这样说过。当然，我们也没理由长得像。我第一次清楚地意识到血缘的力量。

弓子眉飞色舞地讲起中学时代的往事、有趣的职场小插曲，还有帮忙照顾祖母的辛苦。听她坦诚地对我说起这些，我不禁落泪。我居然怀疑弓子，还想调查她，真是对不起她。

"你怎么了？"

"不好意思，想起了以前的事。能和你聊天，我太开心了。"

"我也是，一定要常来啊。"

母女俩让我把弓子公司生产的一大袋甜品带回家去，说是伴手礼。

我道完谢，离开了她们家。弓子站在她妈妈身边挥着手。

回家路上，我的心轻盈了不少。或许是因为久违地感受到这样的人间温情。近来我疑神疑鬼，心地都变得坚硬了。

我要走的路还很奇险。走完后，总会像今天一样，与朋友相聚。

我抱着满满一纸袋的点心，脚步轻快。

吃过晚饭，回到房间，我又翻开了毕业相册。想到今天见到的弓子母女俩相似的容貌，我排除了弓子。

突然，灵光一现。

要是让认识乃苍的人看看光和惠的照片，说不定能看出什么端倪。我想去拜访一个人——乃苍的母亲木寺知子。

上次去时，我并不确定乃苍产子的事，也不知道那孩子是不是我。可现在，我已经知道了真相。

从血缘上来说，木寺是我的外祖母。只是那天她看见我时，并没有什么反应。希望似乎很渺茫，但我还是想试试这一丝可能性。

既然要行动，我就必须好好跟妈妈交代清楚。

"妈妈，明天我要去趟茨城，非去不可。我发誓，会珍惜大家救回来的这条命。所以，就几个小时，您能不能什么都别说，什么都别问？"我低着头请求道。可妈妈迟迟没有回答。

"求您了，相信我吧。"

"不要胡闹。"妈妈好像铁了心地阻止我。

"我必须走，不要怪我。"我正想甩下这么一句时，妈妈突然叹气道："你和你爸一样。"

"还是年轻的时候，你爸刚开始离家游历，我有一次埋怨地问他究竟在哪里干什么。"

"爸爸怎么说？"

"他一脸吃惊：'没跟你说过吗？'又笑着说，'我以为早就告诉你了。'他还笑，我可笑不出来。"

妈妈的神态也舒展开来。

"那时，我才第一次听他说《柊家记》。"

"妈妈有什么感受呢？"

"当然很感动啦。你爸爸是第十五代，我很自豪。"妈妈注视着佛龛上放着的爸爸的照片，骄傲地说。

"爸爸总说：'追究行为的对与错没有意义。一切真谛在于，是否对自己的所作所为感到自豪。'"

爸爸的教诲铭刻在我的心扉。

"你要做的事也是为了某个人吧？"妈妈认真地看着我，"不去做的话，会后悔吧？"

我郑重地点头。

"真是有其父必有其女啊。我明白了。"妈妈的目光变得柔和。


"一路小心。"

第二天一早，妈妈温柔地将我送出门。比起不顾反对地离家，我的心情愉悦许多。对妈妈的信任和支持，我很感谢。

距离上次来已将近十年了。到达县属住宅子樱社区前，我一路祈祷着木寺知子还在。我记起她上次说的话，于是带了羊羹当伴手礼。

我按响了没有门牌的 107 房间的门铃。过了一会儿，传来暗哑的声音："谁啊？"

"请问木寺女士在吗？我是寿寿音，之前拜访过。"

"门开着呢。"

仅凭声音还不能断定就是她本人。我打开门，朝里面张望。

昏暗的房间里坐着一位老人，正在用勺子吃着塑料盒里的便当。她转过脸看我，是木寺知子没错。

"对不起，不知道您在吃饭。您还记得我吗？"

"啊，大概记得吧。"

她睁大眼睛看着我，眼里读不出感情。她继续面无表情地吃饭。我一直站在玄关，等她吃完。

"我吃饱了。"木寺合上双手，"你把这些收一下吧。"

面对这突然的吩咐，我有些发蒙，但还是脱了鞋进屋。

"放到门外，待会有人来回收。"

应该是外卖便当。我按她说的做了。

"您还记得跟我讲过乃苍的事吗？"我走到她身边问，从袋子里拿出了羊羹。

"这个送给您。"

"啊，是羊羹啊。"她眉开眼笑。

"啊，你就是之前来的那个姑娘吧？又想问什么？"她好像记起我了。

"是我。我之后确认了您女儿生了孩子。能帮忙看看这张照片吗？"我拿出光和惠的照片。

来时的路上我决定不告诉她乃苍生的是双胞胎，而我就是其中一个。这个事实我实在不能说出口。

"像您女儿吗？"

"不像。"

她只看了一眼就肯定地说。

"她真的生孩子了？十八岁就死了，什么时候生的？"

"出事前几天。她本来决定把孩子送给别人做养子，但生产后又难以忍受和孩子分离，选择了自杀。"

就算是白费口舌，我也想告诉她乃苍临死前心里是怎么想的。

"有这样的事？真傻啊。"

我有些愤懑，身为母亲就只有这两句话？

"所以那时候她肚子里已经有孩子了吧。"

木寺目光游移，若有所悟地说。

"我一直在想她为什么来看我。原来是怀了孩子，所以才会问我那些话。"

我记得乃苍曾问木寺肚子里有她的时候是什么感觉。

木寺愣神了好久。

"一个人生孩子，又一个人自杀。"她一字一顿，撕开了羊羹的包装纸，"你喝麦茶吗？冰箱有。"

"不用了。"

"那好吧。我要吃饭后甜点。那儿有刀，帮我切一下吧。"

我切好了羊羹。她在背后问我："乃苍的孩子怎么样了？过得好吗？刚刚照片里就有那孩子吗？再让我看看吧。"

她身上还残存着感情吗？

我把切好的羊羹摆在小盘子里，端到桌上，把照片放在一边。我坐在对面的椅子上，仔细观察着她的反应。

"确实没一个像的。"她看着手里的照片，摇头说。

没有任何眉目。没必要再问下去了。

"孩子在养父母家很幸福。"至少我是被父母捧在手心长大的。起码要把这个告诉她。

"那就好。"她把照片丢给我。

我把照片收进包里时突然想到，不知道这儿有没有乃苍的照片。要是知道她长什么样，说不定能找到像她的人。

"有乃苍的照片吗？"

"啊，说起来，上次你回去后我翻了下，找到了一张。"

"能让我看看吗？"我不禁提高了音量。

"在床边的抽屉里。"

我站起来走到床边。"最上面，用手帕包着。"她在身后说。

我轻轻地拉开抽屉，取出来拿在手上，小心地打开手帕。

"她来医院看我的时候护士帮忙照的，现在只剩这张了。"她声音发哑，可我听不进去。

照片上有两个人。木寺坐在病床上，身旁是一个浅笑着的短发女孩。

那张脸酷肖最近见到的一位故人——多年未见的希海。

我难以置信地盯着照片，左看右看还是很像。我的脑海一片混乱，走向玄关。

"我先告辞了。您多保重。"

说出这句话已耗尽了我所有气力，我没有面对亲生外祖母时的实感和悲伤的余力，只想着平安回家。

我在玄关前深呼吸，平复心情。

"我回来了。"我故作轻松地说。

"回来啦。"妈妈从厨房探出头，又忙着准备晚饭去了。我松了口气，幸好还能笑出来，没有让妈妈察觉到异样。我想先回房间，正抬脚时，妈妈的声音从背后传来："对了，神山先生打过电话，说打你手机没人接。"

我一看手机，发现有好几个未接来电。见木寺知子前，我把手机调成了振动模式。

一进屋，我就给神山先生回电话。铃声刚响起，电话里就传来声音："小姐，秀平因涉嫌杀害莲见先生被抓了。"

难以置信。神山先生的语气不像平常那般冷静，昭示着事态紧迫。

他告诉了我他目前掌握的信息。

莲见幸治在东京根津的家里死亡，被秀平出诊时发现。上午八点十分，秀平宣告了他的死亡。由于莲见幸治表示过捐赠器官的意愿，于是被立马送往东京医疗研究中心，并在当日进行了移植手术。

翌日，大介自首称杀害了莲见幸治。警方进行了尸检，并检测出了大介供述的药物。

经过搜查已掌握数条证据和现场情况。

输液袋橡胶塞的保护膜上发现了针孔，可并未搜查出注射药物的注射器和药品。警方认为是凶手带离了现场。

莲见家的玄关和房屋后的围墙处设有监控，监控里并没有作案人员。警方研判犯人可能是从后门潜入屋子，而大介承认自己有后门的钥匙。

经过数日调查，警方决定逮捕大介。可大介被捕后拒不交代，保持缄默。因此，警方并未获取他有关作案动机和行凶手段的供述。

数日后，大介否认自己杀人，并称自己事发前一天在冲绳，莲见先生死后的第二天才回东京，具有不在场证明。冲绳的酒店也留有大介与工作人员的合照，周边的餐饮店也作证，出示了照片。警方认为他的确有不在场证明，最终决定予以不起诉释放。

最后大介对刑警说："莲见先生是秀平的仇人，是秀平杀了他。"

莲见家的监控记录显示事发前一天上午十点左右，秀平进入了莲见家。那天再没有其他人进出。

秀平被警方传唤时坚决否认杀人："那天，我在医院忙完工作就到莲见先生家出诊，给他输液。他身体抱恙，而我是他的医生，又是亲戚。莲见先生把玄关的钥匙给了我，让我第二天早上再去。可等我上门一看，他的心脏已经停搏了。出于医生的职业习惯，我对他进行了心肺复苏，但已无力回天。药物的事我一概不知，我没有杀人。"

输液袋上检测出了秀平的指纹。家里也没有人入侵的痕迹。能给莲见注射药物的只有秀平。释放大介后，警方展开慎重地调查，最终逮捕了秀平。

神山先生接着说："虽然警方在秘密进行，但被媒体知道也只是时间问题。的场周围已经乱成一锅粥了。可能还有报道把这件事和十五年前的案子联系起来。大介被释放了，但并非完全被排除在搜查范围之外，因为现在还不清楚大介为什么知道只有凶手才知道的药物注射死因。小姐暂时不要有什么动作，别被卷进这趟浑水。一有消息，我会立刻联系你。"

我问了大介的下落，神山先生也不知道。

我挂断电话，犹如遭受了晴天霹雳。

秀平被逮捕像是大介设下的圈套。大介的行为太过古怪：如果他不自首，莲见先生就会被认定为因病去世，罪行就不会暴露。

莲见先生和大介为了移植手术策划了自杀。莲见先生死后，大介畏罪自首。这样的话符合逻辑。

可要是只有移植的目的，事情应该到此结束。可现在的结果是，秀平被逮捕了。

大介认为秀平和猥亵案的始作俑者小松原至今都勾结在一起。他一定是认为两人之前狼狈为奸，的场为了包庇儿子才遗弃了亚矢的尸体。

发生的一切都被这根线串联起来。

从移植手术到秀平被逮捕一定是大介和莲见先生缜密计划的陷阱。

莲见先生叫秀平上门，在监控里留下记录。等秀平离开后，莲见先生自己注射了药物，并拜托秀平次日一早过来。翌日，莲见先生被秀平送往医院，进行移植手术。第二天，从冲绳回来的大介自首，警方经尸检判明死因系他杀。最终大介因不在场证明被证实无罪，唯一有杀人机会的秀平则成了头号嫌疑人。儿子成了杀人犯，别说的场的政治生涯了，连世代流芳的的场家名声也将连根败落。即使不向他们声讨杀害亚矢的罪名，也达到了复仇的目的。

莲见先生为了救我选择了死亡。而大介帮忙完成了这场处心积虑地利用死亡的复仇。这由莫大的执念酿成的计划让我不寒而栗。

可大介错了。秀平不是杀害亚矢的凶手。

两人都想实现由利女士的遗愿，可如今却反目成仇。我必须阻止他们。


晚饭时，心中的波浪依然没有平息。我嘴上附和着妈妈和巧妈，可头脑却仍沉浸在今天的两大冲击中：一是乃苍的照片里蕴藏的真相，二是秀平被逮捕。

把两件事联系起来的重要人物近在眼前。

"怎么吃这么少？没食欲吗？"巧妈收拾着剩了一半的饭碗，关切地问。

"傍晚吃了蛋糕。不好意思没吃完。"

"那没事。"巧妈端着装着碗筷的托盘，走向厨房。我看着她的背影。

巧妈……

她是唯一的知情人。


夜深人静的时候，我去了巧妈房间。很抱歉打扰到她休息，但想尽快确认的心情无法阻挡，也只有这时候能瞒着妈妈仔细问个明白。

"我有事问您。是很重要的事。"

"这么晚了你要问什么？出什么事了？"巧妈一脸不安，把坐垫拿给我。

"我和希海是双胞胎吧？"

听我突然这么说，巧妈肩膀哆嗦了下。

"你在说什么？"她眼神躲闪。

"对不起，吓到您了。生母留给了我两个脐带，我悄悄拿去做了 DNA 鉴定。"

准确地说，DNA 鉴定只能证明我是双生子，及另一个也是女孩。但是要问出生产的情况，就不得不说得含糊些。

巧妈紧闭着双唇，眼睛不看我。

"我和希海是白川院长接生的。白川院长就是将抚养不了孩子的妈妈和有收养意愿的夫妻联系起来的中间人。我成了柊家的养女，而希海被送到了的场家。我妈妈已经过了生孩子的年纪，不能把我说成是亲生女儿；可的场夫人还年轻，为了孩子考虑，的场家将孩子说成是自己的女儿。白川院长就帮的场夫人伪装成是在自己家诞下的女婴，没错吧？"

"我不知道。"巧妈拒不承认。是因为担心我和希海吗？还是不想让坚守秘密的人的善意付诸东流？可我必须问出真相。

"秀平被捕了，罪名是杀害了莲见先生。"

"怎么回事？大介被释放了对吧？"巧妈睁大眼睛。

"说不定明天就会报道。没时间了，必须快点把他救出来。

秀平是无辜的，我想救他出来，所以才会问您这些事。"

"秀平少爷他……"

"拜托了，都告诉我吧。这样下去秀平会被当成杀人犯的。"

"这……"巧妈声音焦急而微弱。

"只有您能救他了。"

那双爬满褶皱的手在胸前颤抖。

"您就说吧。"

"都是为了救秀平少爷，对吧？"

"嗯，只有您能救他了。"

巧妈仰头望了望天花板，长叹一口气。

"那好，知道的我全说。"她点点头看着我，一双眼泪水晶莹。

"的场夫人假怀孕的事被您知道后，他们让您保密，对吧？"

我冷静下来，镇静地问。

我想他们一定是为了刚出生的孩子着想，约定守口如瓶。可巧妈摇了摇头。

"不是的。一开始，夫人假怀孕的事我什么都不知道。我想她现在都不知道我早就发现了。"

的场夫妇竟如此小心地编织着秘密的罗网，甚至想骗过巧妈？

"夫人怀上秀平少爷时，我也近身服侍她。夫人孕吐得厉害，我收拾起来也很辛苦。可怀第二个孩子的时候，她却没有孕吐，只是把自己一个人关在屋子里不见人。只有定期来出诊的白川院长才能进屋。我进去之前也必须先请示。她总是躺在床上。可有一天被我撞见了——浴室玻璃门上夫人的影子没有大肚子！可她马上要临盆了。"

巧妈观察着我的反应，接着说："好几个月之前，客房就住下了一位客人——一个很年轻的孕妇。"

是乃苍。

"我明白过来，他们想来个偷天换日。我听说夫人生下秀平后很难怀上第二个孩子，秀平身体也是病恹恹的。的场家想再要个孩子，而那个年轻孕妇又有不能养育孩子的苦衷，所以白川院长才想着从中搭桥吧。大家都想着为即将出生的孩子选择最好的路，所以我装作什么都不知道。"

这件事中也有希望孩子幸福的人。

的场家为了把孩子伪装成亲生骨肉，计划得十分周密。之前我不懂明明有秀平了，为什么还要收养一个孩子，可得知夫人很难再怀上第二个孩子后，我也就理解了。

可以明确希海并不是的场家的亲生孩子。

"我去客房一看，那女孩已经生产完了，有两个孩子。我惊讶地说：'是双胞胎呀！'女孩回答说：'孩子平安出生，欢喜加倍了，可分别的痛苦也加倍了。'因为妈妈得给孩子喂初乳，母女一起待了四天。"

"妈妈和孩子一起待了四天吗？"

"嗯，妈妈给两个孩子喂奶时看起来很幸福。"

乃苍当了短短几天的母亲。可这或许反而让她更不想跟孩子分开。

"那个盒子里竟装着两个脐带。"巧妈小声说。

"您知道那个脐带盒？"

"是我交给柊夫人的。"

"怎么回事？"

"那位姑娘离开客房时托我的。她曾恳求白川院长让两个孩子把脐带带在身边，可白川院长拒绝了，说只能交给一个收养家庭。她交给我一个信封，让我给另一个孩子。信封里只有一个脐带盒。那天早上，我听说柊先生捡了一个孩子，知道那就是另一个孩子，所以把信封送到了柊家，他们也理解生母的感受。我并不知道盒子里有两个脐带。

"离开前一天的晚上，那位姑娘伤心地看着两个摆在一起的脐带盒。我跟她讲了一些老话，说脐带不仅是连接母亲和孩子的纽带的象征，如果用来煎药，病儿服下就会痊愈，还能治孩子半夜哭闹的毛病，还告诉她兄弟姐妹的脐带能辟邪护身。一定是因为这样，她才偷偷留下了两个脐带。"

脐带原来是这样到我身边来的。

之后，希海成了的场家的孩子，我成了柊家的养女。

"脐带可能真的灵验了，你在柊家幸福地长大，可希海小姐没有幸福的童年。其实夫人背地里一直在虐待她，咒骂她。我曾看到小姐的背上全是伤。小姐成为蛇田先生的养女时，我心上的石头才落地。"

希海竟然有过这样的遭遇……

我很惊诧，但还必须确认一件事。

"十五年前，亚矢失踪那天，您作证说希海四点前回了家，之后就一直和夫人在一起。这是真的吗？您真的看到希海了吗？"

巧妈像是回忆着，皱了下眉头说："其实我没有看到她回来。是夫人说警察没完没了的，所以托我作证。当时包括我在内，大家都被怀疑是犯人，接受警察调查。我很生气，二话不说就同意了作证。反正我们当中不可能有人对亚矢做什么伤天害理的事。"

我深叹一口气。希海没了不在场证明。

我说完"抱歉深夜搅扰"，就离开了房间。

"我是不是做错了……"

听到她的咕哝，我平静地回过头说："我很感激您在我们身边。"

谁都不知道她问题的答案。


回到房间，我的心情仍在激荡。

希海和我是一母同胞的双生儿。

小时候，我们的右脸都有酒窝。超市老板曾说乃苍也有酒窝。这是乃苍给予我们的细微的联系。

我不知道希海曾生活在地狱里。

我想起希海复述蛇田的谎言时曾说："你被大家宠爱着，幸福地长大……亚矢被父母捧在手心里，无忧无虑，幸福快乐……仇恨的火苗一直没有熄灭，终于在那个夏天因为某个导火索熊熊燃烧。"

这难道是希海自己的真心话？她在恨我吗？

现实像噩梦一样，让我难以接受。

我想说服自己希海还不知道身世。因为只要她不知道，就不会恨我和莲见先生，还有亚矢。

怎么才能知道实际上如何呢？

我看向窗外。黑暗中，的场家门口的灯火影影绰绰。我想象着希海在那深门大院中度过的日子。

现在想来，希海很少把喜怒挂在脸上，总是很沉稳，我从没见过她咋咋呼呼。

可我看过她开怀大笑的样子，我们也曾躲起来一起玩玩具。

"这个小狗就当成我们悄悄养的，名字就叫噜噜。你说好不好？"

在我们的秘密基地，希海抱着毛绒玩具狗冲我傻笑。

希海为什么要把玩具都藏到杂物间？因为不想和恶毒的妈妈待在家里吗？

希海需要独属于自己的、不被任何人侵犯的宇宙。

我不愿踏足的小房间里或许隐藏着希海的真相。

我拿起手电飞跑出玄关，借着黯淡的光亮穿过黑夜的暗色。来不及好好喘口气，我推开杂物间的门。

门发出诡异的吱呀声，张开了大口。

我按下门旁的开关，灯没有亮。杂物间中，被手电光照着的蛛丝森森发光，我用眼前的钓鱼竿一边掸着蛛丝一边往里走。

我想起了和希海的秘密游戏——"梦幻宝箱"。

我大着胆子，把手电放在架子上，挪出了那个纸箱，打开盖子，里面有过家家的套装玩具、玩偶和小玩具屋。

我把它们一个个取出来，发现最下面有一本书。我拿起电筒，仔细照了照。

《土笔町的历史》。

翻页的手止不住颤抖。

航拍照片有不少被裁剪的痕迹。

我脑海中浮现出希海为了拼凑那封信，用剪刀剪字的样子。我拼命摇头，想把它驱赶出去，可希海扭曲的脸反而越来越明晰了。

### 寿寿音是恶魔的孩子 妈妈是蓝雪 仇恨不会消失

手里的东西全都掉在地上，我逃到门外。

回到房间，我气喘吁吁。

希海已经得知了身世的秘密。她看到我的生活比她的境遇幸福得多，于是写了那么一封信。甚至她还憎恨无忧无虑地幸福生活着的亚矢吗？

亚矢的遗体是从杂物间里搬出来的，所以犯罪现场就是杂物间。

事发当天，杂物间还发生了另一起猥亵事件。

我取出压在箱底的信封，里面装着我本想烧毁掉才从小松原手里抢过来的照片。当时我不忍心看，所以只粗略扫了一眼。此时，我把照片再次拿在手里。上面的女孩被扒掉了内衣，露出胸部。我仔细地确认着。

侧腹上有好几处瘀青和伤痕。我想起巧妈说过希海身上伤痕累累。

是希海。那天，希海就在杂物间。

接受起来太过痛苦，承认事实太过可怕。

我木然地看着窗外逐渐泛白，等待黎明的到来。

我决定立马去东京。一定要找到大介，告诉他我找到的真相。

寒风彻骨。我乘上了最早的一班车。

到东京时虽已过了通勤高峰，但车内和车站仍然人群杂沓。我把单肩包斜挎着让行，再次惊讶于涌动的人潮。

只有来这里才能见到大介。我三步并两步，穿过井之头公园站的闸门。

大介不在大和合作公寓里，希望落空了。

我会来到这里，是因为我认为大介还有目标，他如果认为小松原和秀平是共犯，一定会继续复仇。大介成了愤怒的傀儡，什么事情都干得出来，想必不会就这么放过小松原。

我又赶往小松原的住处。虽然并不想再见到他，但现在容不得我犹豫了，我连按着门铃。不一会儿，玄关慢慢开了。他没有拉开门链，只从门缝里往外看。

"又是你，什么事？"他语气很不耐烦，眼神里充满了戒备。

"有人盯上你了。出去躲躲吧。"我的忠告并不是想保护他，只是不想让大介成为罪犯。

"吓谁呢？秀平早被抓进去了。那家伙果然不正常，幸好没被他杀了。"

"你要是待在这儿一定会出事的。"

"烦死了！请回吧！"他暴躁地关上门。

我在附近的超市买了点吃的，拿了一份报纸，回到合作公寓。报纸上说的场先生住院了——这是逃避媒体的惯用招数。报道中还说的场秀平拒不认罪。

我监视着小松原的家，等待大介现身。大介已经结束了对的场家的报复，下一个目标就是小松原吧。要是他打算取小松原的性命……

我很害怕，不能让大介沦为杀人犯。

不见到大介我绝不离开。

我在窗边盯梢，一直到第二个晚上。整夜没合眼，我倚靠在窗棂上，快要撑不住了。

街道陷入沉睡，没有人，也没有声音。万籁俱寂的黑夜中，我想起了那个夏夜。我和大介、秀平踏上"河童大作战"冒险，三个人被黑夜和野熊吓得缩成一团。在深林中，肚子饿得咕咕叫，我们哑然失笑。那时，我们还坚信只要团结一心就可以战胜一切困难。如今，我们已长成大人，但一定还和那时一样。不过是现在发生了偏轨，一定能恢复如初。

泪水盈在眼眶，外面的灯光也被洇湿了。大介，你到底在哪里？我闭上眼在心中呼唤。

"咣当！"

我慌忙抬起头，一瞬间不知道自己身处何处。窗外出现了送报纸的自行车。钟表显示是四点三十分。我为刚才不小心睡着后悔不已，不过好在外面依然保持着宁静的安然。

还是没能见到大介，新的一天已经到来了。十月二日，今天是由利女士的忌日。我预感到大介会去墓地祭拜，但小松原这边也离不开，我准备实施酝酿好的计划。

我拿起一罐果汁出了房间，悄悄走近小松原家。确认周围没有人后，我把易拉罐重重地朝窗户玻璃砸去。

"哐——"

玻璃发出碎裂的哀鸣。我急忙回到房间。小松原一定被吓到了，结合我的警告，心理上的恐慌应该会提高。

这样，他或许会想着出去躲一躲。只要他离开，大介就很难找到他。

被碎裂声惊动的近邻聚集到了马路上。小松原神色紧张地从窗户探出头。附近的人巡视了一圈就各回各家了。接下来我就只能等小松原被吓得出门避风头。

太阳爬上来，街道苏醒了。可和我的预想不同，小松原迟迟没有出门。时间慢慢过去，正当我想趁机再采取一些行动时，我看见小松原鬼鬼祟祟地出了门。他背着一个背包，提着一个波士顿包。我赶忙追了上去。

"你要出远门？"我确定大介不在四周后，叫住他说。

用白色口罩和墨镜武装的小松原惊诧地回过头。

"我打算听你的忠告，离开一阵子。"

他面露愠色，快快地说完，往车站的方向去了。这样一来大介就找不到小松原了。接下来就去由利女士的墓碑前等大介，他一定会出现的。

我离开了蹲守数日的合作公寓，换乘电车赶往墓地。出站后一直是上坡，路边错落分布着许多寺院。我走过花店，踏上小路。进入寺院，一块块碑石排列着，我穿行其中。大概是已经过了秋分，并没有扫墓的人。

由利女士的墓在大概中间的位置。我从远处用目光搜寻着，只见枯萎的花束中，一束鲜花鲜艳夺目。我快步走近一看，是由利女士的墓，香上还飘着青烟。

大介已经来过了吗？香看起来刚点燃，他可能还在附近。我拔腿往回跑，出了寺院，来到一条有好几个分岔口的路上。此处正好处于两个车站的中间位置，我不知道他去了哪个站，只能听天由命选了一条。来到大路时，看到大介正在上出租车。

"大介！"

我大声叫他，可出租车关上门，开走了。我不能跟丢，于是拦下了后面来的出租车，跟了上去。

前面的出租车朝城中心驶去，大概二十分钟后，驶入一栋白色大厦的所在地。我看见"大手町纪念医院"几个大字，还看到正门前的路被记者围得水泄不通。想起来，这是的场疗养的医院。

大介下了出租，走向电梯口，我也紧随其后。大门处，警察和警卫的视线在周围逡巡。

我侧着身，避免碰到人和轮椅，抓住了大介的胳膊。

大介吃惊地睁大了双眼："你怎么在这？"

"我有重要的事跟你说。"

"现在没时间。"他挣开我的手，低声说。

"你想对的场先生做什么？"

"只是和他谈谈。我们约了见面。"

"我也去！要是你不让，我就大喊大叫。我不能让你一个人去。"

他的胳膊暗暗较劲，引起了警卫的注意。

我挽着大介，进了电梯，里面人多眼杂，我不好说话。终于等到只剩我们两个人时，我正想开口，电梯门开了，到了顶层。门外站着两个便衣警察。大介走到一个人面前打着耳语，他立即招手让我们往里走。尽头的大门前还候着两个便衣警察。

"随身物品我们代为保管，口袋里的东西也请全部交出来。"一个人指了指桌子。

大介从口袋中拿出手机和钱包，把背包放到了桌子上。我也取下斜挎包，放到一旁。

"举起双手。"另一个人拿着金属探测器沿着身体移动。仔细检查完，门终于开了。

"你别说话。"大介在我耳边低声说。

房间大得不像是病房，里面放着真皮沙发。阳光从落地窗照进来，明晃晃地刺眼。

"寿寿音也来了？"是希海。她靠在沙发上，旁边坐着体格庞大的熟人蛇田。他头发已是灰白。

"还真是朋友情深啊。"希海用嘲弄的口吻说。她站起来拉上窗帘，指了指对面的沙发，"请坐吧。"

我有好多话想对希海说，有好多事想问她，但现在只能听大介的话，见机行事。

"的场先生呢？"大介冷静地问。希海用眼神指了指旁边的一扇门。的场先生应该在隔壁房间。

"我和爸爸跟你谈。你说的救的场家的法子到底是什么？"

希海说完，蛇田嘴角抽搐了下，可还是一副居高临下、咄咄逼人的样子。大介想对蛇田做什么吗？

"我有视频证明莲见先生的死亡真相，但没有带来。毕竟如果被你们抢去，岂不是赔了夫人又折兵？"

"你说的真相是什么？"

"莲见先生是在家里自杀的。视频就是证明自杀的决定性证据。只要公开视频，就能让秀平被无罪释放，让的场家起死回生。"

果真是他们两人的计划吗……

"莲见为了陷害秀平、威胁我们，所以自杀？真是疯了！"希海惊叫着说，"对了，还为了救寿寿音吧？伟大的父爱啊。"

这话与其说是褒奖，更像是一种讽刺。不知何时，希海的心理已经畸形了。

"蛇田先生，请告诉我掩埋亚矢尸体的地点。只要找回亚矢，我会立马停手。"

蛇田抬了抬眼："掩埋？你在说什么？"

他用试探的目光看着大介。

希海果然没有把大介的目击证言告诉蛇田。

我那时听到的假话全是希海捣鬼。

"那天，我亲眼看见你把亚矢从杂物间抱出来。我当即躲进了车，看到你们把她埋到了山里。你现在狡辩完全是浪费时间。是告诉我埋尸地，还是让秀平成为杀人犯，你自己选吧。"

蛇田脸色突变，怒目圆睁，和大介僵持着。

"你应该知道，即便你现在告诉警方你是目击证人，也没什么用。你想放过凶手，找回遗体，所以才来谈判？"

"没错。"

两人都死死地盯着对方。

"可你要怎么保证你得知地点后，真的会把视频公之于众？你找回遗体后也可能销毁视频。秀平少爷的清白又如何证明？这种交易怎么能叫人答应？"

大介要是真的把秀平当成杀害亚矢的凶手，他或许真的会这么做。这样既找回了亚矢，还完成了对的场家的复仇。

"你要是这么想就悉听尊便吧，大不了来个鱼死网破。就算我什么都不做，照现在的情况，的场家也会倒下。我已经把视频交给了信任的人，告诉他三十分钟内要是没联系，就把视频删掉。等证据都没了，你们后悔也来不及了。"

"先把视频给我们看看。秀平少爷无罪释放之后我再告诉你。"

"不行，你们好好想想，只要说出埋尸地，就能让你们都洗脱罪名，这对你们来说不是一桩好买卖吗？是吧，的场先生？"

大介故意提高了音量，好让邻屋的的场先生听个真切。

大介真的会还秀平一个自由之身吗？可以相信大介的话吗？蛇田默然，不动声响——我的敌人应该和我有同样的顾虑。

我明白大介做的一切都是为了实现由利女士的愿望，但如果不告诉他秀平不是凶手，那将造成无法挽回的后果。已经没有时间了，三十分钟后视频将被焚毁，再想救秀平就晚了。

"大介，听我说。"

他们看着我。

"你要是觉得秀平就是杀死亚矢的凶手，那就错了。"

希海伸手摸了摸耳垂。这是她紧张时的习惯。

"希海，是你吧？夺走亚矢生命的，是你。"

"你说谎吧！"大介惊呼。

莲见先生舍命救我，可我还是要阻止他和大介的计划，我不能对秀平见死不救。

"我和希海是双胞胎姐妹。的场家用假怀孕把希海伪装成家里的亲生孩子。希海知道生父是莲见先生后就心生仇恨，把无辜的亚矢给……"

震惊的只有大介。蛇田若无其事。他是知情人，自然不会意外。因为那天就是他接到希海的电话，帮忙处理尸体。

希海小声冷笑。

"知道的真多呵。没错，就是我杀的。怎么样，大介？现在你还要烧掉视频吗？秀平没有做错任何事，让他成为替罪羊，你下不去手吧？你就是这副德行啊。你们输了，快把视频交出来吧。"

"没想到寿寿音还帮我一把。那事情就这样结束吧。"

我看着蛇田一副万事尽在掌握的得意的样子，愧疚和愤怒涌上心头，眼泪直打转。

对不起，大介，是我害你们的计划功亏一篑。我偷偷看了眼身旁的大介。

"我有东西给你们看。让他们把我的包拿过来——已经检查过了没有危险不是吗？"

大介对蛇田说。

希海打开门，拿着大介的背包回来了。大介从中取出了便携式 DVD，打开开关。

我看到里面的人，吃惊地张大了眼。

是秀平。

"爸爸，把埋尸地点告诉大介吧。这是拯救您的命根——的场家的唯一办法。您没有选择的余地，要是不答应，视频就会被处理掉。这是我和莲见先生、大介之间的约定，也是以莲见先生的性命为代价的计划。我已经做好心理准备了，要是您还是不说，我会承认杀害了莲见先生，就当是为的场家赎罪。"

大介取出硬盘，扳成两半。

"提出这个计划的是秀平。只要找回遗体让秀平被释放，的场家就能洗掉污名。你们不必担心，我会悄悄把亚矢的遗骸埋进莲见先生的坟墓。尽管我很痛心，但我明白即使向公众指控你们遗弃尸体的罪名也已经没用了。他们夫妻俩的遗愿仅仅是找回遗体而已。自己的孩子被孤零零地埋在冰冷的泥土中，你们能明白身为父母有多心痛吗？"

大介心情激动，高声责问。他从背包里拿出地图，铺在桌子上。

"把地点画出来吧。"他把笔递到蛇田面前。

希海抱着手，轻蔑地看着大介。从窗帘的缝隙钻出来的阳光打在希海身上。

"告诉他们吧。秀平和大介已经愚蠢得无可救药了，要是不说，他们会毁了视频的。秀平也会认下压根儿就没做过的事。他们两个人从前就净说些傻话，把正义啦英雄啦挂在嘴边。可这世界上哪来的正义，不过是失败者自我安慰的借口罢了。真蠢。"

"希海！"我不容许她诋毁大介和秀平，不禁喝住了她。

希海无视我的反应，接着说："遗体就拿去吧。这样一切就都没发生过。不是个吃亏的交易。我们可没输哦。"

可蛇田不像是要接笔的样子。

这时，的场先生从旁边的房间出来，面目黧黑，皱纹凹深，双唇紧闭。他虽然老了，但威严依旧。他从大介手里夺过了笔，看了眼地图，做下了标记。

"这里有焚火台。"他语气不快，"扫把星！全是你害的。"

他对着希海大骂一声，又回了房间。蛇田追了上去。

"你为什么把亚矢给……"大介逼近她说。

"为什么偏偏都是我？"希海的眼神全是仇恨，"反正我们生下来就是多余的。寿寿音也一样。我们都是莲见和蓝雪结下的恶果。要是不想要，还不如不生，直接打掉就好了。"

"你错了。你根本不了解我们的妈妈。她才不是蓝雪，她叫木寺乃苍，是一个有名有姓的人。即便因母亲过得不幸，她还是努力生活，恋爱，孕育了生命。她曾拼死守护肚子里的两个孩子……我都知道。"

"还不是一个傻女人？被男人抛弃，自作主张地生下孩子，又自作主张地死去。莲见为了自保，抛弃了我们的母亲，还丢下了我们。一个让蓝雪生下孩子的渣男！我被虐待也是拜他所赐。我受过什么苦，你一点都不知道。"

"所以你才骗我说大介和我是双胞胎，借机把真心话说给我听？"

"没错。我当然不能告诉蛇田大介目睹了一切，这只能提醒他我曾经犯下的错误。所以我说大介是另一个孩子，让你知道有人恨你和莲见。"

　　"莲见先生并不知道生的是双胞胎，他一直以为只有我一个女儿，在临终时救了我的命。你能懂他对孩子的爱有多深切吗？他只是不知道你也是他的女儿。要是知道，他一定会为你做任何事情的。"

　　"你被大家宠着爱着，根本不会理解我的苦楚，绝对不会明白一直被当成多余的人是什么感受……"

　　"我想让你明白有人在为我们的幸福着想。为了我们，他们一直守护着身世秘密。可偏偏造化弄人。我很抱歉没有注意到你小时候过得那么辛苦。一定很难熬吧。但，你确实做错了。你犯下了不可饶恕的罪孽，即使不受到惩罚，也要背负一辈子，不能当成一切都没有发生过。"

　　我已经说完了。莲见先生和乃苍高中时的邂逅交织的命运太过悲哀。

　　"走吧，寿寿音。"大介搂住我的肩。他变回以往的样子了。我们从被记者围堵的门口挤出来。

　　"可以告诉我莲见先生和秀平之间发生什么了吧？"

　　大介平静地点点头。


## 大介　六个月前

　　莲见先生说寿寿音的病情十分危急，要暂时住院。

　　我目击的犯罪场景给他们带来了巨大冲击，但他们理解了我出于何种心情才在明知亚矢死亡的情况下却保持沉默。

　　我还清楚地记得在土笔町第一次见到寿寿音的时候。她背的一个小挎包吸引了我的视线，上面躺着一个可爱的小熊——那是妹妹美由纪最喜欢的卡通角色。

　　小寿寿音让我想起了美由纪。她张开嘴哈哈大笑的时候，也有妹妹的影子。

　　她没有隐瞒自己是弃婴，活泼开朗。

　　我并不是想说她很可怜。她看起来很幸福，但我不知为何还是想要守护她。只要她看起来有一丁点伤心，我都会牵肠挂肚。没能为美由纪做到的，我都想补给寿寿音。

　　于是我擅自决定：守护寿寿音。

　　稍早前我就注意到寿寿音的气色不好。我以为是外界的原因——不仅要监视小松原的家，还要往返于东京和土笔町。我很自责。

　　现在，我们仍在监视小松原。刚刚，秀平又去了他家。秀平每周末上门，两人的关系绝对很要好。上周他来的时候是傍晚，还留宿了。

　　秀平应该知道寿寿音住院了。我对他的怀疑不断加深：这样的节骨眼上怎么还能跟小松原厮混？我认识的那个秀平难不成是一个两面三刀的人？难不成随着时间的洗礼早已变样？

　　天快黑了，我从窗户窥视着小松原家，猜测秀平可能又要住下了。

　　突然，暴怒声划破寂静，继而又是一阵呻吟声、求救声。

　　是小松原家。我连忙跑出门。

　　"救命啊！杀人了！"

我听到什么咚地摔在地上的巨响。

玄关没锁，我没有犹豫，立马进去。楼道里，秀平把脸上挂彩的小松原压在身下，挥舞着拳头。我一看，小松原的鼻子已经被打歪了，要出人命了。

"你干什么？快住手！"

秀平像是着了魔似的缚住他的胳膊，喘着粗气大叫："就是你杀了亚矢！"

"住手！"

听到有人喝止，秀平终于回过头。可能认出了是我，他一屁股坐在地上，像是突然没了力气。我没有管跪在地上流着血的小松原，抓着秀平的胳膊把他拖到我的公寓。他的拳头上沾满了血。

"先洗手吧。"

秀平听话地去洗面台洗干净手和脸。他用我递上的毛巾擦拭着，看了一圈，惊讶地问："你住这儿？你在做什么吗？"

"我倒是想问问你，你跟小松原之间到底怎么回事？"

秀平开始讲述接近小松原的目的："我本想装作他的同类，等关系亲近后再套话。现在差不多混熟了，他今天给我看了照片。上面是一个被脱了运动服的女孩，他扬扬得意地说那天在土笔町拍的。这么龌龊的浑蛋，一定也袭击了亚矢。我质问他，他还犟嘴，我就打了他，没及时停手。"

我很吃惊，但明白了秀平也想帮由利女士实现遗愿，也就放心了。

"但你打得太狠了，差点就出人命了！"

警笛声渐渐变大后又突然停止了。路上聚集了很多人。我从窗户一看，两名急救医生冲进了小松原家。我有些不安，不会真死了吧？秀平也在一旁盯着。被抬上担架的小松原龇牙咧嘴地叫唤："哎哟！疼死了！"我和秀平不禁相视一笑。

"看来死不了。你也真是，没打过架，下手也没个轻重。"

"寿寿音现在很难吧？说不定都急坏了，觉得自己什么也做不了……"

"寿寿音要是知道我们三个都想帮由利女士实现心愿，一定很高兴。"

怀疑秀平是一件痛苦的事情。寿寿音应该比我更难受。现在冰释前嫌，心里又少了一个重担。

事到如今，我只能对秀平坦白。虽然这会施加给他新的痛苦……

我把那天亲眼所见的的场的罪行告诉了他。

秀平的反应出乎预料。我以为他会大吵大闹，可他一直沉默着，紧咬着嘴唇，痛苦地忍耐着。

我告诉他，可以推测并不是的场他们下的手。

"我对不起莲见先生和由利女士。"

他的声音像铅一样沉重，成了一块磐石，压在我心里。

"为什么当时没说？"

他的语气没有责备，反而很体谅。下一秒他仿佛突然意识到什么，直直地看着我："难道你被我爸爸威胁了？"

"没有。蛇田他们没有发现我。"

我否认说。全都是我自作主张，责任在我。我解释了为什么不把目击的事情揭发出来。

听我说完，秀平把手搭在我的肩上："由利女士一定会明白的。"

他的手温暖有力。我们彻夜长谈，聊着在土笔町时特别的夏日冒险，聊着英雄纪念册。那是孩提时代的难忘回忆。

可我们两人的心上始终笼罩着黑压压的乌云——秀平得面对父亲牵涉亚矢被害的事实，而我很悔恨，隐瞒真相，结果帮他们包庇了罪犯。

我们该如何面对沉甸甸的现实？


几天后，莲见先生叫我和秀平去他家。

莲见先生目光严肃："你们不要再想着为亚矢做什么了。我听说秀平打人了。你差点被剥夺医师资格证。大介之前明明那么努力，也辞掉了那间店的工作。我不想再搅乱你们的人生。寿寿音没有注意到自己生病也有我的错。"

莲见先生要彻底放弃了吗？

"是我自己想做，您不用觉得有负担。我不想放弃。"

"我听大介说了我父亲犯下的罪孽。对不起。我不会原谅他的。"秀平深深地鞠躬说。

"就让它过去吧。我想结束一切。"

结束这个词让我心里一震。

"您打算自杀吗？绝对不可以。我们一定会把亚矢找回来的。在我们把亚矢带回由利女士的身边之前，请等等我们。"

莲见先生闭着眼，静默良久，终于平静地开口："自从由利走后，我就一直在思考我为什么独活了下来。有些日子我也恨老天爷，是不是又要让我尝尝苦难。但知道寿寿音生病之后，我就明白了让我活着的意义。我要把肾脏给我的女儿，这是救她的唯一办法。"

听到"女儿"，秀平一头雾水。莲见先生告诉了他寿寿音的身世以及乃苍的惨死。

"要是能救寿寿音，我就知足了。我一定要做到。我也想过瞒着你们死去，可要是不是病死，就不能进行移植，所以拜托你们不要提起自杀。这是我最后的愿望。我希望你们三个能放下过去朝前看，好好生活。亚矢的事就到此为止吧。由利也一定会理解的。"

我真切地感受到，莲见先生为了救寿寿音而献出生命的决心不可动摇。我们深知无法阻止，便不再说话。

两天后秀平叫我去莲见先生家，他的神色仿佛是做好了大决定。

"我想到了一个计划。"

一个铤而走险的计划。


的场秀平进入莲见幸治的卧室，挂上点滴后离开。莲见先停止输液，拔下针头，往输液袋里混入药物，并将使用的药物瓶和注射器装入收件地址为私人信箱的信封。为了不被监控拍到，莲见从后门出去投递到邮箱。

回到房间后，他再自己进行注射。连续拍摄完上述行踪后，他将拍摄的视频藏到家里的其他视频当中。

第二天一早，的场秀平上门确认莲见的死亡并通知医院。

移植手术结束之后，石田大介再创造舆论说莲见不是死于疾病而是谋杀。尸检结果将暴露死因是药物注射，唯一有投毒机会的秀平将会被逮捕。大介趁机和的场提出谈判。

要是谈判成功，找回遗体，再把视频交给警方。从私人信箱中也能找到物证，的场秀平自然会免除嫌疑。

如果计划成功，既能让寿寿音完成移植手术，又能找回亚矢，一石二鸟。

可我还想要做一件事。

"如果空口说这场死亡是谋杀，恐怕警方不会仔细调查。我先自首说杀害了莲见先生，这样警方就一定会进行尸检。就这么办吧。"

"这样的话必须先制造你不在场的有力证明。"

我和秀平热烈地讨论着，可一旁的莲见先生却愁眉不展。

"被逮捕……这太过了。要是的场他们不接受谈判……"莲见先生犹疑地说。

"那他就亲手埋葬了的场家。"从秀平凛然的目光中，我感受到他已经做好了准备。或许不论谁说什么都不会让他回心转意。

"我该不该让你们这么做……"

"不能就这样结束，大介也是这样想的。"听见莲见先生的呢喃，秀平慷慨地说。

"只是，计划的目的只是找回亚矢，不能让犯人伏法。这样没关系吗？"

"只要把亚矢带到由利身边就足够了。"

我们三人心意已决。

寿寿音病情恶化，剩下的时间不多了。

我们磋商着计划的细节，心情渐渐激昂。

"天衣无缝。"

"没错，一定能成。"

可心里的痛楚无法消解——这是用莲见先生的生命献祭的计划，死神逐渐临近。

这也是赌上秀平人生的重大行动。我提出了一个请求："等一切结束，就把您和秀平的名字写进纪念册里吧！"

我认为两人当之无愧，可莲见先生却摇头说："我没有资格。为了给寿寿音移植，我要欺骗医疗人员。我身为医生，救死扶伤，深知自绝生命的行为是不可取的。我不是英雄。"

"我也一样，要做出因疾病死亡的误诊，有违医生的操守。"秀平也拒绝说。

可我强烈反驳："我现在都还记得您之前的谆谆教导：'纪念册没有记录规则，行为对错也没有意义。被记载的人也不会被别人讴歌，只有他们本人才知道留名的意义。一切真谛在于，是否对所作所为感到自豪。'而接下来开始的行动让我感到了自豪，你们应该一样。"

莲见先生将要死去，将要离开人世。我强忍着快要溢出的泪水，诉说自己的感受。

"只要看到你们的名字在纪念册上，不管未来多么辛苦，我都有勇气穿过荆棘。这也是我和你们一起活过的凭证。"

"那不写你的名字也没意思吧？"莲见先生含泪微笑着说。

"就这样吧。等第十六代寿寿音好了后，就请她把我们三个人的名字都写上去。"

秀平的话掷地有声。我们各自确认完分工就分别了。

战鼓终于敲响了。

不论多么哀伤多么痛苦，我都不会撤退。

我不能辜负莲见先生和秀平的决心。

我在心底发誓一定要成功。

## 寿寿音

结束谈判，走出医院后，大介立马租了一辆车。马路上，夜色苍茫。

"我送你回土笔町。"

我知道大介不单单是为了送我回家。他的背包里躺着标记好的地图。必须尽快找到亚矢，让秀平被释放。

回土笔町的途中，大介告诉了我他们三人之间的对话，告诉了我他们的计划和承诺。

感受到生父莲见先生对我的爱，我十分开心。三人的决心也感动了我。而感受不到任何爱的希海犯下残忍的罪行，何其可悲。

为什么会变成这样？我心里的悲伤无穷无尽。希海被咒骂"扫把星"，她之前又承受了多少凌辱？

对于真实的希海，我一无所知。

到柊宅时已是深夜。当我第二天一早睁开眼时，大介早已进山了。他想一个人走完最后一步。我只能祈祷他找到亚矢。

傍晚，他打来电话："找到了。我直接赶去东京。"

他语气凝重，我能想象他今天一天有多么艰难，看到亚矢时多么悲恸。

"我也去。"

"没事的，交给我吧。"

大介还有事情要做——必须解救出一直相信着他而忍辱负重的秀平。

我祈盼一切结束后我们三人聚在一起的那天快点到来。

抬头看看薄暮的天空，启明星散发着淡淡光辉。有人在保佑我们。我望着天空，想多看看这微光。

# 第四章

## 希海

"扫把星。"

恶毒的咒骂驱之不散，拂之不去。

我离开病房时，的场和蛇田看都没看我一眼。

回到酒店，我立刻洗澡，想要洗掉今天黏滞在身上的眼神。

我躺在床上望着霓虹灯闪烁，可心神不定，无法安宁。

我从没见过寿寿音那样的表情。

我认识的寿寿音总是乐呵呵地大笑。

我被养母打得遍体鳞伤，看到寿寿音被大家当成心头宝，确实心生嫉恨，但我还是喜欢她。只是我不愿承认打心底羡慕她。而我也喜欢跟寿寿音在一起时的自己。

秘密基地我也只告诉了寿寿音一个人。

周围的大人为了讨好我父亲，经常送过家家套装玩具、换装娃娃、毛绒玩具等礼物给我。不知何时，我的房间里能缓解孤独感的宝贝增加了。

可我最喜欢的玩具一件接一件莫名其妙地消失了。

是妈妈扔掉的。

我发现之后就把那些宝贝藏到杂物间最隐蔽的地方。杂物间变成了我的秘密乐园，我有时一个人去这个昏暗的房间里玩过家家。邀请寿寿音之后，两人玩耍的时光十分欢乐。

但好景不长，寿寿音不来杂物间了，我又成了一个人。寿寿音不在的日子里我形影相吊。对我来说，寿寿音是特别的。可我无论如何都不能把孤独说出口。

从那之后，我对寿寿音的感情也变了，无论如何都阻止不了。

寿寿音明明是弃婴，为什么还能那么幸福，而我却要承受痛苦？太不公平了！于是我写了一封信放在她家门口，策划了一个小小的恶作剧。


是我的养母的场千惠告诉我我不是的场家的亲生孩子。初一的暑假，的场和秀平从东京回来的前一天，千惠在电话里和的场争吵。我一不留神就说出了心里话："傻女人。"

谁不知道的场在东京有情妇？可千惠仍死缠着的场不放，把不能和秀平一起生活的忧愤转化成暴力，统统发泄到我的身上。我怕她，可我也从心底瞧不起她。

现在我理解了千惠。我是她在的场家唯一可以摆布的人，她绝不允许连我也轻蔑她。

她愤怒极了，对我绝情地说："你不是我们亲生的，你妈妈叫蓝雪，是一个吸毒而死的杀人犯，所以才生下了你这么一个坏心眼。你怀孕的妈妈被你爸爸像扔垃圾一样抛弃了。你不知道那个负心汉就是莲见吧。"

她让我裸露着上半身，戒尺一下接一下落在我的背上。我咬牙忍着，可杀人犯孩子的身份让我坠入绝望。千惠一手拿着威士忌酒瓶，一手打我。

"再告诉你一件事。你有个双胞胎姐妹，就是寿寿音。那孩子开朗直率，要是当初选她就好了。"

我至今都记得，听到寿寿音是我的孪生姐妹时那仿佛被五雷轰顶的感觉。

从小到大，无论我被怎样虐待都没有掉过一滴眼泪，可当时，眼泪不知何时早已从脸颊上滚落。

我不想承认自己羡慕开朗又讨喜的寿寿音。我唯一的优越感就是有亲生父母。即便他们伤害我，也不会抛弃我。这就是守卫我的防线。

"明明是个弃婴……"

我心里不屑。可我自己居然也是……我是被抛弃的，不被任何人需要。

顷刻间，防线瓦解，愤怒之火熊熊燃烧。

等回过神来时，我已经从千惠手里抢过了戒尺，拿在手里挥舞。千惠一脸惊愕，被吓走了。

我心里很痛快，后悔没有早点反抗。

我用美工刀裁出一个个字。


**寿寿音是恶魔的孩子 妈妈是蓝雪 仇恨不会消失**

只有寿寿音不知情，幸福地生活着，这让我不禁生气，想伤害她。而且……

我确实害了另一个人。

初一第二学期，我搬到东京转校后，没有一个嘘寒问暖的朋友。我并没有被霸凌，只是不愿主动敞开心扉。孤独是我自食其果。一周后，我便不再上学。

跟从前一样，我在自己家还是孤单一人。我犯下了可怕的罪行。千惠不敢接近我，当然也不再打我。她怕我，避之唯恐不及。

意外的是，哥哥秀平无微不至地关心我，来我房间跟我说话，还辅导我功课。时日一长，我自然也开始叫他"哥哥"。

我偶尔会想，秀平像亲生哥哥一样对我，是因为对一切都不知情。我们不是亲兄妹，并且，我还犯了大罪。他要是知道了真相，会变得怎样呢？

我拥有了从未感受过的温情，害怕失去它。

我乞求可以重新开始，忘记一切。

可罪孽还是会追到天涯海角。我有时会梦到那天。

初二的秋天，他们告诉我我被收养的事情。大概是的场想送走"瘟神"吧。我以为蛇田是因为没法拒绝，才应承下来。可他来接我的时候，坚定地说："做我的接班人吧。让他们都好好看看。"

我很开心。蛇田知道我的罪恶，可他还是要和我一起生活。

我在蛇田面前不会感到辛苦，因为不必隐藏什么。

成为他的养女后，我被救赎了。身边有蛇田这样一个知心人，我和哥哥见面时也能表现得像平时一样。虽然过去不会消失，但我只要想到能和蛇田一起往前走，心情就快乐不少。

蛇田的妻子对我漠不关心。她对政治和自己的丈夫也毫无兴趣，十分热衷歌剧，经常外出。听说她是某家大公司的千金，不谙世事，对我也没什么敌意，于我而言是个无关紧要的人。

我又开始上学，背负着接班人的殷切希望，用功学习。蛇田让我去英国留学的时候，我感到不安和凄凉，但想到他对我寄予厚望，我十分开心。

这时，哥哥问我要不要一起回土笔町看看。尽管我曾以为不会再回去，但在远赴英国之前，我还是想回去看看。

为了和过去的自己诀别。

但土笔町不会亲切地欢迎我。

以前写下的那封信出现在我的眼前。我没想到，那封信没到寿寿音的手上，而被哥哥藏了起来。

为了不让两人发觉，我佯装不知，伸手想要丢掉。可寿寿音却把信带回了家。我心情沉重：过去是不肯放过我吗？

我在大介的店里听说两人交往的时候，第一反应是他们不会有好结果。不是坏心眼，也不是诅咒，因为知道她身世的的场家绝对不会允许。可话说回来，两人都蒙在鼓里，只能随他们去了。

我之所以对哥哥说"寿寿音就交给你了"，是出于两种心情。一是，他真的能毫发无伤地保护好寿寿音吗？二是，即使发生任何事情都没问题吗？

那天，我还听说寿寿音正在调查蓝雪的事。要是知道了身世，寿寿音一定会受伤的。

我记起那天千惠嘴里吐出的冷冰冰的字眼。

不知怎的，我想救寿寿音，我不忍让她承受跟我一样的痛苦，我不想看她受伤，不由得劝她放弃。

连我自己也不知道为什么会有那样的心理。或许，我想保护的并不是寿寿音，而是那天的自己。

我远渡重洋到了英国。

可是，我在英国没有得到重生。


## 寿寿音

我怀着不安的心情，站在大楼后门前等秀平出来。从昨天晚上开始，我就在烦恼该怎么开口跟他说话。思绪万千，仅仅用一句"你受苦了"是表达不出来的。

警察打开门，秀平被放出来了。看他在环顾四周，我挥挥手示意。他神色疲惫，吓了我一跳。

"大介开车来了。我们走吧。"我拉起他的胳膊就走。不敢好好看他，只看着前面。

"找到了，对吧？"语气里半是不安，半是期待。

"找到了。"我直视着他的眼睛说。秀平闭上眼，仰着头，长叹一口气。车停在路边，驾驶座上的大介一直看着我们。我招了个手，带着秀平走过去。

"辛苦了。"我们坐上车，大介十分高兴，显得有些不合时宜。

"寿寿音，跟两个蹲过监狱的男人待在一起可是机会难得哦。感觉如何？"大介开玩笑说。

"准确地说，我们是在拘留所，可不是进了监狱。"听到秀平不失时机地纠正，大介苦笑。

"大介累坏了吧？辛苦了。寿寿音也好了，我太开心了。"后座传来秀平的慰问，我在副驾驶座上，透过后视镜看着秀平。他虽然面色憔悴，但眼睛很有神。

"大家都辛苦了。"大介用郑重的语气回答说。

"终于成了！"

"是啊，终于完成了。"

他们话语平静，可我能感受到两人澎湃的心情。

我们去了趟莲见先生家，接着赶往墓地安放骨灰。三人终于在由利女士长眠的坟墓中团聚了。这件事只有我们知道。

我们践行了誓言。薄云在秋空流转。两人并肩走在前面，走在柔和的阳光里。


## 希海

秀平被释放了。

"我一直相信秀平。"

电视上，的场满面春风。蛇田站在一旁，脸色煞白，表情微妙。

"您身体如何了？"

面对记者的提问，的场夸张地举起双手："痊愈了！"

看起来精神抖擞。

"蛇田先生也相信并支持着秀平，我不胜感激。"

矮小的的场和魁梧的蛇田紧握双手，看着镜头。

的场把我这个杀人犯推给了蛇田。

蛇田包庇了我的罪行，抓住了的场的把柄，爬上了如今的位置。

可如今年月已久，连作为证据的尸体也没了。

两个伪君子假惺惺的笑脸让我看着都反胃。我用力按下遥控开关，关掉了电视。

我翻阅手里的报告——托侦探所调查的有关木寺乃苍的信息。

上面记录了乃苍的母亲木寺知子的住址、乃苍租住的公寓、上过班的超市，以及乃苍的死亡地点。

死亡时间比我生日晚几天。

在的场的病房里，寿寿音谴责我将背负一生的罪孽，说不可能把一切都当没有发生过。我自己是最明白的。不论我多想逃，我都不能逃离那天。

因为那就是真实的我。

寿寿音应该不会明白我那样做的心情。我从出生开始就没有一次被爱的经历。

那天寿寿音还说到了我们的生母，说她拼死守护肚子里的小生命。这是真的吗？我被爱过吗？

我现在都没想过了解抛弃我的生母。但不能只让寿寿音知道，而我像个白痴。

我决定去找木寺知子——我的外祖母。

调查报告里的木寺知子是一个活生生的自私的母亲。因为持有毒品被逮捕了三次，是让女儿沾染毒品的元凶。乃苍十八岁时跳楼自杀，砸死了过路人，被冠上"蓝雪"的异名；而流着她的血的我也杀了人——就像是一个冷笑话。

玄关处的垃圾袋散发着恶臭。我按响了 107 房间发黑的门铃。

"来了——"

一个年轻的声音。我很疑惑。开门的是一个系着围裙的女人，胸前别着名牌。一定是护工吧。

"木寺知子女士在家吗？"

"在家。我现在正帮她擦拭身体，请稍等。"

女人又急急忙忙地回里屋了。

陈旧的榻榻米有一股灰尘的味道。老人独居，想必没法把房间打扫得一尘不染。桌子上也堆了许多东西。

霎时，我的目光停留在一本杂志上。

有一行文字是"被蓝雪夺走母亲后"。

我找到了那篇报道。上面是一位穿着白色裙子的年轻女孩，年轻得不像是有孩子。


"听说您的孩子已经八岁了，您母亲出事时您也是这个年纪吧？"

"是的，已经过去二十七年了。我永远不会忘记那天晚上发生的事情。"

"那晚是奈那小姐的生日吧？"

"对，八岁的生日。一个重要的纪念日变成了痛苦的回忆，也成了我讨厌的日子。"

"您的母亲是一个怎样的人呢？"

"温柔漂亮，是一个好妈妈。"

"您对那位被叫作蓝雪的少女有什么想法？"

"就算恨她也无法挽回，但我不想见她。要是差一分一秒，我妈妈就可以活下来。当然，我也希望她一开始就不要自杀。"

"遗言成了她的代名词对吧？"

"是的，她说了'蓝色的雪'。我现在都还很讶异。如果让我用颜色形容当时的印象，那就是红色——我拿的红色花束落在铺着薄薄一层白雪的地面上，那是玫瑰的红色。她为什么要说蓝色呢？"


木寺知子特意买了这本杂志吗？所以她心里还会记起乃苍吗？可她明明又是一个失职的母亲。

"擦完了。久等了。"护工收拾着水盆和毛巾，对我说。

"木寺女士，难得有客人来啊。"

"是谁？"干哑的声音从床上传来。

"过来吧。"枯瘦的手招呼我过去。

"那我就先走了。"护工说。我把护工让出门，走到了床边。

一个皱巴巴的老太婆躺在床上。她就是我的外祖母吗？

"能把我扶起来吗？"她伸出像皮包骨一样的手。我有些害怕，把她扶起来。

"谢谢。"她看着我，眼神仿佛在我身上舔舐。我有些不舒服。

"你叫什么名字？"

"蛇田希海。"

"叫你小希吧。你竟然来了。把那张椅子搬到我面前坐吧。"

我照她说的做。她点点头，一直盯着我的脸。

"您是木寺知子女士吗？"

"是。你是来见我的吧？"

木寺知子用手帕擦了擦眼角，又大声擤着鼻涕。

"瞧我，得给你端些茶水啊。要是知道你来，我早就准备了！"

她费力地起来，颤颤地走到冰箱取出麦茶。递给我的杯子也积了水垢。

"不必麻烦了。"

我疑惑于这意料之外的殷勤招待，可还是没法喝下去。我只想问出答案，就立马辞出。

"哎——唷。最近容易累，我就躺在床上了，别见怪。"

她支好枕头和靠垫，身子靠在上面，眼睛一眨不眨地看着我。

"我能问问您女儿的事吗？"

"她是个真率又开朗的孩子。"

她立马回答说。刹那间，我想到了寿寿音。

"爱读书，国语学得最好，画也画得好。"

听起来她很自豪，让我不禁生气。报告里面说乃苍小时候基本在福利院生活。明明对孩子不管不顾，现在又在演一个好妈妈吗？

"她最后惨死了对吧？当时您在哪？"

"身体不好住院了。"

"是因为兴奋剂吧？乃苍也是您害的。"

我满口责难。可这也是事实吧？

"乃苍不碰毒品。你搞错了。"她拼命否认。真可怜。只不过是逃避责任。

"我确实是一个坏妈妈，乃苍也因为我吃了很多苦。你不要觉得她是个坏孩子。你，就是乃苍的女儿吧？"

我说不出话。她怎么知道的？

"前阵子来了个姓柊的姑娘，她说乃苍生了孩子。当时我还不相信，今天我才明白是真的，对吧？"

寿寿音。

"你怎么知道我是她的孩子？"

她没说话，递给我一张照片。我接过照片，上面的两人看起来像是一对母女。一个是年轻时的木寺知子，而她旁边那个淡淡一笑的女孩——跟我长得一模一样！

"乃苍……我的妈妈？"

我不禁喃喃说。我的眼睛移不开照片，这是我见到妈妈的第一面。

"这是什么时候的？"

"大概在她死前半年来探望我的时候。是最后一面。"

"半年前"，我还在她的肚子里，还有寿寿音。

"看见你，就感觉乃苍还活着一样。"

木寺知子那双脏兮兮的双手拉着我，瘦骨嶙峋，皮肤也松弛了。

可不知为何，我并没有嫌弃。

"我做梦都没想到能见到乃苍的孩子。"

"你不是见过那位柊小姐了吗？"

"那姑娘到底是谁？一直在问乃苍的事。果真是记者吧？"

她没发现寿寿音是她的外孙女吗？可分明一眼就把我认出来了。我的心中第一次涌起一股暖意。

"不要恨乃苍丢下你走了。可以的话，给她供一束花吧。我之前还去她出事的地方祭奠她，可现在走不动了。你是后人，就代我去吧。"

她声泪俱下，情真意切。我默默地点头答应我的外祖母。

我喝完了杯子里的麦茶。

"我先回去了。请多保重。"我站起来鞠了一躬。

"你是叫小希吧？一定要带着乃苍的那份，幸福下去。"

血缘亲人的关切直击我心。可幸福是不会降临在我头上的吧。


从前我就不擅与老人相处。他们深如沟壑的皱纹昭示着死亡的迫近，让人无法直视。可当我被从未见过的外祖母牵着手时，生发出一种难以言喻的感情。从小到大，我的周围只有恭维，只有钩心斗角。我是个透明人，没人多看一眼。

可外祖母木寺知子不一样。她目光一直在我身上，因为见到我而开心。虽然说不上对外祖母有了感情，但我真切地体味到了血亲的实感。

我没有家人。的场和千惠自不必说，秀平一直离我很远，也算不上什么家人。

我苦恼为什么会孤单一人，为什么不受的场家待见。

其实答案很简单——因为我是个外人。

我现在理解了这个理由。对于家业至上的的场家来说，秀平的病是一个严峻的问题。好不容易才有了长男，要是出点什么事……而在这时降生的我被伪装成的场家的亲生孩子，成了用来保险的替身。这确实像是无比注重颜面的的场会做出来的事。

可秀平被救活了，我也成了多余的人。那时的我真是可怜，全被蒙在鼓里，因为的场的冷漠而伤心，为了讨千惠的欢心煞费苦心。

蛇田让我不必再忍受千惠的打骂，把我从加剧的孤独中解救了出来。

小学时，蛇田给的那枚戒指太大了，所以一直串成项链挂在脖子上。当我觉得痛苦的时候，只要握着它就会安心。长大后我就一直把它戴在手上，现在那戒指就像是我的护身符。

我只在意蛇田，想得到他的认可，于是拼命学习。蛇田有学历情结，要求我读一所名牌大学，可我并没有遂了他的愿。

蛇田的态度露骨，他没有来过英国，连我好不容易取得其他大学的入学许可时，他也把各项手续交由秘书去办。

孤独的大学生活开始了，可我没有放弃。虽然在学历上受挫，我还是被他寄予了接班人的厚望。我坚信自己是被蛇田选中的人，每天刻苦学习。

可发生了一件事，将我推入了深渊。临近大学毕业时蛇田打电话通知我："你毕业后也不必回日本了，今后就留在英国生活吧。"

我听到电话那头有小孩子的声音。

"四年前我儿子出生了。不准你接近他，理由你自己应该再清楚不过了。"

电话到这里就结束了。

我呆滞地站在异国的土地上。

我现在为什么还是不能取下戒指呢？明明这个假护身符已经褪去了银色的光泽，也失去了魔力。

见了木寺知子后，我有一种想去了解乃苍的强烈愿望。她是怎样生活的呢？她因何事欢笑，又因何事悲伤呢？

我根据侦探所的报告找到了乃苍曾经租住的公寓。目白站外，阳光刺穿云翳。今早还连绵的秋雨好像已经下过了。我小心躲避水坑，走到那栋两层公寓前。房东就是旁边开烟草店的。屋前的粉色鲜花娇嫩可人。花坛虽然只占了小小一隅，但仍被精心打理过。

"波斯菊真漂亮呀。"我对手里拿着喷壶的女人说。

"漂亮吧？我仔细着不让蚜虫吃呢。"她扭头看着我。

"我们见过吗？"

"啊，第一次见。您是公寓的房东吗？"

"我是。但谢绝推销哈。"她突然起了戒心。

"您误会了。我拜访您是想问一些私事。"

"那没事了。最近有很多业务员推销公寓重建，死缠烂打的，烦死人啦！你想问什么事？"

房东眼神变得柔和。她无拘无束的语气让我安心了不少。

"我想问问大约三十年前您这儿的一个租户，名字叫木寺乃苍。"

"乃苍？你是杂志记者？我已经不接受采访了。"她看起来有些愠怒，干脆地拒绝说。她突然的变脸让我很不解。

"不是的，我是她的亲人。"

"啊，这么说确实有几分相像。先进屋吧。"

她催着我进店。

"你是她亲戚？"

"嗯……我是她女儿。"

不知怎的，我想亮明身份。虽然身为蓝雪的女儿并不是一件值得骄傲的事。

"乃苍的孩子……她那时好像是十几岁吧。"房东嘀嘀咕咕的，眉头紧锁。

"你等会儿。"

她走进了里屋。我不经意地看着挂在墙上的项链，架子上还摆着戒指。其中一枚吸引了我的视线，是蛇形指环。因为蛇田的影响，我第一眼便能捕捉到跟蛇有关的一切。真讨厌！我移开了视线。

"我爸爸想见见你。能进来一下吗？"

她笑眯眯地招手。

"乃苍的事我爸爸更清楚。他虽然八十五了，但以前的记忆都不含糊。"

走进和室，一个老人靠坐在椅子上看着我。他目光锐利，脸上带着笑意。

"请慢用。"房东把两杯茶放在桌子上，退出去了。

"我是希海，木寺乃苍的女儿。"

"跟乃苍一个模子刻出来的。"说罢，他默然。气氛尴尬。

"她真的生了孩子啊？"老人终于开口。

"是的，我生下来之后就被托付给了一户人家。"

"是吗？现在过得好吗？"

我愣了一下，撒谎说："过得很好。"

幸福与我无缘。老人高兴得不住点头。

"您还记得我妈妈吗？"

"当然记得。那时我是个做首饰的手艺人，乃苍每次来交房租时都眨巴着眼睛看得可认真了。她很喜欢戒指和项链。"

我想象着一位芳华少女欣赏首饰的样子。乃苍曾在这里生活。

"我有件东西没能交给她。"

老人递给我一个首饰盒。我打开一看，是项链。

"这是乃苍定做的。"

我把项链拿在手里，两个两厘米高的穿着裙子的小女孩轻轻摇晃着。

"项链承载了孩子出生时的喜悦，由妈妈一直佩戴，等孩子满二十岁的时候再送出去。这份礼物倾注了二十年的爱意。我一直都希望自己能把感情化为实物，所以想出了这条项链的设计。"

"这是我妈妈订做的吗？"

"对。当时，乃苍神情黯然，请我给宝宝做两条项链，女孩儿的，还说说不定终有一天能亲手交给她们。"

"什么时候的事？"

"乃苍时隔半年回来的时候。没想到一周后就出事了。"

她生产结束几天后就回到了这里。

"她已经不在了，您为什么还要做呢？"

"我答应的工作一定会做完，这是工匠的精神。现在你来取，乃苍了了心愿，我也没什么遗憾了。"

项链上的小人儿的背面分别刻着字母。

"这是名字的首字母吗？"

老人点头。

字母是 A 和 Y。

乃苍给两个女儿取了名字。虽然她无从知晓现在的我们是什么名字。

"戒指，给我瞧瞧。"老人看着我的手说。这是蛇田给的戒指。

我摘下来递给他。老人用放大镜仔细看。我有种被品鉴的感觉，心里不太舒服。

"这是我做的。你妈妈给你的吗？"

"什么？"

"我一笔一笔地刻线，雕成蛇鳞。这件东西费了不少功夫。蛇脸也很精致吧？"

三条蛇蜿蜒交错，手艺确实十分精湛，和谐的感觉也让人喜欢。

"看看里面。"老人夸耀似的说。我接过放大镜，照他说的，看了看内侧。

"这是字母？"线条流畅，像是手写体的字母。我以前竟没发现。

"这枚戒指世界仅此一枚，从外侧看只是三条蛇缠绕，可从内侧看，蛇身就是字母。从外侧看时，字是反的，所以辨认不出。里面藏着戒指主人的专属密码。"

我一边转着戒指，一边辨认着字。"*kouji&noa*①"，幸治和乃苍，是我爸爸妈妈的名字。

"这是……妈妈的戒指……"

"嗯，是乃苍托我做的。"

"什么时候？"

"乃苍说要离开一段时间，托我做这枚戒指。她突然交了半年的房租，说还会再回来。当时她目不转睛地看着戒指的样品。我说要是想要可以给她做，她眼睛唰地一下就亮了。我告诉她在她回来之前做完戒指，就当她一次性交付房租的礼物，不收分文。我还让她一定要回来，我会一直等着。我话音刚落，她眼睛就蓄满了泪水，点头答应。"

"我妈妈取了这枚戒指吗？"

"在她回来的时候，我如约交给她了。她戴在手上，说一辈子都会当成宝贝，又托我做了刚刚的项链。"

老人不住地说。

"都是很悲伤的回忆，唯一的慰藉就是，乃苍留在我记忆中的最后一面是她明媚的笑脸。那是她出事的那天早上，她和一周

---

① 幸治和乃苍的罗马音。

前简直判若两人，还高兴地说：'公寓能住小孩子吗？情况有变，今天就要去接孩子啦。'她好像很喜欢我做的戒指，一边伸出左手，一边笑着夸好看。所以听到她自杀我很震惊，现在也不敢相信。"

乃苍以为孩子会回到她的怀抱——她最后的笑容就是明证。并且直到出事的那天，她都戴着戒指。

这枚戒指在蛇田的手里，证明乃苍死前和他见过面。可乃苍不会把珍重的戒指拱手送人——难道是蛇田强抢过来的？

我的心里很不安宁。

我换乘了电车，在神保町站的花店买了一束花。穿过人群，来到一条别墅林立的幽僻街道。根据报告，"有一个显眼的红色邮筒，近旁就是乃苍坠楼的地点"。

我边走边看，有一种奇妙的感觉。

我来过这儿。什么时候来着？

我看见了红色邮筒，于是走近摆上了花。双手合十祭拜完后，抬起头。

遥远的记忆复苏了。

炼瓦砌成的别墅。把鲜花摆在邮筒旁，双手合十的老婆婆。

一阵高楼风突然刮来，掀动我脖子上的围巾。

她是外祖母木寺知子吗？

小学时，蛇田曾带我来过一次他的别墅。妈妈又在这里身亡。绝不是偶然。

蛇田知道妈妈的死亡真相。

## 秀平

我坐在初中时和希海常来的公园的长椅上。晚上的公园没有人影。

希海不去上学，整日把自己锁在房间里，我把她从家里叫出来骑自行车。

躲过大人们的耳目逃出来后，希海笑了。

我们在城市高楼掩映下的一个小公园里吃着冰激凌。希海在荡秋千，我坐在稍远处的长椅上。从高楼间的空隙可以看见东京塔。

我曾看到怎样的希海呢？

希海无法适应突如其来的东京生活，让我觉得于心不忍。妈妈说"就随她去吧，对她更好"，于是就把希海丢在了一边。一日三餐也是送到她房间。

我想帮帮她，于是偶尔去她房间聊天，辅导学习。最初她很冷淡，但渐渐地也开始叫我"哥哥"。可我大概没有看到过她发自内心的笑脸。

希海从小就不会撒娇，也不会任性妄为，总是小大人的模样。我也是一样。成长环境和父母把我和希海塑造成了这副样子。我们被大人簇拥着，陷入必须成为好孩子的误区，被捆绑住了翅膀。

我很开心能和希海一起生活。我们兄妹有着共同的苦恼，一定能惺惺相惜。在令人窒息的家庭中，我们一定能理解对方的感受。

在把的场家的父母当成父母的日子，我们确实是兄妹。

即便现在知道我俩没有血缘关系，我还是这么认为。

安放亚矢和莲见先生的骨灰的那天夜晚，我得知了真相。

我仍然无法相信，也不愿相信希海对亚矢做的事情。

我打了好几次电话，铃声空响着，希海没有接听。可即使她接了，又能对我说什么呢？

是什么让希海走上了不归路？又是谁毁了希海？

我是否能够阻止一切发生？

如果我能发觉妈妈施虐……

如果我请求爸妈和希海一起生活……

如果……如果……

不论多么希望，时间也不能倒流。

一阵大风吹来，空荡荡的秋千吱呀作响。希海在荡秋千的时候总是不苟言笑。

希海那时在想什么呢？

不知何时，泪珠已经掉了下来。我闭上双眼，紧紧用力，想让眼泪留在眼眶，可它还是像断了线的珠子一样。

我只会哭，可怜，不争气，一无是处。

"希海，快接啊。"

我颤抖的手指又握紧了电话。

## 希海

距离去乃苍出事的地方献花已经过去一周了。

蛇田手上有乃苍的戒指，并且乃苍坠楼死亡的地点尤其特殊，我对蛇田的怀疑与日俱增。可蛇田为什么要杀乃苍？

为了揭开真相，我来了一个地方——接生我的百川产科医院的前院长白川正和的府宅。

一按门铃，我就听到了低沉的一声："谁？"

"我是蛇田希海，有些事情想向您请教，特登门拜访。"

没有回应。过了好一会儿，门终于打开了。

"进来吧。"老人满头白发，身材矮小，表情严肃，把我让进了屋。

他领我走进一间和室，精心修葺的庭院尽收眼底。床间处挂着卷轴，翠竹与麻雀相映成趣，引人注目。

"这花鸟画不错吧？竹子四季常青，迎击风雪，象征着顽强的生命力；而麻雀象征着瓜瓞绵绵，家人平安。"

他慈祥地望着画轴，让人感到一名产科医生对新生儿的慈爱。要是直接问，他一定会告诉我的。

"您记得木寺乃苍吗？在的场家生下我的那名女子。"

"我不知道你在说什么。"

"我成了的场家的孩子，而另一个孩子成了柊家的养子。您为了孩子们一定费心了吧？"

白川眼睛一眨不眨地盯着我。

"有必要捅破窗户纸吗？有些事还是不知道的好。"

"我已经是个大人了，已经知道木寺乃苍坠楼身亡，也知道她就是蓝雪。您不必操心。"

"既然都知道了，还想问什么？"

"我想知道我母亲的事。你们之间说过什么，她又是怎么决定放弃孩子的？"

白川长吁一口气，像是安下心来。

"她很爱肚子里的孩子，誓死也不流产。你妈妈真的很爱你们。她考虑到孩子的未来，才决定放手的。"

要是这么说，我似乎应该满意地离开。

"她的死其实非常令人惋惜。她虽然为了孩子的幸福做出了抉择，但生下孩子后心境又变了，后悔不能好好照顾她们。"

含混不清的答案有什么用？我直截了当地问："我对母亲的死很怀疑。话说回来，的场为什么需要养子？而又为什么选了我？其中的用意您是清楚的吧？"

"你想说什么？"他脸色突变，用试探的目光看着我。

我认为是蛇田杀死了乃苍。蛇田决不会做对自己没有好处的事情。一定是因为乃苍活着对他造成了隐患。从和公寓房东的最后一次谈话来看，乃苍像是要带回孩子。而蛇田企图阻止她。

的场必须要一个孩子。我苦思冥想好几天，找到了一个可怕的答案。

"养我是为了秀平的心脏移植手术吧？"

白川的眼神飘忽不定。显而易见，他想掩饰，可是露出了马脚。

千惠长年对我施虐，为了不让人发现我身上的伤，体检和疫苗接种都是在家进行。出诊的医生曾说："病历上写到你一生下来就做了全身检查。一般可不会做这样的检查哦。"

还有一处记忆。小学六年级的夏天，我和的场接受记者采访的时候，记者曾说："能战胜先天性疾病，真是太好了！"

当时，我以为是把我错当成了秀平，还因此鄙视将错就错，扮演宠女儿的好父亲角色的的场。可这次调查时，我找到了之前的采访报道，他说女儿和长子一样，都患有先天性疾病。新闻照片里的场一脸悲痛，说孩子最近会远赴美国接受治疗。

"已经去往美国的秀平必须尽快进行移植，但怎么都找不到捐赠者。而我在这时降生了。您对双胞胎进行了捐献适配检查，并选中了我。这个计划应该是暗箱操作的好手蛇田的杰作。您之前在修建新医院时就接受了不少的资金扶持，所以您没法拒绝这个蛇蝎心肠的阴谋。我说得没错吧？"

"我不知道什么移植计划。"他嘴角吐着白沫，矢口否认。

"事到如今，就不要开脱了。"

"我说的是真的！我为了孩子的幸福，确实帮的场家演了一场假生产的戏。莲见先生和柊先生并不知道生下来的是双胞胎。我们瞒天过海，把你装成的场家的亲生孩子。可我真的没想到他们会想要牺牲你。他们不仅要求我给你做了多项检查，还把健健康康的孩子公开说成先天疾病患儿，要把你送到美国治疗。那时，我才意识到他们别有居心。"

"所以您做了什么？"

"我给乃苍打电话，告诉她把孩子要回来。我能做的只有这个了。蛇田巧舌如簧，就算我质问他，也是一拳打在棉花上。"

"我母亲正是想要回孩子，所以才惨遭蛇田的毒手。"

"这……这怎么会……"

"您知道乃苍会被杀，只是冷眼旁观。"

"蛇田告诉我是自杀。之后不久，美国那边也找到了捐献者，秀平也进行了移植手术。残酷的计划搁置了，你在的场家生活无虞，也不用我再说什么了。"

生活无虞？我不堪回首的童年就用这样的字眼来概括吗？

"为了孩子的幸福？不要说得那么冠冕堂皇！结果只是为了自己的利益装聋作哑罢了。您就是伪善。"

我浑身冒着不可言喻的怒气。我站起来，用力掰断床间的挂轴，扔到愣住的白川面前，向玄关走去。

我气愤地往外走，大喘着气，一下子瘫坐在公园的长椅上。

乃苍的死是白川所谓的正义感酿成的悲剧。正义制胜只存在于故事当中，强者才能取胜。这是蛇田教给我的世道。正义，可有可无。

乃苍的死是命运的捉弄。而被生下来的我也像被命运指引一样，杀了人。千惠透露的身世真相、幸福美满的莲见一家、恶魔伸向我的双手……一切都把我往绝路上推。


那年夏天并不寻常，秀平带来了两个朋友，所以之前的小圈子不能一起玩。寿寿音很失望，可对我来说是大好机会。得知身世的真相后，我对寿寿音的怨怼不断膨胀，实在没有心情和大家一起愉快玩耍。

莲见一家三口相亲相爱，我无法克制对他的怨恨。

他们开始玩捉迷藏。我明明不想去，为什么没有拒绝呢？要是我当时没有加入大家的游戏……事已至此，后悔也于事无补了。因为命运不可违抗。

当时是寿寿音当鬼。游戏一开始，我就立马将前一天晚上写好的信放在柊家门口，之后就躲到了寿寿音断然不会踏足的杂物间。虽然里面热得像蒸笼，但被抓住当鬼反倒麻烦。

昏暗的杂物间的门慢慢打开了，我立马藏了起来，可被人从背后套住了头。眼前一片漆黑，耳边传来恐吓："要是喊就杀了你。"

我害怕极了。明明已经习惯了千惠的暴力，可我面对看不见的歹徒时全身僵直，动也动不了，声音也被封住了。身体被侵犯时的恶心，对男人的惧怕和仇恨席卷全身。

"把灯打开，拍张照片。"

我明白过来有好几个男人，更害怕了。我被扒了衣服，裸露出胸部。为什么是我？为什么不是寿寿音？为什么遭殃的总是我？没有一个人救我。

等我恢复意识时，他们已经走了。我哆哆嗦嗦地取下蒙在头上的袋子。杂物间已经没有人了。我使不出力气站起来，躺在地上。

突然，身后传来开门声。

"希海姐姐？"

我惊惶地回过头，是亚矢。

"你怎么是这个样子？"

亚矢睁着圆溜溜的眼睛看着我。我意识到衣服还被扒开着，慌忙整理好。

"姐姐，你背上好多伤。看起来好疼哦。"

天真无邪的声音就像一支支利箭扎进我的身体。

"没关系哦。爸爸会帮你看好的。"

听亚矢说完，我拼命摇头。闭嘴！快闭嘴！

"我要去告诉爸爸。"

我箭步上前，用力拽住了亚矢的胳膊。

寿寿音同情的脸。莲见悲悯的脸。

围着我这个可怜虫的一张张脸、脸、脸。

不要！我不想大家用可怜的眼神看我！

要遭受那样的眼神，还不如让我去死。

"姐姐，你弄疼我了，不要拉我。你是害怕医生吗？爸爸不可怕哦。他是个好医生，一定会看好你的。"

不想听。别再说了。我的不幸全是你好爸爸的错。

我像是失心疯一样，用双手捂住了亚矢的口鼻，使出了很大的力气。地上的亚矢无力地蹬着双脚，可我仍然死死地按住不放手。

终于，杂物间重归于平静。亚矢流着涎水，看起来就像是睡着了。可我明白她再也不会睁开眼了。

我着急忙慌地回到家，给蛇田打电话。

"交给我去办吧。小姐就待在家里，什么都不要说。"

蛇田救了我，我们是一条船上的人。我把心放到了肚子里。洗完澡，恶魔的双手的恶心触感，还有捂住亚矢嘴巴时手上被口水濡湿的触感都被洗净了。

翌日，我搬去了东京。千惠不再打我。我以为我会获得新生。

可命运没有站在我这边。我的孤独没有死亡，新生在异世彷徨。

手机在不停地振动。是秀平打来的。我背过身，等铃声响完。我没有脸面对他。

今天，出了神保町车站，我又顺便去了一次花店，目光自然落到玫瑰花上。

一看到玫瑰花，我就想起那个羡慕柊家修剪有致的花拱门、向往秋千的幼时的我。

我知道寿寿音喜欢那儿，所以怎么都不会说出口。可实际上我也喜欢她家的庭园。

在只有我一人早起的清晨，我偷偷地坐在秋千上。

我把孤独和悲伤都收在心底，任身体飘飘荡荡。

温软的花香氤氲。

"你从哪里来？"我向一只翩跹而至的纹白蝶问候道，"一个人吗？那就尽情地吮吸花蜜吧。"

记忆已十分遥远，连我自己都不知道是想珍藏，还是想遗忘。

"您想要哪束？"花店的店员对我微笑，我不急不忙在店里转了一圈。

"红玫瑰。"

我接过娇艳欲滴的鲜红花束，离开了花店。

我在邮筒旁放下花，合上双手。我想起了蛇田说过"献花是自我满足"。

　　我乘坐去八楼的电梯。时隔十六年之久我再次来到这里。小学六年级的我津津有味，而如今却只觉得是恶趣味。

　　我看到摆放蛇形物件的架子上有一把手柄是蛇形图案的匕首。我想起小时候曾苦恼在戒指和匕首之间选择哪一个。选择戒指是受妈妈的指引吗？

　　对面的墙上好几件标本目露凶光。消毒水和野兽的气味更加瘆人。

　　"我要离开蛇田家了，最后想跟你谈谈。"

　　我指定了这里。

　　"我很忙，快点说吧。"

　　蛇田把巨大的身体靠坐在沙发上，不耐烦地说。不知从什么时候开始，他看我的眼神就像在看陌生人。他说"我和小姐是一路人"的那天已经远去了。

　　"秀平被释放了，你犯下的罪行将永远不会被人知道。虽然我并不想让事情合他们的意，可从结果来看这不是个吃亏的交易。一切都结束了。现在还有什么想对我说的？"

　　他赤裸裸地问责，带着威压。我在心里打气，告诉自己不能输，单刀直入地控告他说："生下我的木寺乃苍不是自杀，而是死在你的手里。"

　　"呵，何出此言？"

　　他反问道，看起来饶有兴致。

　　我讲述了得知的情报。

　　錾刻着名字的戒指、当天乃苍的表现、坠楼地点——一切都暗示跟蛇田有关。

"你有这枚戒指，就是最好的证据。"

蛇田把我的戒指拿在手里，瞥了一眼内侧的字符，就胡乱地搁在桌子上。

"你骗乃苍说要把孩子还给她，把她叫了出来，然后用暴力把她控制住，给她注射兴奋剂，使她意识模糊，接着把她带到了屋顶。你故意留下使用兴奋剂的痕迹，就是为了利用她母亲被逮捕的事实，让人们以为她是自杀。你把乃苍推下楼之前，取下了戒指，因为你看见蛇不会无动于衷。"

蛇田鼻子冷嗤一声："本来我也只是为不负责任的莲见擦屁股罢了。那女人怎么也不同意打胎，莲见还是个学生，狼狈无措。的场授意我安排好孩子的去处。我没必要杀她。"

"和柊家谈妥养子的事后，你听白川说了肚子里的孩子是双胞胎，于是想出了用其中一人来救秀平的计划。因为社会上早就有为了移植而买卖器官的问题，用养子的身份难免有人节外生枝。可要是亲生子，谁都不会想到的场会用妹妹的命救哥哥。大家都会认为是的场家家门不幸，生下两个带有先天疾病的孩子。而最终成就一段佳话——早夭的妹妹将器官移植给哥哥。真是滴水不漏啊。只是……"

"够了。别再说了。"蛇田气急败坏地打断我，"就算你说的是事实，你想怎么样？让我谢罪？"

蛇田的话从耳畔飘过。我想怎么样呢……

无言以对。他轻飘飘的态度让我又恼又恨。

"我要你招认杀了亚矢。我虽然是养女，但也是蛇田家的人，一定要让你吃不了兜着走。"我恼怒地说。不知是不是被我说中了，蛇田默然不语。

"作为证据的尸体已经没了。警察因为错捕了秀平已经颜面扫地，目前不敢把我们怎么样。这情况对我来说可不糟糕，毕竟人无完人。懂吗？一切都在向对我有利的一面转变。这就是天选之人被神明赋予的好运。像你这种人，伤不了我一分一毫。"

"乃苍的死也是好运？"

"我跟你已经不会再见了，不妨告诉你。"

他大肆舞动着双手。这是他要开始自吹自擂的预兆。

"为的场效力的五年，就算我当牛作马，司机兼保镖的身份还是没有改变。移植计划就是我逆转命运齿轮的王牌。一旦成功，就卖了的场一个大人情。我的梦想就是至高无上的权力。这是实现野心的千载难逢的机会。"

蛇田夸夸其谈，额头挤满皱纹。

"计划原本很顺利，明明差一点就成功了……"

"但被乃苍知道了。你被逼进了死胡同。"

"被逼进死胡同？你真是什么都不知道啊！"

他的狂笑震得我耳膜要裂开。

"乃苍根本算不上什么。要处理掉她易如反掌。对了，的场到现在都以为她是自杀呢！要是被他知道我杀了人，那就成了我的把柄了。"

在蛇田眼里，乃苍的生命如同草芥。

"让我难办的是，找到了秀平的正规捐献者。的场先前早已给别的医院送了好几亿日元的好处费。的场翻脸责备我，说本来不用实施什么计划，靠正当数目就能解决，让他白白浪费钱财。

的场的妻子也因为被塞了一个孩子而苛责我。"

对千惠来说，眼不见我为净，因为我是邪恶计划的残骸。

"把两个孩子都留在土笔町让的场感到一丝不安。按计划你本是将死之人，可不得不把你留在身边抚养长大。幸好你和寿寿音长得不像，可你越来越像乃苍。让你戴黑框眼镜，留长头发，都是为了遮着脸，以免被莲见认出来。"

蛇田愉快地说。

小时候，蛇田总是夸我很适合长发和眼镜。我气恼当时的自己只是傻开心。

可在我被虐待时，蛇田对我讲述了梦想，给了我希望。他不仅帮我隐瞒罪行，还认我做养女。我很开心被寄予接班人的期待，也尝到了被需要的开心滋味。他确实也有像亲生父亲一样为我着想的时候。要是没有他的亲生孩子，一切就不会改变……

"我看见小时候的你，动了恻隐之心。谁都不要你，太可怜了。"

"所以才把戒指送我？"

"蛇是我的守护神。一般才不会给你。"

他目光冷漠，言语冷酷。

"那枚戒指给我带来了厄运，给的场招致了损失，还差点断送了我的仕途，不吉利，所以才给了你。"

他无情地露出真面目，我的心像是冻进了冰窖。

"可蛇没有背叛我。戴着戒指的你又给我带来了好消息。当你打电话说杀了亚矢的时候，我高兴坏了。移植手术以来的十多年，我卑躬屈膝，深感绝望。是你给了我最后的机会，打开了命运的大门。"

从一开始，他根本就没想过守护我。

"我只是一枚棋子罢了，是吧？"

"是啊，是最好的棋子。的场不敢把你放在秀平身边，所以我认你做养女，也是我往上爬的入场券。我青云直上，现在，你和的场对我来说已经没有价值了。"

我一直以为自己是蛇田的人，还想着要一起在的场面前扬眉吐气。支撑我一直活到现在的，就是他在我小时候对我说的话……

"乃苍因你而死，莲见一家因我而死，我们都是罪人。"

"别把我跟你相提并论。你是个被感情冲昏头脑、杀死亚矢的魔鬼。我可不一样。我是为了达到目的，采取了必要的手段。谁让乃苍威胁我要是不把孩子还给她，就把移植计划曝光给媒体。所以我才灭口。她是作茧自缚！"

"当时要是把我还给我妈妈，我的人生一定会不同。"

"蠢货。"蛇田嘴角挂着一抹讥笑，"你真的觉得被那样的女人养大，会比现在过得好？"

蛇田一脸不可置信。

"听说要把孩子还给她，那蠢女人就开心得要命。要是她觉得靠自己就能养孩子，那真是太天真了。你虽然聪明，但总归是那个女人的种。你已经没有利用价值了。"

这个自私自利的男人冷冷地看着我。

有没有利用价值是他判断人的唯一标准。

之前的我到底是什么？被父母冷落，被蛇田耍得团团转……

全是一场空，我欲哭无泪。

"一切都结束了，明白吗？不要再出现在我的面前。"

我没有力气回击，拿起桌子上的戒指，准备离开房间。

"等等，戒指还我。那是我的。"

蛇田伸出大手，抢过戒指，戴在了小指上。欺人太甚！

"还给我，那是我妈妈的重要信物！"

我抓住他，可一下子就被推开了，脸上被狠狠打了一巴掌，倒在地上。蛇田居高临下地看着我，故意摆弄着手向我炫耀着戒指，还心满意足地看着小指。

从乃苍手里抢夺的时候，他也是这副嘴脸吧？

蛇田毁了我们母女。他不仅抢走了珍贵的戒指，还粉碎了妈妈的未来，夺走了我的人生。

那枚戒指不是你该戴的，我绝不会让给你！

"等等。"他俯视我的眼神忽而一转，"或许你还有用。"

看猎物的眼神在我身上游移。

蛇田半跪着，朝我伸出手。我起身，瞪了回去。

"要是能讨我开心，把你留在身边也未尝不可。"

这畜生一双肮脏的双手围上我的脸。

"你从一开始就属于我。命运可是无法逃脱的。"

狰狞的丑脸渐渐凑近。

命运在我自己手上。

我用手够到架子，握紧了那把蛇纹手柄的匕首。

没有犹豫，我刺进了蛇田的脖子。

手柄上的蛇似乎在我紧紧攥着的手掌中痛苦地打滚。殷红

青い雪

的鲜血从脖子里汩汩地冒出来。我静静地看着——和屋子里的蛇一起。

终于，蛇田再也没有一丝动静。

"你教我的，想要的要靠自己得到。"

我从蛇田的小指上拔下戒指。

我走到阳台，天空清湛。

我用手扶着靠栏，看着下面。路上没有行人。

我大张着右手，伸向天空。

"还给你，妈妈。"

戒指缓缓下落，落到路边的红玫瑰花束上。


## 寿寿音 一年后

窗外枫叶渐红。春秋代序，一切都如常。只有人类用自己的双手改变明天。

蛇田的尸体被发现，希海自首。第二天，我收到了她的来信。

希海在信中不着痕迹地写着得知的一切，只字未提对莲见家的道歉。

"妈妈坚决把我们生下来，所以我们绝不是多余的人。A 和Y 是妈妈给我们取的名字的首字母。如果用这两个姓名生活，会有怎样的人生在等待着我们？"

绝笔信让我心如泣血。信封里还装着一根项链。两个小女孩

311

翩翩起舞。

希海被逮捕后对杀人动机缄口不谈。

真相大白的那天一定永远都不会到来。

不论到何年何月，我都无法原谅希海。希海和寿寿音之间的友情已经画上了句号。

可我相信 A 和 Y 的故事还在某个地方继续，她们终会相遇。

虽然的场把希海当养女送了出去，可女儿的罪行还是终结了他的政治生命。世代为政的名门轰然倾覆。

大介向之前工作的饭店的店主提出了请求，继续回去工作了。他前几天还说想要借露营车，好像是想趁着节假日和神山先生一起踏上寻找英雄的旅途。或许是被神山先生"带坏"了，他有时也尊称我为"小姐"。我拜托他别这么称呼，但他可是大介，不知道有没有当耳旁风。

我和妈妈、巧妈还是像往常一样互相帮衬着过日子。我现在最大的梦想就是成立剧团。我梦想着未来能够在日本举行全国巡演，践行第十六代的使命。就这样下定决心。

秀平受到很大的创伤，那一段时间断绝了和所有人的联系，后来终于肯和我通电话。为了不让对方伤心，我们都字斟句酌。慢慢地，慢慢地，他终于解开了心结。而我们终于迎来了这一天。

今天，大介和秀平要回土笔町。我的心情不同于小时候的一味期待，可开心丝毫未变。今天对大家来说都是特别的一天。

我整理好仪容，去了纪念塔。

打开门，光像往常一样炫目，我不禁闭上了眼。我想起了爸爸的谆谆叮咛："勿使落尘埃，随时好迎客。"我感到好像爸爸还在身边。

我把爸爸留下的砚台摆在面前，深吸一口气。

"挺直背，静下心，专心磨。"

我再一次体行爸爸的教导。

第一次履行作为第十六代的职责，我"如临深渊"。磨完墨，我起身，在身后的他们的注视下，打开箱上的锁，取出纪念册。我的手指因为紧张有些发僵。

我缓缓翻开柊家的传家珍宝《柊家记》——俗称的"英雄纪念册"。今天，我在上面记下三个人的名字。

莲见幸治

的场秀平

石田大介

我搁下笔，长舒一口气。回头一看，秀平和大介正凑近了脸，看着纪念册。

"写好了吗？"

"嗯，很娟秀。"

秀平满意地笑着说。

"我先上去了！"大介走上旋转楼梯。

"你们慢慢来。你不是有话对寿寿音说吗？"他朝秀平使了个眼色。

两人独处让我有些紧张。

"我想翻修别墅，改建成一家儿童医院。"他突然说。

"有患儿的家庭很不容易。病人的陪护、家里房子的看管，还有兄弟姊妹的照顾都成问题。所以我想建一所能供一家人住的医院。虽然还不知道能不能成……我回土笔町怎么样？"

听他突然这么问，我惊讶极了。不过，这像是秀平说出来的话。

"就按自己想的做吧。"

"你支持我？"

"当然了！支持你。"

"太好了！"

秀平放心地舒口气。

"嘿！寿寿音小姐，秀平，快来啊。"

楼上传来大介的呼喊。明明刚还说让我们慢慢来。大介真是个急性子。我们不禁发笑。

我和秀平连忙走上旋转楼梯。屋顶凉风习习。跟幼时相比，景色虽殊，可风的味道依旧没变。

"上面有点冷啊。"

"哪有？"大介昂首挺胸。

晚秋的天空一片晴朗。我仰头看着塔顶的小钟。

"来，敲钟吧。"

我们三人一齐拉绳子。悦耳的钟声在天空回荡，填满虔诚的心房。

# 终章

　　阔别已久的房东大叔热情迎接我。他如约做好了我订的戒指。从里面看，能看到房东大叔说的文字：*kouji&noa*。我会把它当成宝贝。

　　我把戒指戴在无名指上，不论发生什么，都不会取下来。

　　我知道了他们的秘密，明白孩子正处于危险之中。我百般央求，他终于答应把孩子还给我。真是万幸。

　　已经没什么可怕的了。

　　只有我能保护她们。

　　我要把女儿从火坑里救出来。

　　只要和孩子在一起，我什么都能做到。

　　马上就能见了。虽然只分别了短暂数日，可思念早已成疾。

　　房东问我项链上刻什么字母时，我当即回答："A 和 Y①。"

---

① "苍"和"幸"罗马音注音的首字母。苍（aoi），幸（yuki）。

取这两个好，这是我想了很久的名字。

从乃苍和幸治两个名字中各取一字。

曾经的爱不会消失。

和他一起度过的时间，从他那里得到的爱永远留在我的心底。

两个人的名字在一起，也能让我幸福。

快要见到了。

苍、幸。